KB166664

「린이라고 해. 이 사람의 약혼자 중 한 명이야. 잘 부탁해.」
「아~. 토야의 신부 중 한 명이구나. 에에~……」
니아는 유심히 린을 바라본 다음,
그 옆에 있던 유미나에게로 시선을 돌렸다.
그리고 천천히 시선을 돌려 나를
뭐라 말로 표현하기 힘든 표정으로 바라보았다.
「야, 토야……」
「그런 취미였어?」
「잠깐! 무슨 의미야?」
이세계는 스마트폰과 함께.16

공주님들의

잠옷 파티!

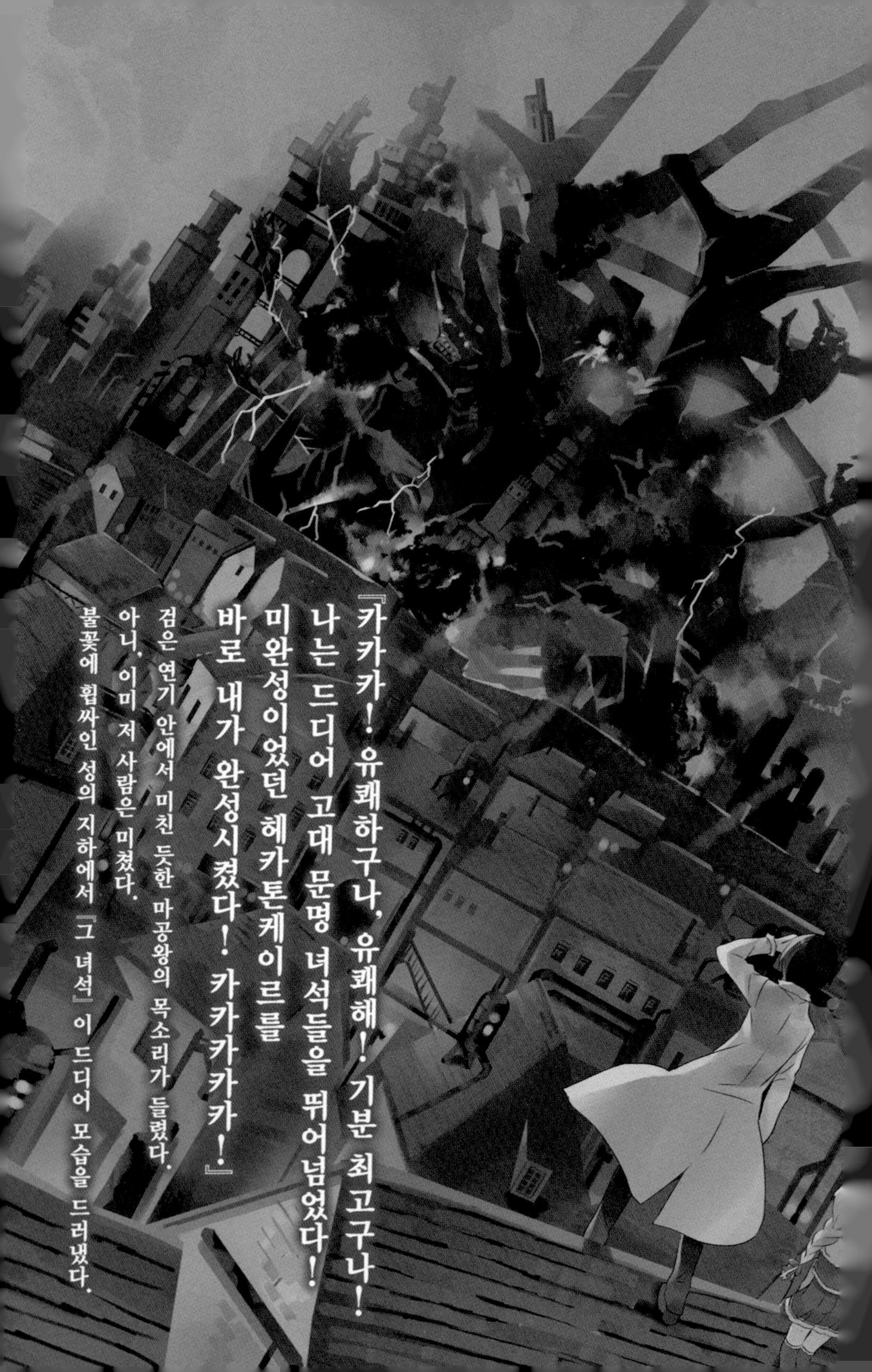
『카카카! 유쾌하구나, 유쾌해! 기분 최고구나!
나는 드디어 고대 문명 녀석들을 뛰어넘었다!
미완성이었던 헤카톤케이르를
바로 내가 완성시켰다! 카카카카카!』
검은 연기 안에서 미친 듯한 마공왕의 목소리가 들렸다.
아니, 이미 저 사람은 미쳤다.
불꽃에 휩싸인 성의 지하에서 『그 녀석』이 드디어 모습을 드러냈다.

이세계는 스마트폰과 함께. 16

후유하라 파토라 illustration■우사츠카 에이지

캐릭터 소개

하느님의 실수로 이세계로 가게 된 고등학교 1학년(등장 당시). 기본적으로는 너무 소란을 피우지 않고 흐름에 몸을 내맡기는 스타일. 무의식적으로 분위기 파악을 하지 못한 채, 은근히 심한 짓을 한다.
무한한 마력에 모든 속성 마법을 가지고 있으며, 무속성 마법을 마음대로 사용하는 등, 하느님 효과로 여러 방면에서 초월적. 브륀힐드 공국 국왕.

벨파스트의 왕녀. 열두 살(등장 당시). 오른쪽이 파란색, 왼쪽이 녹색인 오드아이. 사람의 본질을 꿰뚫어 보는 마안의 소유자. 바람, 흙, 어둠이라는 세 속성을 지녔다. 활이 특기. 토야에게 한눈에 반해, 무턱대고 강하게 다가갔다. 토야의 신부가 될 예정.

토야가 구해 준 쌍둥이 자매의 언니. 양손에 건틀릿을 장비하고 주먹으로 싸우는 무투사. 직설적인 성격으로 소탈하다. 신체를 강화하는 무속성 마법【부스트】를 사용할 줄 안다. 매운 것도 좋아한다. 토야의 신부가 될 예정.

쌍둥이 자매의 여동생. 불, 물, 빛이라는 세 속성을 지닌 마법사. 빛 속성은 별로 잘 사용하지 못한다.
굳이 따지자면 낯을 가리는 성격으로 말이 서툴지만 가끔 대담해진다. 단 음식을 좋아한다. 토야의 신부가 될 예정.

일본과 비슷한 먼 동쪽의 나라, 이셴에서 온 무사 소녀. 존댓말을 사용하며 남들보다 훨씬 많이 먹는다. 진지한 성격이지만 어딘가 어긋나 있는 면도. 본가는 검술 도장으로 유파는 코코노에 진명류(眞鳴流)라고 한다. 겉만 봐서는 잘 알기 어렵지만 의외로 거유. 토야의 신부가 될 예정.

애칭은 루. 레굴루스 제국의 제3 황녀. 유미나와 같은 나이. 제국 반란 사건 때에 자신을 도와준 토야에게 한눈에 반했다. 쌍검을 사용한다. 유미나와 사이가 좋다. 요리 재능이 있다. 토야의 신부가 될 예정.

애칭은 스우. 열 살(등장 당시). 자객에게 습격당하고 있을 때 토야가 구해 주었다. 벨파스트 국왕의 조카, 유미나의 사촌. 천진난만하고 호기심이 왕성하다. 토야의 신부가 될 예정.

애칭은 힐다. 레스티아 기사 왕국의 제1 왕녀. 검술에 능하며 '기사 공주'라고 불린다. 프레이즈에 습격당할 때 토야에게 도움을 받고 한눈에 반한다. 긴장하면 말을 더듬는 습관이 있다. 야에와 사이가 좋다. 토야의 신부가 될 예정.

전(前) 요정족 족장. 현재는 브륀힐드의 궁정마술사(잠정). 어려 보이지만 매우 오랜 세월을 살았다. 자칭 612세. 마법의 천재. 사람을 놀리기를 좋아한다. 어둠 속성 마법 이외의 여섯 가지 속성을 지녔다. 토야의 신부가 될 예정.

토야가 이셴에서 주운 소녀. 기억을 잃었었지만 되찾았다. 본명은 파르네제 포르네우스. 마왕국 제노아스의 마왕의 딸이다. 머리에 자유롭게 빼낼 수 있는 뿔이 나 있다. 감정을 겉으로 잘 드러내지 않지만, 노래를 잘하며 음악을 매우 좋아한다. 토야의 신부가 될 예정.

린이【프로그램】으로 만들어 낸 곰 인형으로, 마치 살아 있는 것처럼 움직인다. 200년 동안 계속 움직이고 있으며, 그사이에도 개량을 거듭했다. 그 움직임은 상당한 연기파 배우 수준. 폴라…… 무서운 아이!

토야의 첫 번째 소환수. 백제라고 불리는 서쪽과 큰길의 수호자로, 짐승의 왕. 신수(神獸). 평소엔 새끼 호랑이 크기로 다니며 눈에 띄지 않게끔 한다.

토야의 두 번째 소환수. 두 마리가 한 세트. 현제라고 불리는 신수. 비늘의 왕. 물을 조종할 수 있다. 산고가 거북이, 코쿠요가 뱀.

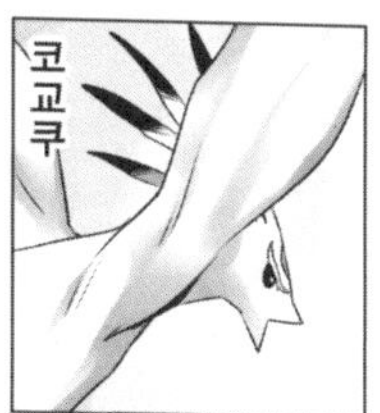

토야의 세 번째 소환수. 염제라고 불리는 신수. 새의 왕. 침착한 성격이지만, 외모는 화려하다. 불꽃을 조종한다.

토야의 네 번째 소환수. 창제라고 불리는 신수. 푸른 용으로, 용의 왕. 비꼬기를 잘하며, 코하쿠와는 사이가 나쁘다. 모든 용을 복종시킬 수 있다.

정체는 연애의 신. 토야의 누나를 자처하는 중. 천계에서 도망친 종속신을 포획해야 한다는 대의명분으로, 브륀힐드에 눌러앉았다. 느긋한 말투. 꽤 게으르다.

정체는 검의 신. 토야의 두 번째 누나를 자처한다. 브륀힐드 기사단의 검술 고문에 취임. 늠름한 성격이지만 조금 천연스럽다. 검을 쥐면 대적할 상대가 없다.

바빌론의 유산 '정원'의 관리인. 애칭은 셰스카. 메이드복을 착용. 기체 넘버 23. 입만 열면 야한 농담을 한다.

바빌론의 유산, '공방'의 관리인. 애칭은 로제타. 작업복을 착용. 기체 넘버 27. 바빌론 개발 청부인.

바빌론의 유산 '연금동'의 관리인. 애칭은 플로라. 간호사복을 착용. 기체 넘버 21. 폭유 간호사.

바빌론의 유산 '격납고'의 관리인. 애칭은 모니카. 위장복을 착용. 기체 넘버 28. 입이 거친 꼬마.

바빌론의 유산 '성벽'의 관리인. 애칭은 리오라. 블레이저를 착용. 기체 넘버 20. 바빌론 넘버즈 중 가장 연상. 바빌론 박사의 밤 시중도 담당했다. 남성은 미경험.

바빌론의 유산, '탑'의 관리인. 애칭은 노엘. 체육복을 착용. 기체 넘버 25. 계속 잔다. 먹고 자기만 한다. 기본적으로 게으르고 뭐든 귀찮아하는 성격.

바빌론의 유산, '도서관'의 관리인. 애칭은 팜므. 세일러복을 착용. 기체 넘버 24. 활자 중독자. 독서를 방해하면 싫어한다.

바빌론의 유산, '창고'의 관리인. 애칭은 파르셰. 무녀 복장을 착용. 기체 넘버 26. 덜렁이. 게다가 자각이 없다. 깜빡하고 저지르는 실수가 잦다. 잘 넘어진다.

바빌론의 유산, '연구소'의 관리인. 애칭은 티카. 흰옷을 착용. 기체 넘버 22. 바빌론 박사 및 넘버즈의 유지보수를 담당하고 있다. 극심한 어린 여자아이 취향.

고대의 천재 박사이자 변태. 공중 요새 '바빌론'를 비롯한 다양한 아티팩트를 만들어 냈다. 모든 속성을 지녔다. 기체 넘버 29번의 몸에 뇌를 이식하여 5000년의 세월을 넘어 부활했다.

이세계는 스마트폰과 함께.

세계지도

지금까지의 줄거리

하느님이 특별히 마련해 준 스마트폰을 들고 이세계에 오게 된 소년, 모치즈키 토야. 수많은 만남을 거쳐 소국 브륀힐드의 왕이 된 토야는 세계의 왕들과 힘을 합쳐 이세계의 침략자 프레이즈에 맞선다. 나라라는 울타리를 넘어 세계를 돌아다니던 토야는 어느 나라에서 고렘이라고 불리는 기계 장치 인형이 존재하는 다른 세계로 들어가게 된다. 거울을 보는 것처럼 좌우로 역전된 세계지도. 토야의 앞에 새로운 이세계의 문이 열렸다…….

표지 · 본문 일러스트
우사츠카 에이지

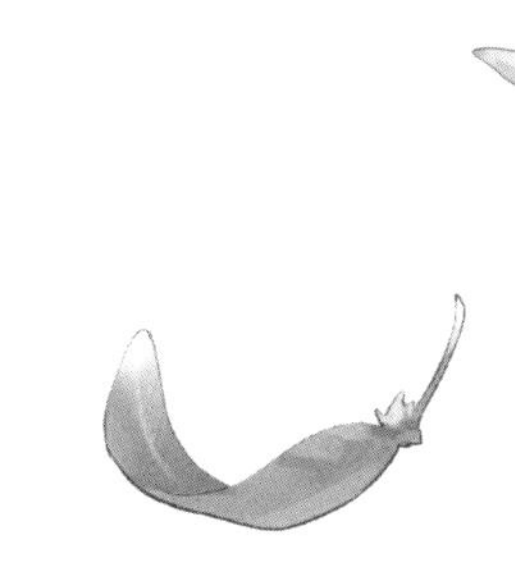

제1장 망국의 왕자

"아~. 초밥 먹고 싶다……."

"초밥?"

유미나가 책을 읽다가 고개를 들고 물었다. 앗, 목소리를 내서 말한 건가?

스마트폰으로 인터넷 서핑을 하다가 유명한 초밥 체인점 사이트를 보고 무심코 말을 흘리고 말았다. 모처럼 성에서 느긋한 시간을 보내다 보니 마음이 느슨해져서 그런 모양이다.

"초밥이 뭔가요?"

"자, 봐 봐. 이거야."

나는 유미나에게 스마트폰 화면에 떠 있는 사진을 보여 주었다. 그곳에는 손으로 쥔 형형색색의 초밥이 늘어서 있었다.

"굉장히 예뻐요. 이건 고기인가요?"

"대부분은 생선 살이야. 초를 친 밥 위에 올려 같이 먹는 거지. 내가 살던 나라의 대표적인 음식이야. 평소에도 먹지만 축하할 일이 있을 때 먹기도 해."

그런데 이센에는 초밥이 없는 걸까? 본 적이 없는데. 심지어

와사비도 못 봤어. 초밥이라면 에도 시대에 이미 판매되었을 텐데. *에도마에 초밥이라고도 할 정도니까.

으~음. 에도 초기와 후기는 상당히 다르기도 하고……. 아니, 애초에 여긴 이세계잖아!

인터넷으로 살짝 조사해 보니 손으로 쥐어 만드는 초밥은 분세이(文政) 시대에 고안되었다고 한다. 분세이가 몇 년이지……? 1818~1830년인가. 역시 에도 후기구나.

불과 얼마 전까지 센고쿠 시대였던 이셴이니 당연히 초밥이 없어야 하는 건가? '**나레즈시'라면 있을지도 모르지만……. 아니, 여긴 이세계라니까!

이셴을 생각하다 보면 자꾸 지구의 일본사와 혼동하게 된다.

"우오옷."

스마트폰을 보면서 그런 생각을 하는데, 갑자기 화면이 전환되더니 전화가 왔다며 진동이 울렸다.

화면에는 '전화 월광관 실루엣'이라는 글자가 떠올랐다.

뒤쪽 세계의 실루엣 씨가? 혹시……!

"네, 여보세요. 토야입니다."

〈앗, 연결됐네. 반응이 왔어. 변이종이라는 녀석의 반응이.〉

"……! 시간과 숫자, 계급은요?"

〈시간은 대략 여섯 시간 후, 숫자는 100 전후. 대부분 작은

---

*에도마에 초밥: 도쿄(에도) 앞바다에서 잡은 물고기로 에도의 요리사가 만든 초밥이라는 뜻.

**나레즈시: 주로 물고기를 소금과 쌀밥으로 유산 발효시킨 음식으로, 현대 초밥의 초기 형태라 할 수 있다.

반응인데, 세 개 정도 조금 커다란 반응이 있는 모양이야.〉

역시 온 건가. 중급종 세 마리에 하급종 100마리……. 프레임 기어를 생각하면 별로 대단한 숫자는 아니다. 하지만 뒤쪽 세계에서 사람이 맨몸으로 상대하려면, 상대보다 다섯 배가 넘는 병력이 필요하다. 그에 더해 중급종은 강력한 고렘이 없으면 상대하기 어렵다.

딱 좋다. 저편에서 신인 조종사가 연습 겸 상대하라고 할까.

나는 실루엣 씨에게 출현 장소를 메시지로 보내 달라고 부탁한 다음, 홍묘(紅猫)의 니아……는 제대로 내용이 전달될지 불안해서, 부수령인 에스트 씨에게 전화하여 협력해 달라고 부탁했다. 홍묘에는 프레임 유닛을 빌려준 덕분에 이미 몇 명 정도는 프레임 기어에 탈 수 있게 된 듯했다.

〈몇 명 정도 필요한가요?〉

"이번에는 중급종이 세 마리에 나머지는 전부 하급종이라 숫자가 그다지 많지 않으니, 10명 정도면 괜찮아요. 토벌이 목적이기는 하지만, 이번에는 프레임 기어로 전투하는 일에 익숙해지는 것도 목표 중 하나이니까요."

나는 에스트 씨에게 승낙을 받고 전화를 끊었다. 고개를 들자 유미나와 눈이 마주쳤다.

"변이종이 출현했나요?"

"뒤쪽 세계에. 숫자가 그다지 많지 않으니 니아 일행의 연습 상대로 활용할까 해."

"저도 갈게요. 무슨 일이 벌어질지 알 수 없으니까요."

"고마워. 도움이 될 거야."

그렇게 말한 뒤 유미나는 누군가를 부르러 갔다. 모두 우르르 몰려갈 정도의 일은 아니니, 아마 루를 부르러 가는 거겠지. 그렇게 생각했는데 데리고 온 사람은 린이었다. 물론 곰 인형 폴라도 같이 왔다.

"이번에 저희는 서포트 역할이니, 장거리형이 좋을 것 같아서요. 게다가 루 씨는 부엌에서 일하느라 많이 바쁘기도 하고요."

"나는 마침 한가하니 가도 상관없어."

맡겨 줘! 라고 말하듯이 폴라가 가슴을 두드렸다. 아니, 마음은 고맙지만 넌 그래 봐야 아무런 의미도 없어.

"코교쿠도 와 줘. 저편에서 권속의 '눈'을 빌려야 할지도 모르니까."

〈분부대로 하겠습니다.〉

발코니 난간에 앉아 있던 코교쿠가 푸드덕푸드덕하고 날아 내 어깨에 앉았다. 뒤쪽 세계에서는 코교쿠의 부하들인 권속들이 전 세계를 날아다닌다. 그 '눈'을 빌려 【게이트】로 이동하면 아주 편하다.

나는 바빌론의 '격납고'에서 프레임 기어를 【스토리지】에 넣어 준비를 철저히 했다.

"좋아. 그럼 갈까."

유미나와 폴라를 안고 있는 린을 끌어안고 나는 【이공간 전이】로 세계의 벽을 단숨에 넘었다.

우리는 순식간에 니아 일행이 있는 '홍묘'의 아지트인 버려진 성채에 도착했다. 덧붙이자면 이 성채의 다른 이가 접근하지 못하게 하는 결계는 처음 때보다도 강화되어 있었다. '창고'에 마침 좋은 마도구(아티팩트)가 있어서 사용해 두었기 때문이다. 냄새를 잘 맡는 동물이나 마수는 눈치챌지도 모르지만.

"오옷. 토야 씨 아니세요? 수령님~. 토야 씨가 왔어요~!"

유미나는 전에도 와 봤지만, 처음으로 이곳에 와 본 린은 덩굴이 무성한 버려진 성채를 흥미롭다는 듯이 바라보았다. 그리고 폴라는 린의 발치에서 촐랑거리며 이리저리 움직이는 탓에 너무 눈에 띄어 탈이었다.

주변의 '홍묘' 사람들도 '저건 뭐지?'라고 하며 진귀한 짐승(물론 진귀한 짐승이라고 하면 진귀한 짐승이지만)을 보는 듯한 시선을 폴라에게 내던졌다.

무시하면 좋을 텐데 폴라도 손을 흔들어 주고 그러자 사람들도 어색한 웃음을 지으며 같이 손을 흔들어 주고 그랬다.

"오, 왔구나! 어라? 처음 보는 얼굴이 있네?"

안쪽 텐트에서 모습을 드러낸 니아가 린을 보고 고개를 기울이며 붉은 트윈테일을 흔들었다. '빨간색' 왕관인 루주도 니아의 등 뒤에서 나타났다.

"린이라고 해. 이 사람의 약혼자 중 한 명이야. 잘 부탁해."

"아~. 토야의 신부 중 한 명이구나. 헤에~……."

니아는 유심히 린을 바라본 다음, 그 옆에 있던 유미나에게로 시선을 돌렸다. 그리고 천천히 시선을 돌려 나를 뭐라 말로 표현하기 힘든 표정으로 바라보았다.

"야, 토야……. 그런 취미가 있었어?"

"잠깐! 무슨 의미야?"

니아의 그냥 흘려들을 수 없는 말을 듣고 나는 이의를 제기했다. 뭔가 착각하고 있는 거 아냐? 응?

"음~. 그치만 얼마 전에 봤던 루도 상당히 연하잖아?"

"있잖아! 이래 보여도 린은 나보다 연상이거든! 착각도, 아야야야야!"

"개인 정보를 너무 많이 흘리지 말아 줬으면 하는데? 달링?"

린이 팔을 꼬집어 나는 무심코 펄쩍 뛰었다. 아파! 평소엔 나이를 별로 신경 쓰지 않는 것처럼 보였는데, 이럴 때는 신경을 쓰다니?!

물론 겉모습만 보면 린도 루나 유미나와 거의 다를 바가 없으니 니아가 그렇게 생각하는 것도 이상할 건 없나? 아니아니, 오해는 빨리 푸는 게 좋다.

"나는 요정족이라는 종족이라서, 수명이 길어."

"그래? 나는 그만 '검은색' 녀석이랑 똑같다고 생각했어."

"응? '검은색' 이라면 혹시 노른을 말하는 거야? 에르카 기사의 여동생인?"

니아의 말에 내가 끼어들었다. '빨간색' 과 '검은색' . 그러고 보니 일전에 유리가 두 사람은 라이벌인가 뭔가라고…….

“뭐야, 그 녀석을 알고 있었어?”

“알고 있고 뭐고. 에르카 기사를 쫓아서 우리 세계에까지 왔어. 지금은 우리 나라의 성 아랫마을에 있지.”

“뭐?! 그 녀석, 그쪽 세계에 갔단 말이야?! 치사하게! 나도 데려가!”

“뭐어~……?!”

또 성가신 말을 꺼냈다. 살려줘요, 에스트 씨~!

“또 바보 같은 소릴 하네요. 생각하고, 말을, 하라고, 그렇게!”

“아야얏! 아파! 아얏! 아프다니까!”

내 마음속 외침을 들었을 리는 없지만, 니아의 등 뒤에서 나타난 에스트 씨가 리듬 좋게 빨강 머리 트윈테일에 촙을 날렸다.

“안녕하세요, 에스트 씨. 준비는 어떤가요?”

“말씀하신 대로 열 명을 모았어요. 이번에는 니아와 저, 유니가 동행할 겁니다. 유리와 루주는 여기서 대기하고요.”

머리를 감싸 쥐고 웅크린 니아를 무시한 채, 에스트 씨와 나는 앞으로의 일을 상의했다.

그런데 그 니아에게 다가가 폴라가 괜찮아? 라고 하듯 고개를 갸웃했다.

“……야. 이 봉제 인형은 뭐야? 고렘이야?”

“그 아이는 폴라. 음, 마법으로 만든 고렘이라고 하면 되려나?”

여어! 라고 말을 하듯 폴라가 니아를 보고 팔을 들어 올렸다. 그런 폴라를 니아가 꽈악 잡고 안아 올리더니, 옆으로도 보고 뒤집어도 보고 빙글빙글 돌리기도 했다. 그러자 그만해~! 라고 하듯이 폴라가 날뛰었다.

“잘 만들었네. 진짜 살아 있는 생물 같아.”

“200년에 걸쳐 그렇게 만든 거니까.”

“200년?!”

니아가 깜짝 놀란 틈을 타 폴라가 니아의 손아귀에서 벗어났다. 그리고 총총총총, 린의 발치로 달려가 다리에 매달렸다. 겁주지 마.

나는 에스트 씨를 보고 다시 말을 시작했다.

“아직 시간은 있지만 먼저 그쪽으로 이동하죠. 출현 시간이 빗나갈 때도 있거든요. 아주 크게 빗나갈 일은 없을 거라 생각하지만요.”

그렇게 말한 데에는 이유가 있었다. 실은 이번에 변이종이 출현하는 곳은 뒤쪽 세계의 ‘마공국 아이젠가르드’라는 나라로(앞쪽 세계로 따지면 레스티아 기사 왕국 부근이다), 그 나라의 북쪽에 있는 지네 마을이라는 곳과 가까웠다.

만에 하나 변이종이 일찍 출현하기라도 하면, 그 마을이 습격당할 가능성이 있다.

프레이즈들은 '왕'의 핵을 찾기 위해 인간을 습격했다. 하지만 변이종들은 인간의 영혼을 먹고, 인간을 수정 해골로 만들어 버린다.

아니, 수정 해골은 어디까지나 부산물에 불과하다. 변이종이 영혼을 모으면, 사신이 그것을 빨아들여 부화하기 위한 에너지로 바꾸고 있을 가능성이 크다.

변이종은 일벌이 열심히 꽃의 화분을 모으듯이 인간의 영혼을 모으고 있다.

"다 모였어요!"

유니의 말을 듣고 돌아보니, 그곳에는 유니를 포함해 여덟 명의 남녀가 서 있었다. 여기에 니아와 에스트 씨를 더해 열 명인가?

나이도 외모도 제각각으로, 공통점이라고는 빨간색 반다나를 머리나 팔, 목 등 어딘가에 두르고 있다는 것뿐이었다. 대부분은 이곳이나 성도 아렌의 지하 아지트에서 본 적이 있는 사람들이었다.

……아니, 세 명 정도 본 적이 없고, 눈에 띄는 사람이 있네?

30대의 콧수염을 기른 군인 같은 외눈의 남자. 갈색 피부에 긴 검은 머리의 인도인 같은 20대 여성. 그리고 역시 20대로, 실눈에 호리호리한 청년.

그중에서 외눈인 남자가 가볍게 손을 들고 한 걸음 앞으로 나왔다.

“미안하지만 하나 묻고 싶군. 당신은 탐색 마법인가 뭔가로 이쪽 세계의 인간이 어디에 있는지 조사할 수 있다고 들었다. 정말인가?”

얼핏 보면 얼굴이 흉악해 보이는 남자가 진지한 눈빛으로 이쪽을 바라보았다. 자세히 보니 그 뒤에 있던 인도인 같은 여성도, 실눈인 청년도 비슷한 눈으로 이쪽을 바라보고 있었다.

무슨 의도인지는 모르겠지만, 너무 진지해서 나도 제대로 된 대답을 해 주어야겠다고 생각했다.

“반드시 알 수 있는 건 아니에요. 먼저 그 인물의 모습을 알 수 있을 만한 초상화나 사진, 또는 아는 사람의 기억 등이 사람을 찾는 열쇠가 되죠. 다음으로 그 인물이 있는 장소에 마법 결계 등이 있으면 방해를 받아요. 이쪽 세계에서는 그런 결계는 거의 없어 그 가능성은 작으리라 생각하지만요.”

“……그렇군. 잘 알았다. 그럼 나중에 어떤 인물을 찾아 줬으면 하는데 가능한가? 사례는 충분히 하지. 이건 우리의 개인적인 부탁이다.”

무심코 니아와 에스트 씨 쪽으로 시선을 돌렸는데, 두 사람 모두 작게 고개를 끄덕여 주었다. 받아들여도 괜찮은 모양이다.

“좋습니다. 그게 범죄와 관련된 것이 아니라면요.”

“그럴 걱정은 없네. 고맙네.”

세 사람은 서로 얼굴을 마주 보고 작게 고개를 끄덕이더니, 조용히 뒤로 물러섰다. 찾고 싶은 사람이 있는 걸까?

일단은 코교쿠의 권속들에게 '눈' 을 빌려 지네 마을 근처의 평원으로 가는【게이트】를 열었다.

【게이트】를 지나 나와 유미나, 린, 폴라, 코교쿠, '홍묘' 의 열 명이 평원으로 전이했다.

그 넓은 평원은 가도(街道)에서 조금 멀리 떨어진 장소에 있었다. 이곳이라면 조금 거칠게 날뛰어도 문제없다. 저 멀리 마을이 보이는데 저게 지네 마을인가?

나는【스토리지】에서 열 기의 중기사(슈발리에)와 유미나의 브륀힐데, 린의 그림게르데까지 총 열두 기를 꺼내 평원에 출현시켰다.

"우오오~! 굉장해~!"

잔뜩 흥분한 니아 일행 몇 명이 중기사(슈발리에)에 곧장 올라타기 시작했다.

이보세요. 원래는 외부 조작으로 웅크리게 한 다음 올라타야 하는 건데……. 그대로 올라타기예요? 지금 웅크리게 하면 오히려 위험하겠어.

변이종이 출현하기 전에 진짜의 조작에 익숙해지도록 조금 움직여 보게 할까? 아마 별문제는 없겠지만, 조금이라도 익숙해지는 편이 좋을 테니까.

"두 사람에게 모두의 지도를 부탁할 수 있을까?"

"네, 맡겨 주세요."

"그 정도는 별일 아니야."

유미나와 린도 각각 애기(愛機)에 올라타 은색과 검은색 프레임 기어를 기동했다.
"코교쿠는 하늘에서 감시해 줘."
〈알겠습니다.〉
나는 그럼 대기할 때 이용할 텐트라도 쳐 둘까. 앞으로 여섯 시간에서 열 시간 정도는 대기하고 있어야 하니까. 식사 준비도 해 둬야겠어.
아~. 초밥 먹고 싶어라.

"좋았으! 역시 우리는 이래야지~!"
니아가 만족스럽게 미소 지었다. 눈앞에는 어깨에 고양이 마킹이 들어간 붉은색 중기사(슈발리에) 열 기가 있었다.
변이종이 나타나기 전에 기체의 바탕색을 다시 칠하게 해 달라고 니아가 부탁을 했다.
어차피 홍묘용으로 빌려줄 생각이었으니 별 상관이 없긴 하지만. 그런데 고양이 마킹이라니, 참 솜씨가 좋다.
'홍묘'의 조종사 중에 그런 게 특기인 사람이 있었는지, 형지(型紙)와 테이프만으로 척척 마킹을 칠했다.
그 이외의 부분은 내가 즉석에서 만든 커다란 붓으로 프레임 기어를 사용해 서로가 서로에게 꼼꼼히 칠했다. 상당히 익숙한 모습이다.

참고로 페인트는 【스토리지】에 없어서 내가 바빌론까지 날아가 가져다주었다.

"새빨갛게 칠하다니 참……. 눈에 띄니 알아보기 쉬워서 좋다고 할 수도 있지만."

에르제의 게르힐데와 겹치지만, 그것과는 조금 색조가 달랐다. 심홍색과 다홍색의 차이라고 하면 될까. 그게 아니라도 기체의 형태로 구별은 충분히 가능하지만.

스마트폰의 시계로 확인해 보니, 시간은 이미 오후 4시를 지난 상태였다. 이제 슬슬 출현할 시간인데…….

"야전(夜戰)만큼은 되지 않았으면 좋겠어……."

"중기사(슈발리에)에 야간 투시 장치는 장착해 두셨죠?"

유미나가 나를 올려다보며 물었다. 이전에 프레이즈들과 야간 전투를 할 때, 밖에다 장착하는 바이저 같은 물건을 일시적으로 중기사(슈발리에)에 장착하고 전투한 적이 있다.

그때 일을 교훈 삼아, 이번에는 중기사(슈발리에)에도 약혼자들의 전용기(발큐리아)와 마찬가지로, 내부에 야간 투시 장치를 장착해 두었다. 그러니 어두운 곳에서도 아무런 문제 없이 전투할 수 있다.

"장착해 두긴 했지만, 기체의 카메라가 망가질 수도 있잖아. 그렇게 되면 컴컴한 곳에서는 쉽사리 움직일 수 없어. 아군끼리 서로 공격하는 일이 일어나면 그야말로 최악이고. 역시 밝을 때 나와 줬으면 해.”

아직 해가 지려면 시간이 조금 남은 듯하지만, 오려면 빨리 오는 편이 낫다. 그렇게 생각하는 데는 한 가지 더 이유가 있었다.

“마을에서 그다지 멀리 떨어져 있지 않으니, 발견될 거라고 생각은 했지만…….”

마을 근처의 평원에 자리를 잡고 거대한 고렘을 조종하는 수상한 집단. 아마 마을 사람들의 눈에는 그렇게 보일 테지.

숨어 있는 거겠지만, 상공에서 감시하는 코교쿠의 눈은 속일 수 없다. 바위가 많은 곳에서 그늘에 숨어 이쪽 평원을 엿보는 녀석들이 몇 명인가 보였다.

〈한 명이 마을 쪽으로 물러났습니다. 아마 연락을 하려고 달려간 것이겠지요.〉

〈마을의 경비병이 온다고 해도 어떻게 할 수는 없겠지만, 일단 감시해. 전투 중에 튀어나오면 괜히 민폐니까.〉

〈알겠습니다.〉

비상사태라는 점을 눈치채고 마을에서 우리를 탐색하러 몇 명인가 척후병을 보낸 듯했다. 지금쯤 마을에서는 우리를 습격자라고 착각해 패닉을 일으키고 있을지도 모른다. 설명해 봐야 이해해 줄 가능성은 아마 거의 없겠지?

이곳은 ‘마공국 아이젠가르드’라는 나라인데, 공교롭게도 나는 이 나라와는 연줄이 없다. 침략자라고 착각해 공격해 올지도 모르지만, 이곳은 수도에서 떨어진 장소라 군이나 기사단이 오기까지는 시간이 걸린다. 물론 그 전에 모두 끝내 놓을 작정이다.

이 나라는 이름대로 마공 기술이 발전한 공업국으로, 동쪽의 '갈디오 제국'과 어깨를 나란히 하는 군사 국가이기도 하다는 모양이다. 어쩌면 고렘 전차 정도는 있을지도 모른다. 그런 걸 가지고 오면 괜한 고생이다.

그런 생각을 하는 사이에 평원에 쳐 둔 텐트 안에서 린이 감지판을 가지고 나타났다.

"출현 징후를 확인했어. 이제 10분 후면 공간에 균열이 갈 거야."

"왔구나."

아무래도 야간 전투는 하지 않아도 될 듯했다. 나는 중기사(슈발리에)의 조종석 안에 있는 스피커에 스마트폰을 연결했다.

"변이종 출현 징후를 확인. 모두 전투 준비에 들어가 주길 바란다. 약 10분 후에 전투가 시작된다."

그 말을 듣고 홍묘 사람들이 각자 중기사(슈발리에) 콕핏의 해치를 닫았다.

낮은 기동음이 각 기체에서 흘러나오며 잇달아 붉은 중기사(슈발리에)들이 일어섰다.

〈드디어 왔구나. 몸이 근질거려~.〉

〈니아. 너무 경솔하게 행동하지는 마.〉

〈긴장되네요.〉

말과는 달리 별로 긴장하지 않은 듯한 목소리가 스마트폰의 스피커에서 흘러나왔다. 너무 긴장해 몸이 잔뜩 굳어 있는 것보다는 나은가?

"린과 유미나는 서포트를 부탁해. 중급종도 니아 일행에게 맡길 생각이지만, 위험하다고 생각하면 끼어들어도 좋아."

"알겠습니다."

"알았어."

유미나와 린도 전용기(발큐리아)에 올라탔다. 앗, 폴라도 타는 거야……? 린을 방해하면 안 된다?

몇 분 후. 파키익! 하는 소리가 나며 공중에 균열이 생겼다. 홍묘 일행이 늘어서 있는 바로 정면에 생긴 균열은 병아리가 부화하기 전의 달걀처럼 그 범위가 점점 넓어졌다.

〈우오오, 금이 갔어?!〉

〈왔군요.〉

〈후아아, 두근거려욧!〉

이윽고 더욱 큰 파괴음과 함께 부서진 공간의 틈새에서 암금색(暗金色) 변이종이 우르르르 기어 나왔다.

대부분은 하급종으로, 형태도 뱀 같은 모양에서 투구벌레 같은 모양까지 매우 다양했다.

하지만 그 안에서도 커다란 변이종 세 마리 정도를 확인할 수 있었다. 중급종이다.

나는 【롱센스】를 사용해 시야를 확장하여 확인해 보았다. 평범한 중급종보다 크네……. 물론 하급종도 크기가 제각각이니, 중급종도 큰 종류가 당연히 있는 거겠지만.

그런 것보다 문제는 중급종 세 마리 중 한 마리가 비행 타입이라는 점이었다. 저건…… 개복치형(型)인가?

개복치니 개복치처럼 천천히 이동할 거라고는…… 생각하지 않는 편이 좋겠지? 의외로 재빠를지도 모른다. 모양이 개복치일 뿐 눈도 입도 없이 형태만 비슷하니까. 조금 더 형태가 날렵했다면 전자리상어에 더 가까웠기도 하고.

일단 공중에 있는 녀석은 니아 일행이 상대할 수 없다. 날 수도 없고, 사격 무기도 투척 무기도 없으니까.

"유미나. 저기에서 날고 있는 변이종을 공격해 줘. 저건 니아 일행이 공격할 수 없어."

〈알겠습니다.〉

내 등 뒤에 서 있던 은색의 브륀힐데가 스나이퍼 라이플 같은 총을 겨눴다. 프레이즈와는 달리 핵의 위치가 투명하게 비쳐 보이지는 않았지만, 경험이 있어 대략적인 핵의 위치는 파악할 수 있었다.

개복치형은 이쪽을 정면으로 바라보면 굉장히 얇게 보이는구나. 얇아 보일 뿐, 실제로는 몇 미터는 되지만.

그 개복치에게 쫘악! 하고 거미줄 같은 균열이 생겼다. 유미나의 저격이 명중한 것이다.

잘 맞히네~. 그렇게 감탄하는데, 개복치가 내부에서부터 퍼어어어엉! 하고 크게 폭발해 사방으로 흩날렸다. 우와, 깜짝이야!

【익스플로전】이 부여된 총알(정탄(晶彈))인가?! 프레이즈는 몸의 표면에 닿은 마력은 거의 흡수해 버리지만, 내부에서 발생된 마력은 거의 흡수하지 못하는 모양이었다. 【어포트】도 효과가 있었고 말이지.

아무래도 방금 그 일격으로 핵이 내부에서 파괴된 듯했다. 개복치가 주변으로 파편을 흩날리며 그대로 지면에 떨어졌다. 그리고 불길한 검은 연기를 내며 암금색 몸이 용해되기 시작했다.

그것을 신호로 전투가 시작되었다. 붉은 중기사(슈발리에) 열 기가 하급종 무리를 향해 돌진해 검과 창, 메이스 같은 각자의 무기로 잇달아 상대를 후려쳐 쓰러뜨렸다.

개복치는 쓰러졌지만 남은 중급종 두 마리는 건재했다. 다리가 긴 타조 같은 녀석과 공룡…… 이구아노돈 같은 녀석이 보였다. 물론 크기는 완전히 달랐지만.

홍묘 일행에 이어서 린도 변이종 무리를 향해 돌진했다. 그림게르데는 섬멸전 포격형으로 대화력이 갖춰진 기체이지만 역시 이런 상황에서 일제 사격을 할 수는 없었다. 그래서 철저히 서포트 역할를 맡아, 홍묘 일행이 미처 대처하지 못하는 곳으로 사격을 하여 변이종들을 견제했다.

그러는 사이에도 유미나의 롱 숏이 변이종의 공격을 받을 뻔했던 중기사(슈발리에)를 구했다.

그 하급종 무리에서 타조형 중급종 앞으로 뛰쳐나간 중기사(슈발리에) 한 기가 있었다. 등에 적힌 넘버를 보니 니아가 탄 기체였다.

〈우랴아!〉

니아의 기체가 뛰어오르더니 중급종의 목에 해당하는 부분에 검을 내리쳤다. 혼신의 힘을 다해 휘두른 검에 가는 황금 목이 지면에 떨어져 산산이 부서졌다.

하지만 잘린 목의 뿌리에서 곧장 재생이 시작되어 중급종은 원래대로 목이 부활했다.

"니아. 핵을 부수지 않으면 그 녀석들은 재생한다고 말했잖아?"

〈아, 알아! 그냥 확인해 봤을 뿐이야!〉

거짓말 마! 잊어버렸으면서. 하급종을 전혀 상대하지 않고 곧장 중급종을 향해 갔기도 했고.

다른 모두는 확실하게 하급종을 쓰러뜨렸다. 현재는 아무 문제 없어 보였다. 이미 변이종의 절반 가까이가 소멸한 상태였다.

타조형 중급종을 상대하는 니아가 있는 곳으로 에스트 씨의 중기사(슈발리에)도 도착한 듯했다. 오, 먼저 다리부터 부수러 갔네? 아마 핵은 몸통에 있을 테니 먼저 기동력을 빼앗을 모양이야.

다른 중급종인 이구아노돈은 다른 중기사(슈발리에)와 싸우는 중이었다. 등 번호를 보니, 외눈 아저씨인가?

프레임 기어는 개인의 전투 기량이 겉으로 드러난다. 저 움직임을 보니, 프레임 기어가 아니더라도 상당한 실력을 지닌 사람인 듯했다. 실제로도 창을 자유자재로 조작하며 이구아노돈의 움직임을 봉쇄하고 있고.

그곳에 중기사(슈발리에) 두 기가 가세했다. 외눈 아저씨와 같이 있던 갈색 피부의 미녀와 실눈 청년인가? 두 사람도 상당한 실력인 듯했다. 저쪽은 세 사람에게 맡겨도 괜찮을 것 같다.

니아 쪽으로 시선을 돌려 보니 에스트 씨에 이어 유니도 전투에 가세한 상태였다.

중급종은 3인조 그룹이 각각 상대했고, 나머지 하급종은 네 명이 제거해 갔다. 적절하게 흩어져 싸우는걸?

이구아노돈의 머리 앞쪽에 빛이 모이기 시작했다. 음? 레이저를 날릴 생각이구나? 홍묘 일행에게는 그런 점도 잘 설명해 둔 덕에, 모두 한자리에 모여 있지 않고 세 기 모두 흩어져 멈추는 일 없이 계속 이리저리 움직였다.

이구아노돈이 날린 한 줄기 빛은 아무에게도 맞지 않고 공중을 힘차게 갈랐다.

“앗, 위험해.”

빗나간 광선이 가는 길목에는 마을이 있었다. 상급종의 하전입자포 정도라면 마을이 소멸했겠지만, 중급종 정도라면 집이 날아가 버리는 정도다.

물론 그렇다고 해서 그냥 내버려 둘 수는 없다.

"【리플렉션】."

나는 반사 마법의 벽을 대각선 45도로 펼쳐 레이저를 공중 저편으로 반사해 날려 버렸다. 역시 마을 근처에서 싸우면 성가시다.

〈으랴앗!〉

쓰러진 타조형 몸통에 니아의 중기사(슈발리에)가 검을 꽂자, 변이종은 검은 연기를 날리며 흐물흐물 그 형태가 무너졌다. 성공이야!

이구아노돈형도 외눈 아저씨의 창이 핵을 꿰뚫었는지 용해되기 시작했다.

마지막 힘을 쥐어 짜냈는지 타조형이 갑자기 기다란 부리를 지면에 꽂았다. 열심히 몇 번에 걸쳐 지면을 부리로 계속 찔렀지만, 이윽고 주르륵 녹아내렸다. 뭘 한 거지?

나는 그때 조금 더 주의 깊게 관찰했어야 한다고 나중에 가서 후회하게 된다.

일단 하급종도 거의 다 쓰러뜨렸으니 사실상 섬멸 완료라고 하면 되려나?

"다 해치운 건가?"

〈그런가 봐요.〉

브륀힐데에서 유미나의 목소리가 흘러왔다. 그래, 하급종 100마리에 프레임 기어 열 기니 대략 이 정도려나? 부상자도 없어 보이니 아주 성공적이다.

프레이즈와의 싸움이었다면 전투 후에 정재(晶材)를 모을 수 있었겠지만, 변이종과의 전투라 별 결실도 없으니 얼른 철수할까?

원래는 이 나라 '마공국 아이젠가르드'가 대처해야 할 문제이니, 우리가 일방적으로 나서는 것은 도리에 어긋나는 일인지도 모른다. 하지만 그냥 내버려 두면 확실히 피해가 퍼진다. 다른 나라에 정보를 더 흘릴 필요가 있겠어.

'흑접(파피용)'……이 아니라, '흑묘(黑猫)' 였지. 그곳의 실루엣 씨에게 부탁해 각국의 숙소나 창관에 그런 소문을 퍼뜨려 두자.

혼자서 생각에 잠긴 동안 흩어져 있던 붉은 중기사(슈발리에)들이 이쪽으로 돌아왔다.

콕핏 해치를 열고 니아가 고양이처럼 가벼운 몸놀림으로 지면에 내려섰다.

"내가 이 정도야, 알겠지? 응?"

"아니, 네 움직임에는 쓸데없는 동작이 많아. 에스트 씨나 유니의 상황을 보지 않고 움직였지? 집단전에 어울리지 않는 타입이네."

"잘 보셨어요."

어째서인지 자신만만한 니아를 타이르자, 옆에 있던 에스트 씨가 내 말이 맞다고 맞장구를 치며 고개를 끄덕였다.

원래 홍묘 일행의 싸움은 루주를 대동한 니아의 힘이 큰 지분을 차지하고 있으니까. 그렇게 되는 것도 어떻게 보면 당연하다.

니아는 고렘용 기체로 교체해 줄 예정이기도 하니, 그런 점은 에스트 씨에게 맡겨 두면 될 듯했다.

모두 다 모여, 나는 프레임 기어를 【스토리지】에 수납했다. 상공에서 감시를 계속하던 코교쿠도 푸드덕푸드덕 날갯짓하며 내려왔다.

"코교쿠, 권속 몇 마리에게 이곳을 망보라고 해 줄 수 있을까? 나중 상황을 알고 싶어."

〈알겠습니다.〉

코교쿠가 피이~ 하고 울자, 작은 새 두세 마리가 하늘을 날기 시작했다.

〈이러면 되리라 생각합니다.〉

"고마워."

"그 새, 말할 수 있어……?"

니아가 대화하는 우리를 보고 눈을 동그랗게 떴다. 새삼스럽게. 네 루주도 말하잖아.

좋아, 그럼 철수할까.

우리는 내가 연 【게이트】를 지나 출발지였던 버려진 성채로 돌아갔다. 당연하지만 출발했을 때와 그다지 다를 바 없는 풍경이 우리를 맞아주었다.

"후이~. 겨우 몇 시간에 불과한데 굉장히 지쳤어요."

그렇게 말하며 유니가 성채의 벽에 등을 기댔다. 다른 단원도 동료가 무사히 돌아오자 기뻐하며 준비해 둔 술과 식사를 야외에 놓아둔 테이블에 차리기 시작했다. 파티를 열려는 건가?

내가 쓴웃음을 짓는데, 조금 전의 그 세 사람이 우리 앞으로 다가왔다. 외눈 아저씨와 갈색 미인, 실눈 청년이다.

그들을 눈치챈 니아가 세 명과 함께 내 앞에 섰다.

"앗, 그러고 보니 그게 있었지. 토야, 늦었지만 소개할게. 이 녀석들은 선대부터 함께한 멤버로, 아저씨가 '대령', 언니가 '중위', 경박한 녀석이 '중사' 야."

"대령?"

"가명이다. 우리는 비원을 달성하기까지 본명을 사용하지 않기로 해서 말이지."

흉악한 얼굴을 일그러뜨리며 대령이 웃었다. 웃으니 더 무섭네. 세 사람은 확실히 어딘가 모르게 군인 같은 면모가 엿보였다.

"유미나."

"네."

나는 유미나가 사용한 마안(魔眼)의 도움을 받아 세 사람에게 문제가 없다는 점을 확인했다. 유미나의 '간파의 마안' 이라면, '조금 악한 편이지만 근본이 악한 사람은 아니다' 처럼 영혼이 얼마나 탁한지 자세히 꿰뚫어 볼 수 있다. 설마하니 의적단 홍묘에 이상한 야심을 품은 사람들이 있을 리는 없었지만, 만약을 위한 대비였다.

유미나가 미소를 지으며 고개를 끄덕였다. 아무래도 괜찮은 모양이었다.

"누군가를 찾아 줬으면 한다고 하셨죠?"

대령은 옷 안쪽 주머니에서 가죽을 씌운 수첩을 꺼내더니, 안에 끼워져 있던 흑백 사진 한 장을 내 손에 건네주었다.

그곳에는 세련된 의자에 걸터앉아 아기를 안고 있는 여성이 찍혀 있었다. 나이는 20대 초반 정도일까. 고급스러운 옷을 입은 모습으로, 목걸이에는 커다란 보석이 박혀 있었다. 귀족일까?

"이 사람을 찾으시는 건가요?"

대령의 아내인가? 나는 눈앞의 우락부락한 아저씨와 사진을 번갈아 보았다. ……안 어울리는 부부네. 아냐, 아마 아닐 거야.

"안타깝지만 그분은 이미 돌아가셨다. 찾는 사람은 그 품에 안겨 있는 분이다."

"어? 이쪽이요?"

사진으로 한 번 더 고개를 숙이고 여성의 품 안에서 잠들어 있는 아기를 응시했다. 아니, 이 아기를 발견해 달라고 해 봐야……. 내 눈에 아기는 전부 똑같은 얼굴로 보이는데.

'아기' 로 검색하면 지도 전체가 검색된 결과를 나타내는 핀으로 꽉 차 버리지 않을까?

"애초에 이건 언제 적 사진이죠?"

"10년 전이다. 그러니 지금은 열 살짜리 어린아이가 되었겠지."

10년 전이라고?! 이 사진의 아기가 열 살이 되었을 때 어떤 모습인지 어떻게 알아?! 그런 것보다 남자아이인가?! 아니면 여자아이?!

"남자아이다. 그 아이야말로 갈디오 제국과 마공국 아이젠가르드에 멸망당한 '레베 왕국' 국왕 폐하의 자녀, 루프레딘 왕자님이시다."

레베 왕국.

일찍이 뒤쪽 세계의 마공국 아이젠가르드와 갈디오 제국 사이에 있던 소국이라고 한다.

두 대국에 둘러싸여 있으면서도 천혜의 요새 같은 산들과 강한 고렘 병사들 덕분에 그 나라는 오래도록 독립을 유지했다.

비할 데 없이 강력한 고대(레거시) 기체인 '수황기(獸皇機)' 시리즈 총 12대를 거느렸고, 그들을 조종하는 열두 장군이 나라를 지탱했다고 한다.

그 나라에는 일찍이 번영했던 고대 왕국의 유적이 있었는데,

그 유적에서는 매우 빈번히 고대 기체(레거시)의 고렘이 발굴되었다는 모양이었다. 수황기 시리즈도 그곳에서 발굴된 고렘이었다.

그러한 보물산을 다른 나라가 노리지 않을 리 없었다. 과거에 몇 번이나 침공을 받았지만, 그때마다 대대로 열두 장군이 적을 무찔렀다.

레베 왕국의 지층에는 신왕은(神王銀)(하이미스릴)이 많이 함유되어 있다. 신왕은(하이미스릴)은 고렘의 능력을 크게 떨어뜨리는 물질로, 이 땅에서는 대부분의 고렘이 원래 가지고 있는 힘의 절반도 발휘하지 못했다. 그런데 수황기 시리즈는 이 신왕은(하이미스릴)의 영향을 받지 않는 기체였다.

레베의 땅을 벗어나면 당연히 그러한 장점은 사라진다. 하지만 나라를 지킨다는 점에 한해서는 더할 나위 없는 장점이었다.

레베 왕국을 공격하는 나라는 언제나 따끔한 맛을 보고 물러났다. 공격하는 쪽은 능력이 절반 이하가 되어 버리는데, 상대는 그 영향을 받지 않으니, 반칙도 그런 반칙이 없었다.

그런데 그 왕국이 10년 전, 갑자기 붕괴되었다. 레베 왕국 제13대 국왕, 막시밀리안 그란 레베의 치세 때였다.

계기는 열두 장군 중 한 명의 배신이었다. 마왕국 아이젠가르드로 도망가면서 그 장군이 반출한 수황기는 철저하게 분석되었다. 그리고 갈디오 제국과의 공동 개발로 두 나라는 결국 신왕은(하이미스릴) 성분이 있는 땅에서도 고렘이 능력을 잃지 않고 활동할 수 있는 장치를 개발했다.

그로 인해 레베 왕국의 이점은 사라졌고, 밀려오는 두 나라의 고렘 병단에 레베 왕국이라는 소국은 지도에서 사라졌다…….

"우리는 그 레베 왕국을 섬기던 병사의 생존자다."

그렇게 말하더니 대령은 품에서 카드 한 장을 꺼냈다. 그것을 가볍게 흔들자 그 자리에 고렘 한 대가 나타났다. '스토리지 카드'인가.

나타난 고렘은 2.5미터가 넘는 거체로, 조금 오렌지빛을 띤 노란색 장갑을 두르고 있었다. 그리고 무엇보다도 눈길을 잡아당긴 것이 그 머리. 그 고렘의 머리는 표범 같은 형태였다.

내가 그 고렘을 올려다보자 표범 머리 고렘이 눈을 움직여 나를 바라보았다. 우왓, 눈이 마주쳤어.

"이게 수황기 시리즈 중 하나인 '뇌표(雷豹) 레오파르도(Leopardo)'다. 밖으로 꺼내기도 오랜만이군……. 아이젠가르드나 갈디오에 우리 정체를 들킬 염려가 있기 때문이다."

"잠깐만요. 이게 수황기 시리즈라면 당신은……."

유미나가 중간에 끼어들었다. 그래, 맞아. 그렇다는 건……. 우리의 의문에 대답하듯이 그 옆에 있던 갈색 미녀…… 중위가 한 걸음 앞으로 나와 말했다.

"그래. 대령은 일찍이 이 레오파르도와 함께 싸웠던 레베 열두 장군 중 한 명이다."

"그렇다. 그 당시에는 내가 가장 젊은 애송이였지만 말이지."

10년 전이니 별로 이상하지는 않았지만, 이 우락부락한 아저씨의 젊은 시절이라니, 전혀 상상되지 않았다. 40대라고 해도 믿을 얼굴인데, 사실은 젊은 건가? 대령이 서른을 조금 넘은 나이라고 하면, 10년 전에는 20대를 조금 넘은 시점…… 애송이라고 하면 애송이라 할 수 있는 건가?

"루프레딘 왕자님은 레베 왕국이 멸망하기 불과 3일 전에 태어나셨다. 새로 측실이 된 분의 자제로, 그 존재를 아는 사람은 극소수지. 왕국이 멸망하기 직전에 그 왕자님을 유모가 데리고 나라 밖으로 탈출했다는 사실은 확실하지만, 그 이후의 행적을 전혀 추적할 수 없네."

"선대 홍묘 수령은 갈 곳 없이 방황하던 우리를 받아들여 주었지. 10년간 여러 정보를 모아 왕자를 찾았는데, 어떤 단서도 발견하지 못했어."

대령의 말을 잇듯이 실눈 중사가 한숨을 내쉬며 말했다. 그거야 사막에서 바늘을 찾는 일이나 마찬가지이니 당연하다.

"열두 장군도 대부분이 전사했고, 수황기도 빼앗기거나 파괴되었지. 하지만 레베의 백성들은 여러 장소에 머물며 살아가고 있어. 왕자님은 그 희망의 빛이네. 왕자님이 자신의 출신도 모른 채 불행하게 살고 있을지도 모른다고 생각하니, 도저히 가만히 있을 수가 없군. 부탁하네. 어떻게든 찾아줄 수 없을까?"

"아무리 그렇게 말씀하셔도……."

고개를 숙이는 대령을 곁눈으로 보면서 나는 사진을 다시 내려다보았다. 겨우 이 정도의 단서로는…….

"이 아이에게 뭔가 특징은 없었나요? 희귀한 점이 있다든가, 별 모양의 반점이 있다든가요."

"점이나 반점이 있었는지는 모르겠지만, 레베 왕가의 남자는 모두 유전적으로 마안을 지니네. 그리고 그 마안을 억누르기 위해 어릴 때는 '봉인의 팔찌' 를 장착하는 관습이 있네. 개중에는 제대로 다루지 않으면 위험한 마안도 있으니까."

마안이라는 말을 듣고 나와 유미나는 무심코 서로 눈이 마주치고 말았다. 다시 사전을 내려다보니, 분명히 아기가 팔에 팔찌처럼 보이는 뭔가를 차고 있었다.

지금까지 마안을 지닌 사람을 몇 명인가 만났다. 유미나가 지닌 사람의 본질을 꿰뚫어 보는 '간파의 마안' 이나, 라밋슈 교황 예하가 지닌 거짓말을 꿰뚫어 보는 '진위의 마안' , 그리고 용인족 모험자인 소니아 씨가 지닌 환상을 꿰뚫어 보는 '파환의 마안' 등.

사진 속의 아이는 눈을 감고 있어서 잘 모르겠지만, 마안을 지닌 아이였구나.

"국왕 폐하도 그다지 강력하지는 않았지만 '발화의 마안(發

火の魔眼)' 을 지니신 분이었지. 왕자님도 어떠한 종류의 마안을 지니고 있을 거라 추측되네."

"그게 확실하다면 상당히 범위를 좁힐 수 있겠어요. 마안을 지닌 사람은 우리 세계에도 그다지 많지 않은 편이고, 이쪽 세계에서는 아마 더 적을 테니까요."

마안이란 무속성 마법이 눈이라는 기관에 깃든 것이라는 설도 있다. 마법사가 적은 이쪽 세계에는 마안을 지닌 사람이 매우 희소하리라 생각한다. (앞쪽 세계에서도 나름 희소한 존재이지만).

그런 것보다, 그렇게 큰 단서가 있었는데도 아직 발견하지 못했단 말이야?

"그쪽 세계에서는 어떤지 모르나, 기본적으로 이쪽에서는 사람들이 마안을 지닌 사람을 두려워하지. 마안을 지닌 대부분의 사람은 자신의 정체를 숨기고 살아가. 쉽게 발견할 수 있을 리가 없지. 게다가 거기 있는 아가씨와는 달리 국왕 폐하는 양쪽 눈이 모두 같은 색이셨네. 아마 왕자님도 겉모습으로 판단하기는 어려울 거라 생각한다만."

마안은 그 힘이 강력하면 할수록 오드아이가 될 확률이 높다고 한다. 그런 점에 비추어 보면 레베 왕가의 마안은 그다지 강력하지 않은 모양이었다. 하지만 마안인 이상 마력의 흐름은 포착할 수 있다. 내가 그걸 판별할 수 있다면 검색은 가능하다.

“검색. 마안 보유자인 열 살 정도의 남자아이.”

〈검색 중. 검색 종료. 표시합니다.〉

공중에 투영된 지도에 핀이 몇 개인가 꽂혔다. 세 개인가. 하지만 겨우 이 정도로는 왕자인지 어떤지 알 수 없었다. 모두 그냥 마안을 지닌 사람일 뿐인지도 모른다.

“봉인의 팔찌는 몸이 자라도 계속 장착할 수 있는 물건인가요?”

“그래. 분명히 크기가 자유자재로 변화할 거야. 겉보기는 그냥 팔찌이지만, 아직 몸에 차고 있을 가능성은 크다고 봐야겠지.”

값비싸 보이는 팔찌라면 도둑맞거나 팔거나 해서 더는 가지고 있지 않을 가능성도 있지만, 그렇다면 괜찮으려나?

어떠한 종류의 마력은 느껴질 테니, 그 팔찌가 특별하다는 점은 나도 충분히 인지할 수 있을 듯했다. 그렇다면 검색 가능하다.

“이 안에서 봉인의 팔찌를 차고 있는 사람을 검색.”

〈검색 종료. 해당하는 검색 결과는 한 건입니다. 표시합니다.〉

“““!”””

성공이야! 붉은 핀이 지도 위에 딱 하나만 꽂혔다.

“갈디오 제국……. 설마 원수의 품에 있을 줄이야…….”

“대령……. 게다가 이 장소는…….”

“제도(帝都) 갈레스타……. 한가운데라니, 우와~…….”

세 사람 모두 화면을 보면서 놀라워했다. 설마 조국을 멸망시킨 나라 중 하나, 그것도 그 나라의 수도에 있을 거라고는 생각을 못 한 모양이다. 상당히 복잡한 표정을 짓고 있었다.

제도의 어느 부근일까? 나는 지도를 확대하며 장소를 좁혀갔다. 슬럼가가 아니면 좋을 텐데……. 죄를 지어서 노예로 전락했다면 그야말로 최악이다.

"으응? 어라? 잠깐만. 이건……."

핀이 꽂힌 장소를 확대하면서 나는 한 가지 사실을 깨달았다. 장소가 제도 중앙에 있는 커다란 건물 안이었다. 여긴 분명히 황궁일 텐데?

"왜 레베 왕가의 왕자가 갈디오 황제의 황궁에……?!"

대령이 멍하니 그런 말을 흘렸다. 황궁이 결계로 덮여 있지 않아 다행이지만…… 어라? 검색이 좀 잘못된 건가?

"어떻게 된 걸까?"

"글쎄. 나도 잘……."

린이 시선을 던졌지만, 나도 모르는 일이었다. 적어도 이 황궁에 '마안 보유자' 이자 '봉인의 팔찌' 를 차고 있는 '열 살 정도의 남자아이' 가 있다는 사실은 확실했다. 그 사람이 레베 왕국의 왕자인지 어떤지는 모르지만.

"……고렘 마스터 등록에는 G큐브 유전자 정보를 부여한다고 들었는데……. 레베 국왕 폐하의 고렘은 지금 어디 있죠?"

"국왕 폐하의 고렘? ……대파되긴 했지만 지인이 지금도 소중히 보관하고 있지. 그런데 그걸 가지고 뭘 하려고 그러는 건가?"

"이 아이가 정말로 레베 왕국의 아이인지 확인해 보는 게 좋잖아요? 국왕 폐하의 머리카락이나 피 같은 게 있으면 확인할 수 있어요."

"……알았다. 준비하지."

좋아. 이젠 몰래 이 황궁에 잠입해 이 아이의 머리카락을 한두 개 슬쩍해 오면 된다. 그리고 '연금동'에 있는 플로라에게 부탁해 DNA 감정을 하면 진실이 확실히 밝혀질 테지.

"이 황궁에 가실 건가요?"

"【인비저블】을 사용해서 이 아이의 머리카락을 한두 개 슬쩍해 오려고 하는 것뿐이야."

"그럼 저도 가겠어요."

"나도 갈게."

유미나에 이어 린도 손을 들었다. '나도~' 라고 하듯 폴라도 손을 들었다. 그리고 코교쿠도 내 어깨에 앉은 채 고개를 끄덕였다.

"그럼 이 아이의 머리카락을 가지고 곧장 우리 세계로 돌아갈까? 국왕 폐하의 머리카락을 구하려면 얼마나 걸리죠?"

"글쎄……. 이삼일 정도면 된다."

"좋아요. 그럼 머리카락을 구하면 니아에게 전달해 주세요."

홍묘 일행에게 작별 인사를 하고 일단 우리는 인기척이 없는 숲속으로 【게이트】를 열었다. 그곳으로 이동한 다음 모두에게 【인비저블】을 걸어 투명화한 뒤, 【텔레포트】로 단숨에 날아가기로 했다.

투명화하면 어느 정도 위치가 벗어나도 큰 문제는 없겠지. 나는 지도를 보면서 방향과 거리를 확인했다.

"그럼 모두 이쪽으로 모여."

"네? 앗, 예!"

"후후. 조금 쑥스러운걸?"

그런 말은 하지 마. 괜히 의식하게 되잖아.

양 옆구리에 매달린 두 사람을 안고 등에는 폴라, 어깨에는 코교쿠를 태운 채, 나는 단숨에 【텔레포트】로 갈디오 제국의 황궁에 있는 안뜰로 순간이동을 했다.

"꺅!"

"오옷!"

"음?! 누구냐?!"

조금 높이 조정을 잘못해 안뜰의 지면에서 30센티미터 더 높게 이동하고 말았다. 앞으로 몸이 고꾸라질 뻔한 유미나를 끌어안아 간신히 쓰러지지 않게 막았지만, 목소리를 듣고 경비병 몇 명이 이쪽으로 다가왔다.

사전에 【인비저블】을 걸어 두어서 목소리만 내지 않으면 경비병들은 우리의 모습을 볼 수 없다.

"왜 그러지?"

"아니요, 수상한 소리가 들렸는데…… 아무래도 착각인 듯합니다. 새나 동물이었겠죠."

어딘가에서 어린아이의 목소리가 들리자, 병사 한 명이 그 목소리에 대답했다.

목소리가 들린 곳으로 고개를 돌려보니, 안뜰에 열 살 정도 되는 남자아이가 서 있었다. 상당히 비싸 보이는 옷을 입고 있네. 귀족 집안의 아이인가?

그 아이는 길고 밝은 갈색 머리카락을 뒤로 묶은 모습으로, 얌전해 보이는 소년이었다. 눈동자는 짙은 갈색이지만, 오른쪽 눈만은 조금 녹색이 섞인 짙은 베이지색이었다. 마안 보유자다.

"토야 오빠. 저기에……."

유미나가 가리킨 곳을 보니 그 아이의 팔에서 금색 팔찌가 반짝였다. 저게 봉인의 팔찌인가. 틀림없이 저 아이가 검색된 아이다.

흐음. 레베 국왕은 양쪽 눈 모두 같은 색이었다고 한다. 그에 반해 저 아이는 일단 오드아이다. 게다가 도망친 왕자가 적국에 사는 귀족의 아이가 되었다니 어떻게 된 일이지? 물론 마안 특성이 강하게 유전되었을지도 모르지만…….

"역시 검색이 잘못된 건가……?"

아무튼 좋다. 일단 DNA 감정을 하면 바로 알 수 있을 테니까.

"코교쿠. 부탁해."

〈알겠습니다.〉

코교쿠는 내 어깨에서 날아오르더니 휘~잉 활공하여 소년의 머리카락을 스쳐 지나가 아주 조금 머리카락을 뽑았다.

따끔했는지 소년이 머리를 누르며 하늘을 올려다보았다. 미안해~.

일단 이렇게 해서 미션 컴플리트구나. 철수할까?

"오오, 루크레시온. 여기에 있었느냐."

"아버지! 게다가 어머니도!"

"황제 폐하! 황비 폐하가 아니십니까!"

뭐라?!

안뜰에 나타난 두 사람을 보고 그 자리에 있던 소년 이외의 사람들이 일제히 무릎을 꿇었다.

40대 전후의 장년 남성과 30대를 넘어선 정도의 다정해 보이는 여성.

날씬한 편이지만 의지가 강해 보이는 눈과 눈썹을 지닌 남성은 외모만 봐도 황제라는 사실을 알 수 있을 만한 호화스러운 망토를 걸치고 왕관을 쓰고 있었다.

여성 쪽도 딱 봐도 비싸 보이는 드레스로 몸을 둘렀고, 이마에는 보석이 박힌 서클릿을 쓰고 있었다. 이 두 사람이 갈디오의 황제와 황비인가.

그렇다면…… 저 아이는 황자란 말이야?!

"아버지, 외출하시는지요?"

"그래. 공장(팩토리)에 가 볼 셈이다. 조금 늦게 돌아올지도 모르니 어머니를 잘 부탁한다."

"네!"

힘차게 대답한 황자의 머리를 부드럽게 쓰다듬은 갈디오 황제는 기사들과 함께 안뜰 밖으로 떠났다. 남은 황비와 황자는 즐겁게 대화를 나누면서 호위 병사들을 데리고 황제와는 다른 방향으로 걷기 시작했다.

"코교쿠, 미안. 저 황제와 황비의 머리카락도 입수해 줘."

〈알겠습니다.〉

코교쿠가 다시 날아올랐다. 대체 뭐가 어떻게 된 건지 전혀 모르겠지만, 지금으로선 할 수 있는 일이 겨우 그 정도뿐이었다.

"대체 어떻게 된 걸까? 왜 멸망당한 레베 왕국의 왕자가 자신의 나라를 멸망시킨 갈디오 제국의 황자가 되어 있는 거지?"

"아직 저 아이가 망국의 왕자인지 어떤지는 몰라요. 그냥 이곳의 황자도 같은 나이고, 마안 보유자여서 봉인의 팔찌를 가지고 있을 뿐일지도 모르니까요."

유미나와 린이 그런 대화를 했다. 리니에 때처럼 황비가 바람을 피워서 다른 남자의 아이를…… 가진 것도 아닌 듯하고…….

아무래도~ 복잡한 사정이 있을 듯하지만……. 그건 또 성가신 일이겠지……?

제2장 아이젠가르드의 마공왕(魔工王)

"결론부터 말하면, 이 아이는 이쪽 부부의 아이가 아니에요."

'연금동'의 플로라가 감정 결과를 단호하게 말해 주었다. 여전히 커다란 복숭아 두 개가 터질 것만 같은 간호사 옷을 밀어 올리고 있었다. 정말 눈을 어디에다 두면 좋을지 모르겠다.

그런 내 마음을 꿰뚫어 본 것처럼 플로라는 간호사 옷의 가슴주머니에서 작은 유리에 들어 있는 머리카락을 꺼냈다. 이제는 대령에게 건네받은 레베 왕국 국왕의 유발(遺髮)이 문제다. 유발이라고 표현했지만, 고렘에 등록하기 위해 넣은 모근이 달린 머리카락이니 정확하게는 유발이 아니지만.

"이쪽의 돌아가신 국왕의 머리카락 말인데, 이쪽과는 일치했어요. 이 두 사람이 부자 관계라는 사실은 틀림없답니다."

"아이고~……."

그 감정 결과를 듣고 나는 하늘을 쳐다보았다. '연금동'의 흰 천장이 눈에 선명히 들어왔다.

즉, 갈디오 제국의 그 황자는 갈디오 황제 부부의 아이가 아니라 멸망한 레베 왕국 국왕의 아이라는 점이 확실해졌다.

"참, 이걸 어째……."

뭐가 어떻게 돼서 이렇게 됐는지는 알 수 없다. 이런 경우, 문제는 과연 갈디오 황제 부부가 그 사실을 알고 있는가 모르는가다.

아니, 적어도 어머니인 황비는 알고 있을 가능성이 크다. 자신이 낳은 아이니까. 응? 아니, 자신이 낳은 게 아니구나.

그렇다면 황제만이 진실을 모른다든가……? 그것도 비참한데……. 다행인가 불행인가 갈디오 황제와 황자는 어딘가 모르게 닮았다. 머리카락의 색도 똑같고. 황제는 파란색이라 눈동자의 색은 다르지만, 황비가 아들과 같은 갈색 눈동자다. 누가 봐도 부모 자식 관계다. 사이도 좋아 보였고.

그 아이가 제 아들이 아니라는 사실을 알게 되면…….

이걸 어째……. 뭔가 진흙탕에 빠진 느낌이야. 안 되겠어. 나 혼자 안고 있기엔 짐이 너무 무거워!

"그래서, 모두의 의견을 듣고 싶어."

밤이 되어, 모두를 내 방으로 불러 모아 사정을 설명했다. 오늘은 스우도 자고 가는 날이라 지금은 노란 잠옷을 입고 책상다리를 한 내 다리 위에 앉아 있다.

내 방에는 여전히 열 명이 자도 남을 만큼 쓸데없이 큰 특수

제작 침대가 있어(혼자서 잘 때 쓰는 침대는 따로 있다), 모두가 색만 다르고 모양은 같은 잠옷을 입고 제각각 침대 위에 앉아 있었다.

스우가 왔을 때만 모두 다 같이 이 침대에서 잠을 잔다. 어느새 그런 규칙이 생기고 말았다. 물론 아무에게도 손을 대지 않았다. ……겁이 많아서. 아무튼, 그건 제쳐 두고.

"으으음. 갈디오 제국의 황제가 그 아이가 친자인지 아닌지 알고 있는가가 열쇠가 아닐는지요?"

"모르지 않을까요? 아주 사이가 좋아 보이는 부자지간이라는 모양이니까요."

머리를 내리고 라벤더색 잠옷을 입은 야에가 책상다리로 꺼낸 말을 듣고, 옆에 있던 오렌지색 잠옷 차림의 힐다가 그렇게 대답했다.

"잘은 모르겠지만, 왜 레베 왕국의 왕자가 갈디오 제국의 황자가 되었는지가 중요하네요. 그게 밝혀지면 모든 진실을 알 수 있으리라 생각해요."

연두색 잠옷을 입은 루가 뺨에 손을 대고 골똘히 생각했다. 그렇겠지? 유모와 멸망해 가는 나라에서 탈출했던 왕자가 어떠한 자초지종을 거쳐 제국의 황자가 되었는가. 그게 모든 문제를 푸는 실마리가 될 것 같아.

"그런 것보다도…… 이 사실을 대령님 일행에게 솔직히 말씀하실, 건가요?"

하늘색 잠옷을 입은 린제가 나를 보며 물었다. 그것도 어떻게 할지 고민되는 점이야.

"일단은 말할 생각이긴 해. 그 사람들도 왕자의 안부가 걱정될 테니까. 황궁에서 행복하게 살고 있다면 일단 안심을 하긴 하겠지만."

"그런데 멸망당한 레베 사람으로서는 마음이 복잡해지는 이야기야. 자신들의 나라를 멸망시킨 제국의 황자가 되었다니. 기뻐하면 좋을지 슬퍼하면 좋을지 모를 일이잖아?"

빨간 잠옷을 입은 에르제가 침대에 엎드리며 나무 접시의 콩과자를 입에 넣었다. 침대 위에서 음식을 먹지 말라니까.

"이럴 때 진실을 가장 잘 알고 있을 사람은 황비야. 직접 물어볼래?"

"아니, 근데. 예를 들어 낳은 아이를 자기도 모르는 사이에 누가 바꿔치기했다면 어떡하지? 황비는 그걸 모른 채 정말 자신의 아이라고 생각하며 키웠을지도 모르잖아."

"……그래, 그럴 가능성도 있긴 해."

내 말을 듣고 검은 잠옷을 입은 린이 맞아, 라고 하며 고개를 끄덕였다. 그 옆에서는 코하쿠를 비롯한 신수(神獸) 다섯 마리와 폴라가 누워서 잠을 자고 있었다. 매번 생각하는 거지만, 봉제 인형에게 수면이 필요한가……?

히프노시스
"임금님, 어둠 마법. 최면 마법을 써서 물어보면 돼."

"최면 마법? 아, 그런 수가 있었구나!!"

벚꽃색 잠옷을 입고 드러누워 있는 사쿠라의 말을 듣고, 나는 무심코 손가락을 딱 하고 튕겼다. 최면 마법이라면 사실을 알고 있는지 어떤지 물어볼 수 있다.

최면 상태로 만들어 '황자는 당신의 친아들인가요?' 하고 물어보면 된다. '그렇다' 라고 대답하면 진실을 모르는 거고, '아니다' 라고 대답하면 그 사실을 알고 있는 셈이 된다.

"그런데 토야 오빠. 그렇게까지 할 필요가 있을까요……? 매정한 이야기일지도 모르지만, 토야 오빠가 부탁받은 일은 어디까지나 레베 왕자의 생존 확인과 살고 있는 장소를 검색해 달라는 것뿐이잖아요. 그 세 사람에게 그 사실만 가르쳐 주면 진실이 어떻게 되든 상관없는 게 아닐까요?"

흰 잠옷을 입은 유미나가 말을 꺼내기 어렵다는 듯이 그렇게 말했다. 그 마음은 안다. 자칫 잘못하면 행복한 가족 하나를 망가뜨릴 수도 있으니까. 그런 점은 언급하지 않아야 가장 좋다는 사실도.

하지만 대령 일행은 어떻지? 모든 진실을 모르면 진심으로 이해해 주지는 못하지 않을까? 그 세 사람은 괜찮을 거라 생각하지만, 만약 그 사실을 레베의 신하였던 사람들이 알게 된다면 터무니없는 행동을 저지를 사람이 나오지 않을 거라고 장담할 수는 없다.

'갈디오 제국의 황자는 레베 왕국의 왕자다.' 라고 떠들어도 아무도 믿지 않으리라 생각한다. 하지만 어떤 계기로 그 이야기가 황자의 귀에 들어가게 된다면?

아마 믿지는 않을 테지만, 마음에 작은 응어리는 남는다. 분별없는 가신들이 험담하여 마음에 상처를 받을지도 모른다. 부모님과의 관계가 어색해질 수도……. 나는 그렇게 되기를 원하지 않았다.

정확하게 진실을 확인하여 대령 일행도 잘 받아들여 줬으면 했다. 그 사람들도 황자의 불행은 바라지 않을 테니까.

대화를 듣고 있던 스우가 머리를 내 가슴에 대고 말했다.

"참 어려운 이야기구먼."

"그러게. 재미없었어?"

"토야가 여전히 너무 사람이 좋아 탈이라는 사실은 잘 알았네."

아주 가차 없는 평가다. 하지만 사실인 이상, 그런 말을 들어도 어쩔 수 없나?

"하나, 그래야 우리의 토야가 아닌가. 그리고 토야가 곤란한 상황에 처하면 우리는 책임지고 힘을 빌려줘야 해. 사양할 건 없다만? 이렇게 같이 있기만 해도 즐거우니 말일세."

스우가 내 손을 잡고 자신의 가슴 앞으로 잡아당겼다. 그 탓에 내가 뒤에서 스우를 그러안고 있는 모습이 되었다. 앗, 스우 씨? 조금 부끄럽거든요?

"스우. 임금님을 독점하면 안 돼."

"오오?"

천천히 일어선 사쿠라가 스우의 양쪽 겨드랑이를 안고 나에게서 떼어 냈다. 그리고 책상다리를 하고 있는 나의 정면을 바라보고 앉아 나를 꼬~옥 껴안았다. 으악, 사쿠라 씨?! 이것도 부끄러운데요?

“아앗! 사쿠라 씨, 치사해요! 저도 할래요!”

“우오오?!”

이번엔 루가 사쿠라를 떼어 내고, 똑같이 나에게 매달리듯 끌어안았다. 앗, 너희 좀 진정해!

“우리도 참전해야 할 듯합니다, 힐다 님.”

“네. 참전하죠. 야에 씨.”

“어, 언니. 우리도.”

“뭐?! 앗, 그러네! 그래야지!”

“앗, 잠깐만?!”

내가 방 안에서 이리저리 도망쳐 쫓고 쫓기는 추격전이 시작되었다. 한밤중에 후다닥 뛰어다니다니, 아파트나 빌라였으면 민폐도 이런 민폐가 없다. 너희 지금 나랑 일부러 장난치는 거 맞지?!

마지막에는 에르제가 【부스트】로 태클을 걸어 내가 침대에 쓰러지자 모두가 달려들어 나를 뒤덮었다. ‘무거워!’ 라고는 입이 찢어져도 말할 수 없었다. 그랬다간 난 죽을 테니까.

게다가 여러 부위가 여러 부위에 닿고 있거든요?! 이러다간 여러 가지로 위험할 듯해서 나는 【텔레포트】로 탈출했다!

"흐, 흐으윽!! 무, 무겁습니다!"

"무거워……!"

내 위에 올라가 있던 야에와 사쿠라가 대신 아래에 깔려 비명을 질렀다. 에구, 미안해.

"자자, 오늘은 같이 자기로 한 밤이니 너무 떠들지 마. 너희도 이 나라의 왕비이니 조금 얌전하게 구는 법도 배워야지."

짝짝, 하고 가볍게 손을 치고 린이 모두를 타일렀다. 살았다. 역시 최연장자. 외모는 스우 다음으로 어려 보이지만.

린 덕분에 간신히 진정된 모두가 최근에 일어난 일 등을 서로 이야기하기 시작했다. 기본적으로 걸즈토크라 나는 거의 참가하지 않지만, 신경 쓰이는 점은 꼭 물어봐 두곤 한다. 모두에 관한 일이라면 제대로 알아두고 싶으니까.

"그러고 보니, 에르제. 수행은 어떻게 되고 있어? 그 이후로 계속 타케루 삼촌에게 배우고 있지?"

"응. 스승님은 굉장해! 얼마 전에는 멜리시아 산맥의 산기슭에 가서 프레임 기어 크기의 거대한 파워를 일격에 분쇄해 버렸어. 우리도 거기서 '투기법(鬪氣法)' 을 배우는 중이야."

" '투기법' ?"

"마력을 몸의 일부와 융합시키고, 그 상황에 맞춰 특성을 변화하는…… 거였던가? 용인족인 소니아 씨가 사용했던 '발경' 도 그중 하나인가 봐. 한계까지 수행하면 파이어볼처럼 '기(氣)' 의 덩어리를 날릴 수 있게 돼. 스승님이 그거로 날고 있던

와이번
비룡을 떨어뜨렸어.”

무신(武神)님은 대체 뭘 하는 거야……. 흥분해서 산을 날려 버리거나 하지는 않겠지?

항상 아침 일찍부터 저녁까지 수행에 몰두하는 에르제도 내일은 쉬는 날이라고 한다. 스승님이 전사에게는 휴식도 필요하다고 말해서.

“엔데는 괜찮아?”

“아~……. 응, 괜찮다고 해야 하나? 그 녀석은 나보다 ‘기’를 잘 사용하거든. 스승님과 매일 대련을 해서 완전 녹초가 되지만, 성에 돌아가 ‘연금동’의 플로라에게 주사를 맞으면 다시 원래대로 돌아오니까.”

“그럼 괜찮은 게 아니지 않을까……?”

옆에 있던 린제가 어색한 미소를 지었다. 무슨 주사인지는 무서워서 물어볼 수 없지만, 괜찮겠지. ……아마도.

“그런데 확실히 강해졌어. 나도. 조금만 더 힘내면 중급종 정도는 맨몸으로도 일격에 쓰러뜨릴 수 있을 것 같아.”

……얼마 전에 ‘홍묘’는 그걸 프레임 기어 세 대를 동원해 쓰러뜨렸거든요?

음, 엔데도 처음 만났을 때부터 이미 맨몸으로 중급종을 쓰러뜨렸을 정도니까. 에르제에게는【부스트】라는 비장의 무기도 있고, 권속화가 진행되면 에르제도 더 강해질 수 있겠지.

잠깐, 엔데도 타케루 삼촌의 권속이 되려나?

그런 생각을 하는 중에 침대에 앉아 있던 나를 향해 스우가 다시 다가와 등에 안겨들었다. 스우는 조금 스킨십이 많은 편인걸? 지금은 아직 괜찮지만, 성장하면 여러모로 곤란할 것 같은 느낌도 든다.

“아참. 스우. 어머니는 잘 계셔? 이제 곧 출산일이지?”

“그래. 어서 태어났으면 하네만. 나는 남동생이 좋아. 여동생도 좋고. 아무튼 무사히 태어나면 좋겠구먼.”

오르트린데 공작 가문은 후계자가 될 장남이 태어나길 원했다. 태어난 아이는 야마토 왕자와 동년배가 될 테니, 좋은 놀이 상대가 되지 않을까? 그리고 미래에 국왕이 된 야마토 왕자의 오른팔로 활약해 줬으면 한다. 역시 너무 앞선 생각이긴 하지만.

유미나에게는 사촌이 되고, 나에게는 처남이나 처제……가 되는 건가?

“아이 말씀이십니까……. 소인들도 언젠가는…….”

무심코 중얼거린 야에의 그 한마디에 스우 이외의 모두가 조금 얼굴을 붉히더니 안절부절못하며 시선을 마구 움직였다. 물론 나도 예외는 아니었다. 좀처럼 익숙해지질 않네. 이런 분위기에는…….

“부, 분명히 바빌론 박사의 앞을 내다보는 마도구(아티팩트)로는 우리 중 여덟 명은 딸을 낳고, 한 명은 아들을 낳았었죠?”

힐다가 쑥스러운 듯이 웃으면서 말했다. 그렇게 말하긴 했지만…… 딸이 여덟 명이면 굉장히 힘들 듯했다. 아니, 색시가 아홉 명인 것도 힘들긴 마찬가지지지만.

"확률을 따져 보면, 우리 요정족은 남자아이 출산율이 낮으니 여자아이일 가능성이 커. 배우자가 인간이라도 하프엘프처럼 반씩 특성을 가지고 태어나지는 않으니까."

린이 힐다의 말을 듣고 그렇게 대답했다. 그래? 그렇다면 린과의 사이에서 태어날 아이는 딸일 가능성이 큰 거구나.

"마왕족도 같아. 태어난 아이는 마왕 종족이 돼. ……나는 여자아이가 좋아. 남자아이가 만에 하나라도 마왕을 닮는다면 역시 좀 싫거든."

사쿠라가 얼굴을 찌푸리며 중얼거렸다. 그렇게까지 말하기야……? 그런 추태를 자주 봤으니 어쩔 수 없는 건가?

그런대로 훌륭한 위정자인데 말이지. 딸 앞에서는 너무 막 나간다니까, 그 사람은. 딸이 태어나도 그렇게는 되지 말자고, 나는 마왕을 볼 때마다 항상 자신을 타이르고 있다.

"그런데 손녀가 태어나면 마왕 폐하가 더 쓸데없이 흥분하지 않을까?"

"……아차. 그건 정말 큰 문제야……."

으으~음하고 고민하며 사쿠라가 침대에서 이리저리 뒹굴었다. 그렇게 고민할 것까지야.

"소, 소인은 남자아이가 좋습니다……. 역시 검사 수행을 시키고 싶으니까요 ……."

"그러네요! 저도 멋진 기사의 마음가짐이 무엇인지 가르쳐 주고 싶어요!"

"앗, 나도 아들과 대련을 해 봤으면~ 하는 마음이……."

야에, 힐다, 에르제가 쑥스러워하며 저마다 소원을 말했다. 음, 너희는 아마 딸이라도 그렇게 할 거라고 생각해.

"남자아이는 딱 한 명이라고 하니, 조금 아쉬, 워요."

린제가 그렇게 중얼거리자, 유미나가 그 말을 듣고 말했다.

"아니요, 꼭 그렇다고만은 할 수 없어요. 박사가 미래를 봐서 확인한 건 '왕비 아홉 명 모두에게 아이가 생겼지만, 왕자는 한 명뿐이었다' 라는 이야기뿐이거든요. 그 후에 태어날 둘째의 미래까지는 보지 못했어요."

"그럼 둘째는 남자아이일 가능성도 충분히 있다는 거네요? 그렇다면 아무런 문제도 없지 않을까요?"

유미나의 말을 듣고 기쁘다는 듯이 손을 짝, 하고 치는 루. 설마 그 말은 내 자녀들이 열 명을 넘어간다는 말인가요……?

축구를 넘어서 럭비팀도 만들 수 있을 기세인데, 베이비시터 같은 사람도 굉장히 많이 필요하겠어. 응? 앗, 바빌론 넘버즈가 있구나.

마침 아홉 명이기도 하니 그 아이들에게 한 명, 한 명, 육아서포트를 맡기면…… 아니지…… 맡겨선 안 돼. 응, 안 돼. 기각. 에로메이드라든가 덜렁이 무녀라든가, 로리콘 흰 가운에게 맡길 수야 없지! 온종일 책만 읽는 녀석이라든가, 잠만 자는 녀석이 아이를 돌보는 일을 할 수 있을 리가 없다.

태어나기 전에 제대로 된 인재를 확보해 둘 필요도 있겠어……. 응? 이것도 너무 성급한가?

"이보게, 토야."

"응~?"

"아기는 어떻게 하면 생기는가?"

천진난만한 스우의 한마디에, 방 안의 공기가 꽁꽁 얼어붙었다.

으악. 뭐라고?!

"스우…… 지금 몇 살이었지?"

"으~음. 얼마 전에 열두 살이 되었네. 토야랑 모두가 축하해 주지 않았는가."

그래, 열두 살이었어. 틀림없다. 내가 원래 있던 세계라면 내년에 중학생이 된다.

"저어, 스우. '그거', 에렌 숙모님이 가르쳐 주지 않으셨어?"

"……? 뭘 말인가, 유미나 언니?"

어리둥절한 표정을 지으며 스우가 내 어깨너머로 유미나를 바라보며 고개를 갸웃했다. 아~. 하나도 모르는 얼굴이야, 이건.

내가 있던 세계에서는 초등학생 수준에서 가르쳐 주는 이야기인데, 이쪽 세계에서는 아닌가?

아니, 평민이라면 친구를 통해 듣거나, 부모님을 엿보는 등의 사건으로 생각보다 어릴 때 배우기도 하지만, 왕족이나 귀족은 역시 좀 다를지도 모른다. 역시 그런 내용을 가르쳐 주는 교육 담당이나 부모님에게 배우는 건가?

실제로 유미나, 루, 힐다…… 그리고 사쿠라도 모두 왕족이지만 그런 지식을 제대로 갖추고 있는 듯하니. 이런 경우에는 스우가 특수한 건지도?

어머니인 에렌 씨는 불과 몇 년 전까지 눈이 보이지 않았기도 하고 말이야. 역시 공작 전하가 가르쳐 줄 수 있는 내용은 아닐 테고.

"……어떻게 할 거야?"

"물어본다고 답이 나올 리가……."

얼굴을 붉힌 린이 시선을 던졌지만 나라고 좋은 대답이 있을 리가 없었다. 솔직히 말해 그런 종류의 대답도 스마트폰으로 찾으면 나올지도 모르지만, 그걸 어떻게 보여 줘…….

"그런 일도 있지 않을까 해서!"

콰당! 하고 문을 열더니 '정원'의 셰스카와 바빌론 박사가 안으로 들어왔다. 후허헉?! 타이밍을 딱 맞춰 등장하다니! 뭐야?! 이 방에 도청기라도 설치해 놓은 건가?!

"그런 거라면 맡겨 두시길. 아주 친절하고 정중히 네게, 아니, 이곳에 있는 모두에게 기본적인 사항을 알려 주지."

"맡겨 주세요. 응용편도 완벽하게 준비되어 있답니다!"

나는 일단 두 사람의 멱살을 잡고 복도로 끌고 나갔다. 골치 아픈 순간에 성가신 콤비는 제발 나타나지 마!

"너희가 나타나면 오히려 상황이 더 꼬여. 쓸데없는 짓 하지 마!"

"응? 그럼 네가 스우에게 정중하고 친절하게 가르쳐 주겠다는 건가?"

"으윽……."

"세세한 부분까지 철저히?"

"그렇다면 저희가 나설 수가 없겠네요."

히죽거리며 미소를 짓는 두 사람. 이 녀석들……!

문득 세스카가 옆구리에 끼워 둔 책이 눈에 들어왔다.

"그건 뭐야?"

"'도서관'에서 가져왔어요. 오늘 밤의 수업 자료죠."

그런데, 너희 설마 예지 능력이라도 있어? 왜 그런 걸 완벽하게 준비해 둔 거야?

팔락팔락 그 책을 훑어보니 의외로 제대로 된 책이었다. 이른바 보건체육 교과서 같은 내용이다. 이거라면 뭐…….

조금 불안하지만 그냥 이대로 넘어갈 수도 없는 노릇이니. 타협할까? 마음속으로 한참 고민을 한 끝에 마지못해 나는 허가를 내렸다.

"명심해. 기본적인 사항만 설명하기다? 위험한 내용은 필요 없어. 아주 평범한 코스면 충분해."

그래도 일단 나는 새삼 다짐을 받아두었다.

"알았어, 알았으니 걱정하지 마. 그보다 더 나아간 내용은 자신만의 색으로 물들이고 싶다는 거지?"

"그런 의미가 아냐!"

두통이 나기 시작했어. 일단 모두에게 뒷일은 맡기고 나는 방 밖으로 나갔다. 잠을 자는 거야 비어 있는 객실이라도 문제없으니까.

그런데 괜찮을까……? 엄청나게 불안하네……. 이런 식이라면 스마트폰으로 소프트한 그런 계열 영상을 보여 주는 편이……. 아니아니, 그건 역시 이상하잖아…….

고민하면서 낑낑대다가 나는 비어 있는 객실로 걸어갔다.

다음 날. 아침 식사를 위해 모두와 만났는데 스우가 어딘가 모르게 나를 서먹서먹하게 대했다.

날 싫어하는 건 아닌 듯한데, 말을 걸면 얼굴을 붉히며 시선을 이리저리 움직였다. 그리고는 몸을 꼼지락거리더니, 나를 힐끔힐끔 본 다음 또 얼굴을 붉혔다. 계속 그런 행동을 반복했다.

"너무 걱정하지 마. 조금 당황스러워하고 있을 뿐이니까."

린이 쓴웃음을 지으면서 가르쳐 주었지만, 정작 그런 린의 얼굴도 어딘가 붉게 물들어 있는 듯했다. 아니, 테이블 앞에 앉아 있는 모든 사람의 거동이 어딘가 수상해 보였다. 나를 슬쩍 보면서도 시선이 마주치면 재빨리 시선을 피하고, '48수……' 라고 중얼거리거나 '후우……' 하고 고민스럽다는 듯이 잇달아 여기저기서 한숨을 내쉬었다.

그 녀석들, 대체 무슨 바람을 불어넣은 거야?!

그 후, 스우가 평범한 상태로 돌아올 때까지 며칠이라는 시간이 필요했다. 이상하게 의식하고 그러면 참 곤란하단 말이지…….

밤의 장막이 내려왔다.

조용한 밤이었다. 달빛은 없었지만 도시에는 마광석의 빛이 떠올라 있었다.

뒤쪽 세계, 갈디오 제국의 제도 갈레스타.

우리는 그곳의 거의 중앙에 있는 황궁 정원으로 전이했다. 한 번 온 적이 있어서【게이트】로 편히 올 수 있었다.

"여기가 황궁인가요?"

"아주 편하게 침입하는 데 성공했습니다."

"이쪽 세계에는 마법을 방어할 수단이 별로 발달하지 않았으니까. 그런데 이제부터 어떻게 하지……?"

이번의 감시 역할은 야에와 루였다. 원래는 여기서부터 【인비저블】을 사용해 투명화하여 황제의 침소까지 가려고 했지만……. 낮에 비해 생각보다 경비 고렘이 많았다.

투명화(인비저블)는 인간의 눈은 속일 수 있어도, 고렘에게는 통할지 어떨지 알 수 없다. 감열(서모그래피) 장치 같은 게 있으면 들킬지도 모른다.

고렘에게는 【패럴라이즈】도 통하지 않으니……. 부서뜨리는 건 내키지 않는다. 으~음. 아무튼, 일단은.

“검색. 갈디오 황제.”

〈검색합니다. 검색 종료.〉

떠오른 성의 겨냥도를 우리는 숨듯이 그늘에 들어가 확인했다. 아니, 실제로 숨어 있는 거지만.

“어떻게 하실 생각이신지요?”

“단숨에 【텔레포트】를 해도 괜찮지 않을까, 해요.”

“어? 하, 하지만, 그건…….”

……? 루가 불분명하게 우물거리며 머뭇거렸다. 무슨 문제라도 있는 건가?

“부, 부부의 침실에 갑자기 뛰어들면 여러모로 곤란하지 않을지……. 그, 그러니까, 부부생활 중이기라도 하면…….”

루가 얼굴을 새빨갛게 붉히더니 고개를 숙이며 대답했다.

그 말을 들은 야에도 얼굴을 새빨갛게 물들이며 시선을 피했다. 젠장, 그 에로 콤비 탓에 왜곡된 성교육으로 피해가 발생하기 시작했어! 건너들은 지식만 많아진 피해가!

……물론 그럴 가능성도 없지는 않지만. 그렇게까지 신경 쓸 필요는 없을 것도 같은데……. 아니 신경 쓰는 편이 좋은가……?

검색해서 확인해 보니 분명히 왕비님도 같이 있다. 황자는 다른 방에 있는 듯하다.

"그럼……【롱센스】로 방 안을 들여다보면."

"여, 엿볼 셈이십니까?!"

"저기 말이야……."

꼭 사람을 변태처럼.

"……그럼 소환수한테 확인해 달라고 할까……?"

"그, 그게 좋겠어요."

나는 지면에 마석 분필로 작은 마법진을 그려 작은 쥐를 소환했다. 쥐는 곧장 밤의 어둠 속으로 사라졌다.

시각은 링크시키지 않았으니 이건 엿본 셈이 되지 않는다. 황제 방의 창문으로 엿보게 하거나, 다락방에서 상황을 살펴보게 한 뒤, 문제가 없으면【텔레포트】로 뛰어들면 된다.

나는 일단【인비저블】을 자신에게 발동하고, 두 사람에게도 걸어 주었다. 이러면 방으로 순간이동을 해도 소동이 벌어지지 않는다.

"……오? 아무래도 두 사람 모두 휴식 중인가 봐."

쥐에게서 텔레파시를 전해 들은 나는 두 사람에게 엄지를 들어 보였다. 황제와 황비, 두 사람 모두 취침 중인 듯했다. 그럼 단숨에 날아가 볼까.

야에 일행을 가까이 다가오게 하여 손을 잡았다.

"【텔레포트】."

순간이동을 한 우리는 넓은 침실의 구석에 도착했다. 흐릿한 마광석 조명이 방 안을 비추고 있었다. 커다란 침대(내 방에 있는 거대한 침대 정도는 아니지만)와 중후하게 만들어진 집무 책상. 호사스러운 난로 및 현란한 테이블과 의자. 이런 점은 우리하고 많이 다르네. 이건 돈의 문제라기보다는 취미의 문제이겠지.

나는 침대로 다가갔다. 앗, 그 전에 【사일런스】로 방의 소리가 흘러나가지 않도록 해 두자. 문 너머에는 호위 기사와 경비병이 있을 테니까.

우리는 살금살금 걸어 침대로 다가갔다. 【사일런스】를 발동했는데 왜 그러냐고? 【사일런스】는 소리를 지우는 마법이 아니라, 정확하게 말하면 범위 안에서 범위 밖으로 소리를 차단하는 마법이다. 같은 범위 내에 있는 우리와 황제 및 황비에게는 효과가 없다. 모습은 지웠지만 소리는 들린다. 이것도 【사일런스】로 차단할 수 있다면 좋겠지만, 이중으로 걸 수는 없다.

천천히 침대로 접근해 보니, 두 사람 모두 푹 잠든 모습을 확인할 수 있었다. 좋아. 어서 최면 마법으로…….

"……누구냐?"

"""?!"""

갈디오 황제가 양쪽 눈을 떴다. 시선은 이쪽을 향해 있지 않았지만 명백히 우리의 존재를 감지한 모습이다.

"어째서……."

"기척으로 감지한 모양입니다. 상당히 감이 날카로운 분이군요."

내 의문에 황제가 아니라 야에가 작은 목소리로 대답해 주었다. 감이 날카롭다니……. 천연 【서치】를 보유한 건가? 물론 보이지 않을 뿐, 소리나 기척으로 감지당할 가능성은 있었지만…….

【인비저블】은 야에나 힐다, 에르제처럼 무술을 사용하는 사람에게는 그다지 효과가 없다. 묘하게 감이 날카롭다고 해야 하나? 아무튼 기척으로 감지해 버리고 만다. 이 황제도 무인인 건가?

자, 어떻게 할까. 도망칠 것인가, 강행할 것인가. 【사일런스】가 발동되어 있으니, 크게 소리를 친다고 해도 위병(衛兵)이 달려오지는 않겠지만.

"아이젠가르드에서 온 자들인가? 그 늙은이의 욕심은 정말 감탄스러울 정도군."

으~음. 보아하니 우리를 완벽하게 감지하고 있네? 황비님도 일어난 모양이고, 황제가 배게 아래로 손을 뻗고 있었다. 아마 무기라도 꺼낼 생각인 거겠지.

단, 아이젠가르드의 침입자라고 착각하고 있는 듯하지만.

"……어떻게 하실 생각이신지요?"

"어쩔 수 없지. 성가시니 직접 마주 보고 솔직히 물어볼까?"

"그건…… 그랬다간 부부 사이에 균열이 갈지도 몰라요."

"도저히 어쩔 수 없는 상황이 되면 최면 마법으로 기억을 조작해 오늘 밤의 일은 잊어버리게 할게. 가능하면 피하고 싶은 일이지만……."

내가 그렇게 대답하자 루가 작게 한숨을 쉬었다. 여전히 계획성 없이 행동하는 모습을 보고 황당해하는 거겠지. ……슬슬 적응해 줘.

나는 손가락을 딱, 하고 울려【인비저블】을 해제했다. 방의 구석에서 나타난 우리 세 사람을 보고 갈디오 황제와 황비가 침대에서 몸을 일으켰다.

"누구냐? 아이젠가르드의 심복……은 아닌가?"

"아닙니다. 굳이 말하자면, 레베 왕국의 사자(使者)라고 할까요?"

"……?! 레베의……?! 설마, 그럴 리가……!"

"여보……!"

내 말을 듣고 황제와 황비, 두 사람의 얼굴이 새파래졌다. 으응? 두 사람 모두 레베 왕국이라는 말을 듣고 짚이는 곳이 있는 모양이네? 아무래도 황자의 신원을 두 사람 모두 알고 있는 모양이야.

"누구 없느냐! 침입자다!"

황제가 배게 아래에 있던 검을 빼내고 거칠게 소리쳤지만 복도 쪽에서는 아무런 반응도 없었다. 【사일런스】로 완전히 소리가 차단되어 있기 때문이었다.

"소용없습니다. 당신의 목소리는 닿지 않아요. 제 마법으로 완전히 차단했으니까요."

"……!! 마법사인가……!"

나에게 검을 겨눈 채 갈디오 황제가 침대에서 일어섰다. 그 모습을 보고 야에가 살짝 허리를 굽히며 오른손을 외날칼의 손잡이로 뻗었다.

뭔가 착각하는 건가? 멸망한 나라의 녀석이 왔으니 복수라고 생각해도 이상하지는 않으려나?

"이제 와서 레베 왕국의 남은 신하들에게 습격을 받을 줄이야……. 이것도 운명인가."

"아니요. 저희는 여러분을 습격할 생각도 없고, 레베 왕국 사람들도 아니에요. 그 사람들에게 부탁을 받고 마법으로 레베 왕국의 왕자를 찾고 있었는데, 이 나라의 황자님이라 깜짝 놀랐습니다."

그 말을 듣고 갈디오 황비가 침대에서 굴러떨어졌다. 그리고 양탄자 위에 거의 주저앉은 모습으로 슬픔에 잠겨 일그러진 표정을 지으며 우리를 바라보았다.

"……잠깐, 잠깐 기다려 주세요! 그 아이는, 그 아이는 우리 아이입니다! 피는 이어지지 않았지만 우리 아이예요! 우리에게서 빼앗아 가지 마세요……!"

황비님이 눈물을 글썽이며 외쳤다. 옆에 서 있던 갈디오 황제가 슬픔이 가득 담긴 눈빛으로 흐느껴 우는 아내를 바라보았다.

역시 두 사람 모두 자기 아들이 아니라는 사실을 알고 있구나. 부부관계에 균열이 가지는 않았지만, 솔직히 너무나 안타까운 마음이다. 몹시 나쁜 짓을 한 기분이야. 루와 야에도 같은 마음이 들었는지 겸연쩍은 표정이었다.

"……우리에게서 아들을 빼앗으러 온 건가?"

검을 꽉 쥐고 분노가 서린 말투로 말하며 황제가 나를 노려보았다.

"……저는 전이 마법을 사용할 수 있습니다. 황자를 납치할 생각이었다면 벌써 했을 거예요. 오늘 이곳에 온 이유는 진실을 알기 위해서입니다. 왜 레베 왕국의 왕자가 갈디오 황국의 황자가 되었는가……. 모든 것은 거기서부터 시작됩니다. 저희는 일단 그와 관련된 말을 듣고, 앞으로 어떻게 할지 판단할 생각입니다. ……이야기해 주실 수 있을까요?"

내 말을 가만히 듣던 갈디오 황제는 이윽고 겨누고 있던 검을 내리고 침대 위에 내던졌다. 그리고 아내의 어깨를 안아 일으켜 세운 뒤, 둘이서 침대에 걸터앉았다.

"이런 날이 언젠가 오지 않을까 하고 두려워했지……. 그 아이의 비밀을 누군가가 알아내고 백일하에 드러내는 날이 오지 않을까 하고……."

갈디오 황제는 고개를 떨구면서도 우리에게 10년 전에 일어난 일을 이야기하기 시작했다.

10년 전.

당시에는 아직 아버지인 선대 갈디오 황제가 건재해 나는 황태자였다.

아버지의 명령을 받고 군을 이끌며 레베의 땅으로 향했던 시기는 아마 겨울의 끝자락이었던 것으로 기억한다.

신왕은(하이미스릴)이 지층에 많이 함유된 그 땅에서는 고렘이 제대로 가동되지 않아, 원래의 절반 이하의 능력밖에 발휘할 수 없었지. 적국인 레베의 열두 장군이 조종하는 '수황기' 시리즈만이 그 영향을 받지 않은 덕에, 레베 왕국은 그때까지의 모든 침략을 전부 물리칠 수 있었다.

하지만 열두 장군 중 한 명이 레베를 배신하고 아이젠가르드에 '수황기'를 팔아넘긴 덕분에 상황이 완전히 변했다.

아이젠가르드는 '수황기'를 분석해 신왕은(하이미스릴)의 영향을 차단하는 장치를 개발하는 데 성공했다. 하나, 그 장치의 촉매가 되는 물질은 아이젠가르드의 땅에서는 그다지 채취하기 힘들었던 탓에 그들은 자원이 풍부한 갈디오에 협력을 제안했다.
두 나라가 협력해 레베를 침공하자고.
나는 반대했지만 레베 왕국에 있는 땅 대부분을 양보하겠다는 아이젠가르드의 말을 듣고 아버지는 제안을 받아들이고 말았다.
레베는 몇 대에 걸쳐 갈디오가 침략을 반복했지만 정복에 실패했던 땅. 아버지는 그 일에 성공하면 역대 황제보다 뛰어난 명성을 손에 넣을 수 있다고 생각하셨던 건지도 모르지.
아이젠가르드의 목적은 레베 왕국에 있는 '푸른 유적' 뿐이었다. '푸른 유적' 은 많은 고대 기체(레거시)가 발굴되었다는 유적이지. 처음부터 아이젠가르드의 목적은 그 유적뿐이었다고 하더군.
이렇게 해서 아이젠가르드의 차단 장치를 장착한 수만의 군기병(솔다토)과 함께 아이젠가르드에서는 마공왕(魔工王)이, 갈디오에서는 내가 레베로 출정해 전쟁이 시작되었다.
지리의 이점을 잃은 열둘, 아니, 열한 명의 장군은 아이젠가르드와 갈디오의 연합군에 잇달아 격파되었다. 지리적 이점이 없어도 능력이 뛰어난 '수황기' 라고는 하나, 겨우 열한 대로 전황을 뒤집을 수는 없었지.
밀려오는 양국의 군대에 결국 왕성은 함락되어 레베 왕국은 멸망했다.
전쟁이 끝난 다음 날. 성에서 도망친 유모로 추정되는 여성을 내 측근이 발견했다. 유모는 아기를 안은 채 죽었지만, 그 아이가 어떤 신분인지는 바로 알아챘지. 그 아이의 배내옷에는 레베 왕국 왕가의 문장(紋章)이 수놓아져 있었으니까.

그 아기는 바로 레베 왕국의 왕자. 왕가 최후의 생존자.

망국의 왕자를 살려두면 언젠가 반란의 싹이 될지도 모르지. 원래는 그 자리에서 죽이는 것이 최선이었고, 그건 전쟁을 벌이면 흔한 일이기도 했다.

하지만…… 나는 그 아이를 죽여야 할지 어떨지 망설였다. 망설이고 말았다.

왜냐하면 며칠 전에 나에게도 아이가 태어났다는 전갈을 본국에서 막 받은 참이었기 때문이었다.

아내는 좀처럼 회임을 하지 못해 겨우 얻은 아이였다. 그때 얼마나 기뻤는지는 지금도 기억이 생생하군.

아기를 살려두려고 한 이유는 이제 막 아버지가 된 젊은이의 단순한 변덕, 또는 그 아이의 부모를 죽였다는 죄책감으로 인한 행동이었을지도 모른다. 물러터졌다며 비웃을지도 모르지만, 그 아이의 울음소리가 아직 살고 싶다는 외침처럼 들려 나는 어쩔 수 없었다.

다행히 그 사실은 나와 유모를 발견한 측근, 그렇게 두 사람만이 아는 사실이었다. 나는 그 측근에게 아기를 맡기고, 누가 보기 전에 비행선에 태워 제도로 보냈다. 배내옷은 불태워 버렸으니, 레베 왕자라는 증거는 아무것도 없었지.

제도의 고아원에 맡겨져 평범한 아이로 자란다면 아무런 문제도 없을 일이다. 우수하다면 우리 아이의 종으로 맞아들여도 좋다고 생각했다.

하지만 내가 제도로 돌아간 그날, 최악의 일이 벌어졌다.

우리의 아이가 숨을 거두고 만 것이다. 원인은 알 수 없다. 알 수 없지만, 나에게는 그게 최악의 전개였다. 자신의 아이가 죽었다는 슬픔과 놀라움도 문제였지만 매우 곤란한 상황에 내몰리게 되었다는 사실을 깨달았다.

그때까지 아버지인 황제에게 아이를 낳지 못하는 아내와는 이혼하고 새 아내를 맞아들이라는 말을 수도 없이 들었다.

많은 측실을 맞아들인 아버지와는 달리 나는 아내가 한 명뿐이다. 어릴 때부터 아내를 아내라고 생각하지 않고 우리 어머니조차 아이를 낳는 도구로만 봤던 아버지에게 나는 반감을 품으며 자랐다.

몇 명이나 되는 여성을 쓰고 버리듯이 대해 온 아버지였지만, 남자아이는 불과 몇 명밖에 얻지 못했고 성인이 될 때까지 무사히 자란 사람은 나뿐이었다. 그건 천벌이 아닐까 하고 나는 때때로 생각했다.

그런 아버지이니, 그 일이 발각되면 약한 아이밖에 낳지 못하는 아내는 필요 없다며 억지로 이혼을 시켜 버릴 거란 사실은 불을 보듯 뻔했다. 나는 그것만큼은 어떻게 해서든 피하고 싶었다.

아버지는 아이젠가르드와의 교섭에 몰두하느라 아직 태어

난 손주의 얼굴조차 보지 못한 상황이었지. 화가 났지만 그때만큼은 그러한 무관심한 성격이 참으로 고마웠다.

즉, 아직 손주가 죽었다는 사실이 아버지에게는 전해지지 않았었다. 그만큼 갑작스러운 죽음이었지. 내가 아내의 방에 도착하기 불과 몇 분 전에 아이가 숨을 거두었으니까.

아버지에게 보고하려는 자들을 말리고, 나는 그 상황을 타개할 방법을 필사적으로 생각했다.

그리고 생각해 냈지. 그 아이를.

곧장 심부름꾼을 시켜 그 아이를 우리에게로 데리고 왔다. 그리고 그 사실을 아는 자들의 입을 철저히 막았고, 그렇게 해서 레베 왕국의 왕자는 갈디오 황국의 황자가 되었다…….

"……그리고 1년 후. 아버지는 갑작스럽게 쓰러져 돌아올 수 없는 사람이 되었다. 나는 황제가 되어 더는 아버지를 두려워할 일도 없어졌지만, 그때 이미 그 아이는 우리의 둘도 없이 소중한 존재가 된 뒤였다……."

계속 흐느끼며 우는 황비의 어깨를 안으면서 갈디오 황제가 말을 마쳤다.

그랬던 거구나……. 으으음. 개인적으로는 이대로 가만히 놔두고 싶지만……. 대령 일행이 이해해 줄지 어떨지가 문제겠네.

그렇게 쉽사리 인정해 주긴 어려울 텐데.

"우리의 바람은 단 하나다. 그 아이와…… 루크레시온과 앞으로도 함께 살고 싶다. 그를 위해서라면 뭐든 하지."

"부탁입니다……. 그 아이를 우리에게서 빼앗지 말아 주세요……. 부탁합니다……!"

두 사람이 애원하듯이 나를 바라보았다. 자, 잠깐만! 왜 이런 전개가 되어 버린 거지?! 솔직히 말해 난 제일 관계없는 사람이잖아?!

"어쩌지……."

"일단 레베 사람들에게 이야기해 보면 어떻겠습니까. 그 사람들도 왕자의 불행을 바라지는 않을 겁니다."

"물론 처음에는 노예가 되어 불행한 삶을 살고 있다면 도저히 참을 수 없을 거라는 이야기를 했지만, 그 사람들도 왕자가 만약 살아 있다면 자신들이 행복하게 만들어 주고 싶었을 뿐이 아니었을까? 제국에 복수하겠다는 생각은 아닐 거라고 생각하는데……."

이건 어디까지나 내 감에 불과하다. 적어도 대령은 복수를 바라는 사람처럼 보이지 않았으니. 그런 사람이었다면 아마 유미나가 벌써 마안으로 간파했다.

황비님이 고개를 들고 결의에 찬 눈으로 이쪽을 바라보았다.

"그 레베 왕국 사람들과 이야기를 해 볼 수 있을까요? 그 아이에 대해 잘 설명해서, 설득하고 싶어요…….”

“아스티리아……. 괜찮겠나?”

황제를 보고 황비가 조용히 고개를 끄덕였다.

……어쩔 수 없지. 기왕에 손을 댄 일이다. 마지막까지 함께 할 수밖에. 이번 일로 가족이 뿔뿔이 흩어지면 잠자리가 뒤숭숭할 테고 말이야.

……도저히 해결 불가능한 상태가 되면 최면 마법으로 기억 조작이다!! ……그런 일이 되지 않길 기도할 뿐이다. 실은 나쁜 사람이 아닌 사람의 기억을 건드리면 상당한 죄책감에 시달릴 테니…….

◇ ◇ ◇

“그럴 수가……. 루프레딘 왕자가 갈디오 제국의 황자가 되어 있다고……? 대체 그게 무슨 농담인가?!”

눈앞에 있던 중위가 테이블을 주먹으로 내려치며 일어섰다. 검은 머리카락에 갈색 피부의 미녀가 분노로 몸을 떨며 너무 흥분한 나머지 얼굴이 상기되었다.

그 마음은 충분히 안다. 자신들의 고향을 멸망시킨 나라에 왕자까지 빼앗긴 거니까.

"농담이 아니라, 진실이에요. 레베 왕국의 왕자는 갈디오 황제의 황자로 살아가고 있습니다. 그게 알아낸 사실입니다."

내 말을 듣고 평소에는 항상 실실거리며 옭은 웃음을 짓던 중사가 고개를 돌리고 분하다는 듯이 얼굴을 찌푸렸다.

"웃기지 마……! 그럼 뭐야?! 루프레딘 왕자는 그 죽은 제국 황자의 대역이라는 거야……?! 전부 자기들 마음대로……!"

홍묘의 본거지인 텐트 안은 뭐라 말하기 힘든 감정의 소용돌이로 가득 찼다. 저만큼 떨어진 의자에 앉은 니아와 에스트 씨도 신묘한 표정을 지으며 사태의 추이를 지켜보았다.

"……갈디오 황제는 여러분과 이야기를 하고 싶어 합니다. 어떻게 하실 건가요?"

"이야기라고?! 무슨 할 얘기가 있다는 거지?! 얼른 루프레딘 왕자를 돌려 달라고 말해라! 적반하장도 유분수지!"

중위가 분노를 터뜨리며 거칠게 소리쳤다. 그에 반에 옆에 앉아 있는 대령은 눈을 감고 조금도 움직이지 않았다.

"착각하지 말았으면 해요. 토야 님은 여러분의 연락 담당이 아니거든요? 직접 황제와 만나 그렇게 전달하시면 어떤가요?"

격앙된 중위를 보고 내 옆에 앉아 있던 루가 조금 험악한 목소리로 그렇게 말했다. 으응? 약간 화난 건가?

그러자 중위는 작게 혀를 차더니 다시 의자에 앉았다.

외국과 외교를 거의 하지 않고 쇄국 상태를 유지했던 레베 왕국을 상대로, 마공국 아이젠가르드가 갈디오 제국을 끌어들여 전쟁을 시작했다.

그렇게 되기 전에 대화로 해결할 수 없었을까 생각도 해 보지만, 이제는 생각해 봐야 어쩔 수 없는 일이다. 이번만큼은 대화를 포기하지 말았으면 하는데…….

"대체 왜 이야기를 하겠다는 거지? 우리를 끌어들여 전멸시킬 심산인가?"

중사가 고개를 돌린 채 그렇게 내뱉자, 대령이 천천히 눈을 떴다.

"그런 남자는 아닌 것으로 보인다만. ……갈디오 황제. 당시에는 황태자였지만…… 그 사람과 나는 레베 왕국이 붕괴되었을 때 일대일로 싸운 적이 있다. 이 눈을 잃은 것도 그때지."

그렇게 말하며 대령은 자신이 찌부러진 눈을 가리켰다. 처음 듣는 이야기인지 중위와 중사도 깜짝 놀랐다.

"그 전쟁에서 주도권을 쥔 사람은 아이젠가르드의 마공왕이다. 녀석이 이끄는 군기병(솔다토)이 성을 둘러싸고 있을 때, 나는 성에서 멀리 떨어진 곳에서 후진에 있던 갈디오의 황태자와 서로 격렬히 싸웠지. 거듭 항복을 권유하는 그의 말을 무시하고 나는 계속 싸웠다. 결과 아이젠가르드의 마공왕에게서 지켜야 했던 왕을 잃고, 이 눈도 잃었다. 그 남자가 왕자를 주워 키웠다니, 참으로 얄궂은 운명이군……."

자조하듯이 대령이 작게 웃었다. 분명히 그때 대령이 황태자를 쓰러뜨렸다면 왕자는 죽었을지도 모른다. 어디까지나가정에 불과하지만.

"레베는 대부분이 제국 영토가 되었지만, 약탈도 무거운 세금도 없는 것은 물론 백성도 굶주리지 않는 선정이 펼쳐지고 있다고 하더군. 황제의 직할지였던 옛 왕도인 레바틴을 중심으로 말이지. '푸른 유적' 부근을 지배하는 아이젠가르드 영토와는 하늘과 땅 차이이다. 그런 황제가 속여서 기습할 리가 없다……라고 생각하고 싶군."

"……그렇다고 해도 녀석들이 우리 나라를 빼앗아 갔다는 사실은 변함없어……. 나는 녀석들을 용서 못 해."

대령의 말을 듣고 중사가 고개를 숙인 채 중얼거렸다.

아마 용서 못 하리라 생각한다. 그건 개인의 감정이고 당연한 권리다. 단, 원한과 분노를 다음 세대까지 이어가는 것만큼은 그만뒀으면 하고 바랐다.

원한의 연쇄는 어느 선에서 끊지 않으면 영원히 계속된다. 태어난 자신의 아이에게 증오와 분노를 가르치며 '그 나라 사람은 적이다', '100년이 지나도 절대 용서하지 마라' 라고 각인시키고 검을 들게 하는 것이 좋은 일이라고는 생각하지 않는다.

이건 내가 당사자가 아니라서 그렇게 생각하는 걸까……?

"황제와 회담을 한다면 그 자리의 안전은 제가 보장하겠습니다. 여러분에게는 절대로 피해가 가지 않게 하죠. 물론 여러분이 상대에게 위해를 가하지도 못하게 할 겁니다……."

"……우리 세 사람만으로는 결정하지 못하겠군. 동료들과도 상의하고 싶다. 잠시 시간을 다오."

"알겠습니다. 그럼 일주일 후의 아침에 또 와 주세요."

"부탁하네."

그런 말을 남기고 대령을 포함한 세 사람은 텐트 밖으로 나갔다.

나는 크게 숨을 내쉬고 의자에 등을 기댔다. 레베도 갈디오도 나와 관계없다고 하면 관계없는 곳들인데 말이지.

"저 녀석들, 왕자를 제국에게서 되찾을 셈일까?"

"글쎄요. 아무것도 모르는 어린아이에게 '네 부모는 친부모가 아니다. 친부모를 죽인 나라에 가담한 녀석들이다.' 라고 가르쳐 주는 일이 과연 아이를 위한 것일지 어떨지."

니아가 중얼거린 말에 에스트 씨가 대답해 주었다.

"어린아이 처지에서도 충격일 거예요……."

"하지만 진실을 아는 것은 나쁜 일이 아니라고 생각합니다."

루와 야에도 각각의 의견을 말했다. 어려운 문제야.

"으음……. 최면 마법으로 왕자는 발견하지 못했습니다……라고 세 사람의 기억을 조작할 수도 있지만……."

"그건 저 세 사람의 마음을 너무나도 업신여기는 행동이에요."

"그러네요……. 죄송합니다……."

에스트 씨의 말대로다. 저 사람들은 10년이라는 세월을 들여 왕자를 찾았다. 그걸 없던 거로 만든다니 너무 무자비하다.

"그러고 보니 갈디오 황제가 아이젠가르드의 자객을 신경 썼는데, 두 나라는 지금 사이가 어떤가요?"

"별로 좋은 관계는 아니에요. 아이젠가르드는 원래 '푸른 유적' 이라고 불리는 고대 왕국의 유적을 노리고 레베 왕국을 침략했거든요. 하지만 그 이후에 갈디오에게 양도한 레베의 땅에서 새로운 유적이 하나 발견됐어요. 그쪽은 '초록 유적' 이라는 이름이 붙었는데, 아이젠가르드가 그곳도 내놓으라고 요구하기 시작해 지금은 분쟁이 일어난 모양이에요. 자칫하면 아이젠가르드가 옛 레베 땅을 또 침공할 가능성도 있어요."

그게 뭐야. 그렇게 유적이 좋은가? 아니면 다른 목적이 있는 건가?

"아무래도 뭔가를 찾고 있는 듯한데, 그게 뭔지는 몰라요. 아이젠가르드가 노리는 걸 보면 고대 왕국의 유산이기는 할 테지만요."

고렘이 만들어진 시대의 유산인가. 바빌론의 '창고' 같은 건가 보네. 그럼 손에 넣고 싶어 안달이 나는 것도 당연한가?

"아이젠가르드라는 나라는 고렘이나 고대 왕국의 기술을 많이 부활시켜 커진 나라거든. 그중에서도 군기병(솔다토)과 기갑병(판처)이 유명해."

"군기병(솔다토)이라면 혼자서 여러 대를 조종할 수 있는 고렘이었지? 기갑병(판처)은?"

"장비형 고렘이라고 할까요? 갑옷과 무기가 되어 계약자가 자신의 몸에 장착하고 싸우는 형식의 고렘이에요. 이 고렘도 확실한 의사가 있어, 계약자의 전투를 스스로 보조해 줍니다."

에구구, 생각하는 파워드 슈트라고?! 에스트 씨의 말에 따르면 그 고렘도 군기병(솔다토)과 같은 고대 기체(레거시)는 아니라 특수 능력을 지니지는 않았다고 한다.

아이젠가르드는 그 기술력을 이용해 주변 나라를 침략해 나라의 규모를 키웠다는 모양이다. 북쪽에는 라제 무왕국과 스트레인 왕국, 동쪽에는 갈디오 제국이라는 대국이 버티고 있지만, 아무래도 무슨 짓을 벌일지 알 수 없는 나라라는 이미지가 있는 듯했다.

"소문에 아이젠가르드의 마공왕은 머리가 상당히 맛이 간 할아버지래. 심지어 고렘의 팔을 자신에게 이식했다는 얘기도 있어."

파워드 슈트 다음엔 사이보그라니…….

사고 등으로 팔을 잃어 의수 대신에 고렘의 팔을 부착했다면 이해 못 할 것도 없지만, 아무래도 그런 이유는 아닌 듯했다.

듣자 하니 정밀한 작업을 하기 위해서 스스로 잘라내고 부착했다고. 너무 오싹한데……. 그 할아버지, 위험하지 않아?

"자신이 모르는 미지의 기술을 얻기 위해서는 수단을 가리지 않는 사람이라고 들었어요. 레베 침공도 그 야심을 이루기 위한 행동이었던 걸까요?"

에스트 씨의 이야기를 듣다 보니 나는 조금 신경 쓰이는 일이 있었다.

얼마 전에 변이종과 싸웠던 장소. 그곳은 아이젠가르드였지……? 게다가 마을 녀석들이 다 보고 있었고.

아차. 뭔가 대책을 세워 뒀어야 하는 건가? 괜히 얽히지 않았으면 좋겠는데…….

"그 나라가 부활시킨 고대 기술이 세상에 도움이 되는 면도 있어요. 무턱대고 모든 행동을 부정할 수 없으니 참 어렵네요."

"토야가 준 이거에는 당해내지 못하지만, 장거리 통신기도 아이젠가르드의 기술이 바탕이 되어 만들어졌어."

내가 준 스마트폰을 가볍게 흔들어 보이는 니아. 이것도 아이젠가르드의 눈에 들어가면 성가셔지는 아이템이다.

"고렘 기술은 아이젠가르드가 제일 좋아?"

"그러네요. 다만 많은 수를 조종하는 군기병(솔다토)이나 전투를 서포트해 주는 기갑병(판처) 같은 공장제(팩토리) 고렘을 메인으로 삼고 있어서인지, 고렘 사용자의 질은 그다지 높지 않아요."

"질보다 양인 나라거든. 일부 사람만 사용할 수 있는 강력한 병기보다 모든 사람이 사용할 수 있는 범용 병기를 더 좋아해."

전용기보다 양산기라는 거구나. 아무래도 상당히 생산력이 좋은 국가인 듯했다. 수장이 조금 그렇단 생각이 들지만.

주변 중신들은 뭐라고 생각할까? 이야기를 들어보면 꽤 폭주하기 쉬운 국왕인 것 같은데.

"갈디오 제국 쪽은 어떻습니까?"

"최근 몇 년은 자국의 발전에 힘을 쏟고 있는 모양이에요. 전 황제는 상당히 성질이 격한 사람으로, 이웃 국가인 철강국 간디리스나 스트레인 왕국과 자주 다툼을 벌였지만, 현 황제가 취임한 이후에는 어느 정도 완화되고 있는 듯해요. 반대로 아이젠가르드와의 사이는 나빠졌지만요."

수장이 바뀌면 나라의 방침도 바뀌니까.

그러고 보니 이제 곧 한 달에 한 번 열리는 세계회의다. 이제 그만 앞쪽 세계의 수뇌들에게 뒤쪽 세계를 이야기해야겠는걸? 현재는 파레리우스 왕국 외에는 뒤쪽 세계를 모르고들 있으니까.

언젠가 두 세계가 연결되면 다양한 영향이 있으리라 생각한다. 그 전에 설명하여 마음의 준비를 하게끔 도울 필요가 있다. 언제 한 번 이쪽 세계로 초대할까?

그렇지만 시로가네가 있는 드래크리프섬에 가 봐야 그곳은 용의 섬일 뿐이니…….

뒤쪽 세계의 토리하란 신제국이나 프리물라 왕국에 협력을 요청해 볼까? 고렘들이 걸어 다니는 거리를 보면 쉽게 실감할 수 있겠지. 아무튼 그건 나중에 생각해 보기로 하고.

나는 품에서 스마트폰을 꺼내 연락처 어플리케이션을 실행했다.

"잠깐 기다리게, 토야. 그 이야기를 쉽게는……."

"믿기 어려운 그 마음은 이해합니다. 하지만 사실입니다."

놀라워하며 입을 떡 벌린 세계 각국의 대표들을 바라보면서 나는 단언했다.

회의실의 모니터에는 이 세계를 거울에 비춘 듯한 정반대의 세계가 비쳐 있었다.

세계 동맹인 각국에 더해, 이번에는 대수해(大樹海) 부족의 대표자로 팜, 모험자 길드에서 길드 마스터인 레리샤 씨도 참가했다.

이로써 현재 이쪽 세계의 총 20개국 대부분이 이 회의에 참가하게 되었다. 물론 수해의 민족은 나라가 아니고, 산드라나 유론 등의 혼란스러운 지역은 포함되어 있지 않지만.

회의 참가국은.

■ 벨파스트 국왕

■ 레굴루스 제국

■ 리프리스 황국

■ 미스미드 왕국

■ 라밋슈 교국

■ 로드메어 연방

■ 레스티아 기사 왕국

■ 리니에 왕국

■ 신국 이셴

■ 마왕국 제노아스

■ 파르프 왕국

■ 펠젠 마법 왕국

■ 엘프라우 왕국

■ 라일 왕국

■ 하노크 왕국

■ 이그리트 왕국

■ 파레리우스 왕국

■ 브륀힐드 공국

이렇게 수많은 나라의 대표가 이곳에 모였다.

이곳에서 내가 발표한 내용은 '뒤쪽 세계의 존재'와 언젠가 일어나게 될 '양쪽 세계의 융합'이었다.

솔직히 정신을 의심받아도 어쩔 수 없는 일이다. 하지만 이

세계, 즉, 이곳과는 다른 세계가 있다는 사실은 모두 어렴풋이 눈치채고 있었을 가능성이 크다. 이계에서 온 침략자 프레이즈라는 존재로 인해.

"하지만 천재지변이 일어나 세계가 멸망하는 일은 없을 겁니다. 그렇게 되지 않도록 이미 손은 써두었으니까요."

"저어……. 또 하나의 세계와 이쪽 세계가 연결되면 어떤 일이 벌어지나요?"

엘프라우의 여왕님이 손을 살짝 들고 질문했다.

"바다 너머에서 신대륙이 발견되는 느낌으로 연결될 겁니다. 이쪽 대륙에 어떤 일이 벌어질 가능성은 적어요."

'겹치는' 것이 아니라 '연결되는' 것이다. 다시 말해 바다를 끼고 하나의 세계가 될 뿐, 육지가 직접 융합될 가능성은 작다. 단지 '해저(海底)'는 조금 겹치게 되어 일부가 융기하여 작은 육지가 되거나, 그 결과 육지가 연결될 가능성은 남아 있다.

"두 개의 세계가 하나로라……. 토야, 건너편 세계의 주민들은 어떤 사람들이지?"

"저도 몇 개국을 돌아봤을 뿐이라 뭐라고 말하기 힘들지만, 기본적으로는 이쪽 사람들과 다르지 않아요. 단지, 저쪽은 마법이 별로 발달하지 않았습니다. 없지는 않지만 그다지 필요성이 없었던 거죠."

"마법의 필요성이 없다? 무슨 말이지?"

마법 대국인 펠젠의 왕이 끼어들었다. 당연히 나라의 특색을 생각해 보면 신경 쓰일 수밖에 없다.

"마법이 아니라 마법 공학 쪽이 발달했어요. 제가 얼마 전에 마동승용차(에테르 비클)를 만들었는데, 그것과 비슷한 물건이 그쪽 세계에서는 이미 사용되고 있거든요. 물론 그쪽에서도 값비싼 물건이지만요."

"우리 세계보다 진보한 세계라는 건가?"

"으~음. 일률적으로 그렇다고는 할 수 없어요. 예를 들어 흙 마법을 사용할 수 있으면 순식간에 끝나는 일을 며칠에 걸쳐서 고렘…… 이쪽의 작은 골렘과 비슷한 존재에게 시켜야 하니 일장일단이 있죠."

그리고 나는 알고 있는 사실을 모두 임금님들에게 이야기해 주었다. 이미 세계가 융합되기 시작했고, 그걸 막을 수단은 없다는 점. 앞으로 변이종이 많이 출현할 가능성이 있다는 점 등이다.

"잘 모르겠어. 아무튼 대수해에는 아무런 영향이 없다는 말이지?"

"응, 변이종 출현 이외에는."

"그럼 아무래도 상관없어. 물론 토야가 곤란한 상황에 처하면 언제든 모든 부족이 힘을 빌려줄 거야. 사양 말고 불러."

팜이 씩씩하게 웃고 의자에 등을 기댔다. 대수해 부족은 이런 일에 별로 관심이 없다. 그들에게는 대수해가 세계이자 모든 것이니까.

“센트럴 님은 저쪽 세계에 가 본 적이 있다고 말씀하셨는데. 어떤 세계였는가?”

이센의 왕인 시라히메 씨가 옆에 앉은 파레리우스 여왕인 센트럴 씨에게 그런 질문을 했다.

“저는 프리물라 왕국이라는 나라의 성안에만 가 봤기 때문에 자세히는……. 하지만 이쪽과 크게 다르지 않은 느낌이었습니다. 음식이나 음료도 평범했고요.”

일단 같이 갔던 호위인 미리 씨가 독이 있는지 확인하긴 했지만. 음식은 거의 아무런 문제가 없으리라 생각한다. 앞쪽 세계와 같은 과일도 있으니까.

“토야 님, 제가 가장 신경 쓰이는 점은 그 세계의 나라들이 이쪽 나라를 공격해 오지 않을까 하는 점입니다. 그 고렘? 이라는 병기를 사용해서요.”

리니에 왕이 그런 말을 꺼내자, 다른 임금님 몇 명도 작게 고개를 끄덕였다. 그래, 맞다. 신경 쓰일 수밖에.

“바다가 사이에 있으니 직접적인 침략은 쉽게 할 수 없을 겁니다. 그때는 저희도 가만히 있지 않을 테고요. 그런 일에 대비하려고 있는 동맹인걸요.”

바라건대, 그쪽 나라들도 동맹에 참가해 사이좋게 교류했으면 하는 바람이다. 나의 제안 그 자체에 각국이 반대 의견을 내는 일은 없었다. 그렇다면 뒤쪽 세계가 어떻게 나오는가에 따라 모든 것이 결정된다.

그쪽이 굳이 우리와 교류하고 싶지 않다면 그렇게 할 거고, 싸움을 걸어온다면 그러한 불똥은 떨쳐 버리자는 것이 각국의 한결같은 의견이었다. 친하게 지냈으면 싶지만, 일방적으로 얻어맞으면서까지 친하게 지내고 싶은 마음은 없다.

"음, 다름 아닌 토야 아닌가."

"그쪽 나라의 지도자가 어리석은 짓을 하지 않길 바랄 뿐이야."

"그쪽 지도에서 몇 개국이나 사라질 거라 생각하지?"

"어려운 문제군. 이쪽은 2개국에 그쳤지만……."

벨파스트, 레굴루스, 미스미드, 리프리스의 임금님들이 제각각 무책임한 발언을 했다. 잠깐만요. 유론을 멸망시킨 사람은 제가 아니고, 산드라 때는 여러분들도 부추겼잖아요.

확실히 아이젠가르드는 어쩌면 좋을까 하고 조금 염려하고 있는 상태지만. 현재는.

남에게 들은 이야기만으로 판단해서는 좋지 않으니, 일단 마공왕인가 하는 사람을 만나 보고 싶었다. 그냥 살짝 노망든 할아버지일지도 모르고……. 아니, 그런 할아버지에게 권력을 쥐여 주면 안 되겠지……?

왕만 이상할 뿐, 다른 사람들은 멀쩡할지도 모른다. 유론이나 산드라처럼 나라 전체에 이상한 사상이 만연해 있으면 성가시지만. 그렇지만 멀쩡하면 정신 나간 할아버지를 막을 텐데…….

"아무튼, 지금 당장 두 개의 세계가 하나로 합쳐지는 건 아니니 안심하세요. 하나가 된다고 해도 갑자기 큰 변화가 있지는 않을 겁니다. 그리고 이 일은 아직 국민에게는 알리지 않는 편이 좋다고 생각하는데……."

"그러네요. 의미 없는 혼란을 부추길 뿐이니까요. 그건 그렇고, 노키아와 호른에는 이 사실을 전달하지 않을 건가요?"

로드메어 전주 총독이 나에게 그런 질문을 했다.

으음, 그것도 걱정되는 부분이란 말이지.

노키아 왕국과 호른 왕국. 앞쪽 세계에서 아직도 세계 동맹에 참가하지 않은 나라다.

호른 왕국은 이웃인 펠젠이 몇 번인가 이야기를 타진했던 모양이지만.

아무래도 그 나라는 한창 권력 다툼 중인 듯, 현재, 나라의 왕이 없는 상태라고 한다. 선대 임금님이 계승자를 결정하기 전에 돌아가셔서 왕위 계승 의식 문제로 다투고 있다나 뭐라나. 그래서 나라의 방침을 정하지 못하고 있는 듯했다.

노키아 왕국 쪽도 제노아스가 이야기를 전달한 듯하지만, 어딘가 모르게 피하고 있는 느낌이라고 한다.

노키아 왕국은 유론의 압제 정치에 반발한 사람들이 세운 나라로, 천혜의 요새 같은 산악 지대에 틀어박혀 거의 쇄국에 가까운 상태다. 솔직히 지금까지 제노아스도 비슷한 나라여서 그다지 깊은 관계를 맺지 못했던 모양이다. 어떻게 될는지.

"호른, 노키아는…… 당장은 조용히 지켜볼 수밖에 없다고 생각합니다. 지금 전달한다고 해서 어떻게 될 것 같지도 않으니까요."

"그건 그러네요. 물어본 저희조차도 뭘 어떻게 하면 될지 모르겠는걸요."

전주 총독이 쓴웃음을 지으며 대답했다. 상대가 우리와 교류하고 싶지 않다면 서로 끝까지 간섭하지 않는 것도 하나의 방법이라고 생각한다.

"그쪽 세계에는 모험자 길드 같은 조직은 없나요?"

이번에는 레리샤 씨가 길드 마스터다운 질문을 했다. 어쩌면 뒤쪽 세계에도 모험자 길드를 전개해 나갈 생각일지도 모른다.

"제가 돌아봤던 나라에는 그런 조직이 없었어요. 마수나 마물은 당연히 있었지만, 기본적으로 나라의 고렘 기사단이 대처하고 있는 모양이에요. 지방에서는 마을이 힘을 모아 고렘을 사들여 경비를 담당하는 곳도 있다나 봐요. 물론 마수를 토벌하며 생업을 이어나가는 고렘 사용자 등도 있는 모양이지만요."

"흐음……. 그렇군요."

레리샤 씨가 무언가 골똘히 생각하기 시작했다. 보아하니 머릿속에서 다양한 계산이 오가고 있을 듯했다. 레리샤 씨는 엘프이니 천천히 시간을 들여 모험자 길드를 뒤쪽 세계에 보급하는 것도 가능하다.

그런 일이라면 나도 협력하고 싶다. 아직 모험자라는 칭호를 가지고 있으니까.

조금 전에 마을에서 고렘을 사들여 경비를 한다고 말했지만, 그건 어디까지나 어느 정도 자금력이 있는 마을의 이야기로, 변경의 작은 마을은 그러지 못한다.

경비로 쓰고 있는 마을이라도 그게 전투용이 아닌 고렘이라면 크게 도움이 되지 않을 테고, 전투 타입이라고 해도, 예를 들면 고블린 무리를 상대로라면 한두 대 정도의 고렘으로는 대처할 수 없다.

이렇게 말하긴 뭐하지만, 순수한 전투력으로 따지면 앞쪽 세계 사람들이 더 뛰어나다. 뒤쪽 세계는 고렘이 싸우게 시키는 데 너무 익숙해져서 개개인의 기량이 그다지 높지 않다는 느낌이다.

"우리도 한번 그쪽 세계에 가 보고 싶은데, 안 되는가?"

"못 갈 건 없지만, 완전히 별천지예요. 나라의 권위가 통하지 않고, 위험을 생각하면……."

"토야라면 어중간한 위험 정도는 알아서 처리할 수 있지 않은가?"

"……그거야 뭐."

미스미드 수왕이 씨익 웃었다. 굉장히 신뢰하고 있는 모양이네. 확실히 【프리즌】을 항상 펼쳐 두면 사신(邪神)에게 습격당하지 않는 한 안전은 확보할 수 있다. 그래도 음식의 독이나 위험한 가스처럼 주의해야 할 게 많은데 말이야.

일단 다음에 토리하란 신제국과 프리물라 왕국으로 초대할 수 있게 준비해 두긴 했지만. 단번에 모두가 가긴 힘들어도 서너 명 정도씩이라면 괜찮다. 호위를 포함하면 인원이 더 많아질지도 모르지만.

그 이후에는 평소처럼 회식을 하거나 게임을 하면서 각 나라가 알아서 서로 대화를 나누는 프리타임에 돌입했다. 때때로 논의를 하던 양국의 문제를 해결해 달라는 부탁을 받거나, 내가 어떤 부탁을 하거나 하기도 했다.

뒤쪽 세계의 임금님들과는 어떻게 교류하고 어울리면 좋을까.

현재는 프리물라와 토리하란뿐이지만……. 아, 맞다. 파나셰스 왕국과도 커넥션이 있었지? 파란색 왕관을 지닌 별난 왕자와 아는 사이가 됐었어. ……폭잠을 자는 짜증 나는 왕자 말이야.

그 왕자에게 파나셰스의 임금님을 소개해 달라고 하면 수월하게 진행되겠지.

부모님은 멀쩡했으면 좋겠지만……. 으으음.

◇ ◇ ◇

갈디오 황제와 레베의 남은 신하들이 회담하는 날이 찾아왔다.

팽팽히 긴장된 공기가 회담 장소인 방안을 감쌌다.

이곳은 갈디오 제국에 있는 황궁의 한 방이다. 이 방은 나의 【사일런스】로 방음이 되어 있어 절대 밖으로 목소리가 새어 나가지 않는다.

중개자 겸 입회인으로 온 나와 유미나, 린은 방의 구석 의자에 앉아 있었다. 폴라는 집에 두고 왔다.

중앙 소파의 한쪽 편에는 레베 왕국의 남은 신하들인 대령, 중위, 중사. 다른 한쪽 편에는 갈디오 제국의 황제인 파르시온 리그 갈디오와 아스티리아 황비, 그리고 황제의 심복인 재상, 란스로 올컷이 앉아 있었다.

이 란스로 재상은 레베 왕국의 왕자였던 루프레딘 왕자를 전쟁터의 잔해에서 가장 처음으로 발견한 측근이었다.

그게 왕국의 루프레딘 왕자가 제국의 루크레시온 황자가 된 계기다. 그 일이 사태를 꼬이게 만든 원인이지만, 그렇다고 해서 그때 왕자가 죽었으면 좋았을 거라고는 전혀 생각하지 않는다.

"설마 그때의 기사를 다시 만날 줄이야……. 그 눈은 그

때……?"

"전쟁터에서 있었던 일입니다. 이 일은 전혀 원망스럽게 생각하지 않습니다. 생명을 부지한 것만으로도 다행이지요."

일찍이 목숨을 걸고 싸웠던 적이 대치했다. 그 가슴속에는 어떠한 마음이 소용돌이치고 있을까. 미숙한 나로서는 알 수 없었다. 단, 두 사람 모두 겉보기에는 침착하게 이야기를 하고 있을 뿐이었다.

"그런가……. 그러나 나는 그대들에게 사과해야만 하는 일이 있다."

황제는 깊이 고개를 숙여 세 사람에게 사죄의 의사를 표시했다. 마찬가지로 황비도 고개를 숙였다.

"미안하다. 그대들의 조국을 멸망시킨 일, 아버지를 말리지 못한 일, 그리고 레베의 왕자인 아이를 빼앗은 일……. 모두 나의 약함이 불러일으킨 일이다. 용서해다오……."

"용서하라고……?!"

주먹을 꽉 쥐며 일어선 중사가 여전히 고개를 숙이고 있는 황제와 황비를 노려보았다.

"어떻게 용서하란 거지? 너희는 우리의 고향을 빼앗았다! 사랑하는 사람들을 죽였어! 긍지도, 희망도, 행복도, 전부 빼앗겼단 말이다!"

"미안하다……. 용서할 수 없는 일이란 사실은 잘 안다. 그래도 사죄하고 싶다. 정말 미안하다. 나에게 조금 더 용기가 있었다면…… 아버지를 억지로라도 말릴 용기가 있었으면 좋았을 텐데……."

사죄는 상대에게 닿지 않았다. 어떤 말을 한다고 해도 일방적인 이유로 조국이 사라졌다는 사실은 지워지지 않으니까. 그렇다면 어떻게 하면 좋을까.

그때 옆에 앉아 있던 란스로 재상이 입을 열었다.

"제국은 옛 레베 왕국의 땅을 해방해 독립시킬 용의가 있다."

"어……?"

"뭐라고……?"

중사와 중위가 눈을 휘둥그렇게 떴다. 대령은 살짝 한쪽 눈썹을 들어 올리기만 했다.

독립이라면, 브륀힐드처럼 제국이 뒤를 봐주는 가운데 레베 왕국을 다시 세울 수 있다는 말인가?

대령이 란스로 재상을 바라보았다.

"제국의 중진들이 가만히 그걸 인정할까? 우리가 이런 말을 하긴 뭐하지만 그 땅은 지하자원의 보고다만?"

"선제 폐하께서 돌아가신 뒤로 그 땅은 황제 폐하의 직할지가 되었다. 채굴된 지하자원도 폐하는 레베에 사는 사람들만을 위해 사용하셨다. 이제 와서 폐하의 뜻을 거스를 자는 아무도 없지. 안타깝지만 아이젠가르드가 지배하는 '푸른 유적' 부근의 토지까지 양도해 줄 수는 없지만……."

아이젠가르드가 빼앗은 곳은 '푸른 유적' 부근의 토지지만,

그곳은 전체의 20퍼센트도 되지 않았다. 주민들도 최근 10년간 아이젠가르드의 압제 정치를 버티지 못하고 대부분은 제국 쪽으로 도망쳤다고 한다.

"레베를…… 되찾을 수 있는 건가……?"

멍하니 중얼거리는 중위를 무시한 채, 대령이 갈디오 황제에게 이 대화의 핵심을 찌르며 말했다.

"레베 왕국의 부흥은 고마운 일입니다. 다만 우리는 레베 왕국을 섬기는 자들이지, 지도자는 아닙니다. 우리가 섬길 사람은 단 한 명, 루프레딘 왕자뿐입니다."

"그건……!"

황비가 뭐라 말을 하려다가 차마 이어가지 못했다. 방금 에둘러 왕자를 돌려 달라고 말한 건가? 제국으로서도 쉽게 고개를 끄덕일 수 없는 문제라고 생각하는데…….

"그런데 본인의 동의 없이 제멋대로 이야기를 진행하면 안 되지 않을까요? 그건 왕자 자신이 결정할 문제 같은데……."

"조국의 부흥을 거절할 이유가 어디에 있나? 레베의 왕은 루프레딘 왕자밖에 없다. 황제의 피를 이어받지 않은 왕자가 제국을 이어받는 일이 더 이상하다만."

무심코 끼어든 내 말을 중위가 그렇게 잘라내자, 갈디오 황제가 란스로 재상을 돌아보았다.

"그 아이를 데려오게. 모든 일은…… 그 아이가 결정하게 하지."

"하지만 폐하……."

"됐다. 그 아이의 인생이 아닌가. 이건 처음부터 우리가 마음대로 결정해서는 안 됐던 일이야."

재상은 아직 더 말을 하고 싶은 듯했지만, 그래도 황제의 시선을 피하며 자리에서 일어섰다.

잠시 후, 안쪽 문에서 재상이 데리고 온 황자가 모습을 드러냈다. 우리를 보고 조금 놀란 듯했지만, 황자는 곧바로 이쪽으로 걸어왔다.

그러자 대령 일행도 감개무량하게 황자의 모습을 바라보았다. 그 모습에서 자신들이 섬겼던 고인(故人)의 모습을 발견했을지도 모른다.

"아버지. 어머니. 중대한 이야기가 있다고 들었습니다……."

"……그래. 중대한 이야기가 있다."

황제가 자리에서 일어서 황자 앞에 무릎을 꿇으며 눈을 맞췄다. 그리고 그 손을 황자의 어깨에 올리고 천천히 말했다.

"이제부터 하게 될 이야기는 네 인생을 크게 좌우하게 될 것이고, 모두 사실이다. 잘 들어 주길 바란다."

"…………네."

황제 폐하는 하나도 숨기지 않고 모든 사실을 황자에게 말해 주기 시작했다. 10년 전의 일, 레베 왕국의 일, 아이젠가르드의 일, 선제에 관한 일, 그리고 황자의 진짜 부모님에 관한 일…….

그 모든 이야기를 황자는 계속 조용히 들었다. 그 모습을 보고 나는 의아했는데, 왜냐하면 황자가 너무 냉정하게 이야기를 들었기 때문이다.

상당히 충격적인 이야기일 텐데 황자는 침착하게 모든 이야기를 귀 기울여 들었다. 자신이 부모님의 친아들이 아니라는 이야기를 들었는데도 말이다. 그렇다면 혹시…….

모든 이야기를 다 들은 황자가 힘없이 고개를 떨군 황제 폐하에게 천천히 말했다.

"……모두 알고 있었습니다. 제가 아버지와 어머니의 친아들이 아니라는 것도, 그런데도 두 분이 저를 친아들처럼 생각해 주신다는 것도."

"뭐라고……?!"

"그럴 수가……. 루크레시온, 네가……."

황제와 황비가 그 사실을 듣고 경악했다. 아니, 란스로 재상도 대령 일행도 깜짝 놀랐다.

역시 그렇구나. 너무 냉정하다고는 생각했지만……. 자신의 출생 비밀을 알고 있었구나. 그런데 어디서 그걸 알게 된 거지?

"아버지, 이걸 봐 주십시오."

슥, 하고 황자가 자신의 팔목에서 빛나는 황금 팔찌를 보여주었다. 저건 '봉인의 팔찌' 였지? 마안의 힘을 억누르는 효과가 있다는 도구.

황자가 보여 준 그 팔찌에는 작게 금이 가 있었다. 으응? 망가진 건가?

"이건……."

"1년 전, 검술 훈련을 받다가 팔목에 일격을 받아 팔찌가 망가졌습니다. 소중한 물건이라는 말을 들었기에 아버지와 어머니에게는 망가졌다고 말씀드리지 못했지만, 그 이후로 신기한 것들이 보이기 시작했습니다."

루크레시온 황자가 말하길, 팔찌가 망가진 이후로 가끔 물건을 만지면 환영이 보일 때가 있었다고 한다. 한 번 환영이 보였던 물건을 다시 만져도 보이지 않기도 했고, 반응이 없었던 물건이었는데 갑자기 환영이 보이기도 하는 등, 효과는 제각각이었다고 하지만.

이윽고 황자는 그것이 마안의 힘이라는 사실을 깨달았다. 과거를 볼 수 있는 마안. 자유자재로 조종할 수 없는 힘인 듯했지만, 그건 어쩔 수 없었다. 원래 황자의 마안은 그다지 강하지 않으니까. 그래도 10년 전의 일을 볼 수 있을 정도는 되는 듯했다.

사 이 코 메 트 리
"물질감응능력……. 물체에 남은 사람의 잔존 사념을 간파하는 마안이야."

린이 작게 중얼거렸다. '추억의 마안' 이라고 해야 할까. 황자의 경우, 우연한 계기로 발동되는 듯했지만. 하지만 황자는 그로 인해 자신의 비밀을 알게 되었다. 아버지인 황제의 검을 어린 마음에 동경하며 몰래 손에 들었을 때.

"제가 두 분의 친아들이 아니라는 사실을 알고 매우 슬펐습니다. 믿고 싶지 않았죠. 하지만 동시에 두 분이 저를 매우 사랑해 주신다는 사실도 알게 됐습니다. 저는 그걸 부정할 수 없었습니다. 저는 친아들이 아닐지도 모릅니다. 하지만 저는 두 분의 아이여서 행복했습니다."

"루크레시온…………!"

줄줄 눈물을 흘리면서 황제 폐하가 눈앞의 아이를 껴안았다. 황비 전하도 황자를 붙들고 눈물을 흘렸다.

"아버지. 저는 갈디오 황가의 피를 이어받지 않았습니다. 그런 제가 황제가 되다니, 제국 백성에 대한 배신입니다. 차기 황제의 자리는 다른 분에게 물려 주십시오."

"그런가……."

아직 젖은 눈으로 황제는 조용히 고개를 끄덕였다. 다행이랄까? 황제 폐하에게는 누나와 여동생이 많은 듯하니 황위 계승권을 가진 사람도 많다. 그렇다면…….

"그럼 황자는 부흥하는 레베 왕국의 왕위를 이을 생각이신가요?"

유미나의 말을 듣고 황자는 작게 고개를 가로저었다. 어라?

그 반응을 보고 대령 일행도 안달이 난 표정을 지었다.

"기억은 전혀 없지만…… 나를 낳아 주신 부모님께 감사한다. 하지만 그대들에게는 미안하지만 나를 키워 준 곳은 이 갈디오 제국이야. 나는 루크레시온으로서, 제국의 한 국민으로 살아가겠다. 지금의 내 아버지와 어머니는 누가 뭐라든 이 두 분이니까.”

“그럴 수가……! 그럼 레베의 백성들은 어쩔 셈이십니까! 모두 왕자님을 기다리고 있습니다!”

“미안하지만 기대에 부응할 수 없다. 그대들 중에서 새로운 지도자를 선택해 주길 바란다. 새로운 레베의 초석이 될 자를.”

중위의 말을 듣고 루크레시온 황자는 슬픈 눈빛을 내비치며 대답했다.

이 아이는 이미 자신의 길로 걷기 시작했다. 이제는 아무도 그걸 막을 수 없다.

“루크레시온……. 너는…… 정말 그래도 되겠느냐.”

“네. 황제는 되지 못하더라도 제국을 도울 수는 있습니다. 두 분의 아들로서 부끄럽지 않은 사람이 되겠습니다.”

“너는…… 참으로 강하구나…….”

울고 있는 듯한 웃고 있는 듯한…… 그런 표정을 지으며 황제 폐하는 고개를 숙였다. 그렇지만 황자는 자신에 가득 찬 미소를 지어 보였다.

그러자 대령이 황자에게 다가가 무릎을 꿇고 그 눈을 똑바로 바라보았다. 그리고 활짝 다정한 미소를 지었다.

“완고하고 완강하게 한 번 결정한 자신의 신념을 꺾지 않고, 그 길을 한결같이 지키는 모습……. 아버지와 똑 닮으셨습니다. 역시 피는 속일 수 없군요…….”

“……레베의 아버지와 어머니는…… 훌륭하신 분들이었는가?”

“네. 아주 훌륭하신 분들이었습니다. 가신들을 생각해 주시고, 밝으시고, 사람을 의심하지 않는, 그런 분들이었습니다. 그러니…… 레베의 부모님도 생각해 주십시오.”

“그래야지. ………미안하네…….”

대령의 말을 듣고 황자가 고개를 끄덕였다. 설사 기억은 없다 해도 두 사람이 황자를 사랑했다는 사실만큼은 틀림없다. 관계없다며 무시해서는 너무 서운한 일이다.

자, 황자의 마음은 그렇다고 하는데, 레베 사람들이 어떻게 생각할지가 문제구나…….

방의 구석에서 그런 생각을 하는데, 갑자기 창문이 깨지며 황자와 황제 폐하, 대령 일행의 발밑에 무언가 새의 깃털 같은 것이 몇 개 정도 박혔다.

그건 금속…… 아니, 무언가 다른 물질로 만들어진 깃털 ‘같은’ 물건이라는 사실은 바로 알 수 있었는데, 그걸 본 대령은 눈을 번쩍 뜨고는 근처에 있던 황자를 밀치더니 큰소리로 외쳤다.

“엎드려라!”

그 말을 한 직후, 【사일런스】 효과로 인해 커다란 폭발음이 방안에서만 울려 퍼졌다.

너무나도 갑작스러운 일이라 나는 반응이 늦었다.

원래는 폭발물에 【프리즌】을 발동해 그 충격을 막아야 했지만 내가 【프리즌】을 발동한 범위는 2층의 창문 안쪽에 있던 사람들뿐이었다.

정확하게 말하면 나를 중심으로 【프리즌】의 범위를 넓혀 모두를 그 안으로 넣는 데는 성공했지만.

그 결과, 깃털 형태의 폭발물은 깨뜨리고 들어 온 창문과 함께 창가의 벽을 폭발시켜, 황궁의 정원 쪽으로 전망이 좋은 구멍을 휑하게 만들고 말았다.

"후우……. 위험했어……."

"깜짝 놀랐어요……."

"역시 달링이야. 덕분에 살았어."

역시 이건 도저히 그냥 넘어갈 수 없다. 자칫 사망자가 나오고도 남았다. 일단 모두 무사하긴 하구나.

"어라어라어라아~? 아무도 안 죽은 모양이네요. 혹시 실패한 건가요? 전 실패를 싫어하는데요."

분위기와는 어울리지 않는 장난스러운 목소리가 우리에게 도달했다.

정원 상공에 '그 녀석' 은 떠 있었다. 나이는 30대 후반, 회색 망토에 가벼운 갑옷 차림. 그리고 허리에는 레이피어를 차고 있었다. 얼핏 보면 문관처럼 곱상하게 생긴 남자로, 금발 머리카락 아래로는 히죽거리는 표정과 동그란 안경이 빛나는 모습이 보였다.

또 그 발밑에는 부유하는 원반이 있었다. 마도구(아티팩트) 같은 건가? 그 곱상한 남자는 그것에 올라타고 공중에 떠올라 있었다.

하지만 그보다도 그 옆에 떠 있는 1.5미터짜리의 고렘에 더 눈길이 갔다. 양팔이 날개 모양이며 양쪽 다리에는 갈고리 같은 발톱에 뻗어 있었다. 그리고 땅딸막한 보디에 올려진 머리는 올빼미 얼굴.

올빼미형 고렘……. 아니, 올빼미 인간형 고렘이라고 해야 할까. 온몸이 회색으로 통일된 그 고렘은 신기하게도 날갯짓도 하지 않은 채 공중에 정지해 있었다.

동물 머리가 달린 고렘……. 혹시 저건…….

"역시 네놈인가……! 배신자, 기엔 그리드!"

자리에서 일어선 대령이 분노한 표정을 지으며 공중에 떠 있는 곱상한 남자를 노려보았다.

"뭐어? 으응? ……어라, 당신…… 란디나…… 돌프 란디나 대령인가요?! 하하하! 당신, 살아 있었나요?! 이것 참 걸작이네요! 설마 이런 곳에서 옛 전우와 만나게 될 줄이야!"

"전우라 부르지 마라! 속이 메슥거린다……!"

"어라어라~? 뭐야? 아직 화가 난 건가요? 10년도 더 전의 일 아닌가요. 이제 그만 덮어 두죠."

"이 자식이! 네놈이 아이젠가르드로 가지 않았다면 레베는 멸망하지 않았다! 그 전쟁의 방아쇠를 당긴 사람은 네놈이다.

기엔 그리드!"

분노가 담긴 눈으로 기엔이라는 곱상한 남자를 노려보는 대령.

추측건대, 이 녀석이 레베 왕국을 배신하고 아이젠가르드에게 '수황기'의 비밀을 넘긴 매국노인 듯했다.

"맹목적으로 '수황기'만 있으면 평화를 지킬 수 있다고 진심으로 생각하는 바보들을 보고 저는 정나미가 떨어졌거든요. 바깥 나라에 눈길도 주지 않고 자신만의 세계에 틀어박혀 나라를 발전시키려고도 하지 않는 시대에 뒤떨어진 국왕에게도 마찬가지고요. 가난한 소국의 장군 중 한 명으로 생애를 마치다니 참 바보 같은 일이라, 저는 자신의 가능성을 더욱 확장하고 싶었지요."

"그런 이유로 네놈은 레베를 배신한 건가……!"

"무능한 주군을 보고 가망이 없다고 단념한 것이니 전혀 이상할 게 없지 않습니까. 내가 국왕을 죽이고 나라를 탈취하는 방법도 생각해 봤지만, 나머지 열한 명의 장군을 역시 나 혼자 상대할 수는 없어서 말이죠. 그중에 생존자가 있었다니 놀랍습니다만."

히죽거리며 옅게 웃는 기엔이라는 남자를 중위와 중사도 분노가 서린 표정으로 노려보았다.

대령은 품에서 '스토리지 카드'를 꺼내 자신의 옆에 표범 머리 고렘, 뇌표 레오파르도를 불러냈다.

"여기서 네놈을 만난 것도 죽어 간 모두의 인도 덕택이겠지. 그들의 억울함을 풀기 위해 지금 여기서 네놈을 지옥으로 보내 주마!"

"장군 중에서 말석에 불과했던 당신이 말인가요? 참 흥미로운 초대이지만, 지금은 일을 처리해 두지 않으면 혼나서 말입니다. 마공왕의 명령으로 갈디오 제국 황제의 목숨을 받아가야, 합니다!"

기엔의 옆에 있던 올빼미형 고렘의 날개에서 몇 개의 깃털이 발사되었다. 목표는 모두 갈디오 황제였다.

곧 연속해서 폭발이 일어났다. 하지만 【프리즌】으로 보호를 받는 영역에는 먼지 하나 흩날리지 않았다.

"으응~? 이건 뭐죠? 레오파르도에게 이런 고렘 스킬은 없었을 텐데……."

나는 신기한 표정을 짓는 기엔의 등 뒤로 【텔레포트】를 사용해 이동한 다음 어깨를 툭 두드렸다.

"일단 내려가서 이야기할까? 【슬립】."

"앗, 우아악?!"

공중에 떠 있던 원반에서 발이 미끄러져 기엔은 황궁 정원으로 떨어지기 시작했다.

그러자 곧장 올빼미형 고렘이 떨어지는 주인을 쫓아 급강하했다.

"히익?!"

지상과 격돌하기 바로 직전에 자신의 고렘이 붙잡아 준 덕에 천천히 지면에 내려선 기엔.

나는 떨어진 기엔보다도 여전히 떠 있던 원반에 더 흥미가 가서 【플라이】로 날면서 한쪽 발을 올려 밟아 보았다. 호오, 꽤 안정감이 있는걸?

“이, 이봐. 너!! 함부로 건들지 마!”

아래에서 뭐라고 말을 하고 있지만, 이걸 또 쓰면 성가셔지겠지? ……내가 받아두자.

나는 원반을 【스토리지】에 넣어 두었다. 박사에게 줄 재미있는 선물이 생겼네.

“아니?! 글라우크스. 저 녀석을 쏴서 떨어뜨려!”

올빼미형 고렘의 날개에서 무수히 많은 깃털이 발사되었다. 똑바로 나를 향해 날아오는데, 이것도 역시 폭발하려나?

“【불꽃이여 오너라, 붉은 연탄, 파이어 애로우】.”

내 마법으로 공중에 나타난 여러 개의 불꽃 화살이 날아오는 깃털을 잇달아 요격했다.

퍼엉퍼엉, 하고 커다란 폭발음을 울리면서 발사된 깃털은 모두 폭발하여 먼지가 되었다.

“그게 뭔가요?!”

“……아~. 한눈팔아도 돼? 네 상대는 내가 아닐 텐데?”

“뭐라?”

정원에 서 있는 기엔을 향해, 2층의 뻥 뚫린 벽에서 단숨에 도약한 표범 머리 고렘, 레오파르도가 달려들었다.

그 양팔에는 어느새 너클클로 같은 갈고리가 튀어나와 있었다.

"크! 글라우크스!"

〈큐잉.〉

주인 앞으로 날아온 올빼미의 날개가 커다란 칼날 모양으로 변형되더니, 레오파르도의 발톱을 막았다.

올빼미는 그리스 신화 등에서 지혜의 신의 심부름꾼으로 묘사되었다는데, 일본이나 중국에서는 어미 새를 물어 죽이고 성장한다고 생각해 패륜 새로 알려져 있었다고 한다.

부모 또는 주군을 죽이고 그들을 발판 삼아 위로 올라간다는 의미에서 '효웅(梟雄)'이라는 말이 만들어졌다는 모양이라고 할아버지에게 들은 적이 있다.

주군이었던 레베를 배신하고 지위를 높인 기엔은 그야말로 그런 올빼미일지도 모른다고, 나는 문득 눈 아래에서 싸우는 고렘들을 보고 그런 생각을 했다.

덧붙이자면 '효(梟)'라는 한자는 부모를 죽이는 불길한 새를 나무에 박아 구경거리로 만든 모습을 따서 만들어졌다고도 한다. 목을 베어 매달아 놓는 '효수(梟帥)'라는 말도 거기서 나왔다는 모양이다.

"기엔!"

"크?!"

어느새 정원에 내려선 대령이 사벨을 기엔을 향해 아래로 휘둘렀다. 그 공격을 종이 한 장 차이로 피한 기엔은 허리에서 레이피어를 빼내 정면을 향해 겨누었다.

앞으로 내뻗는 기엔의 칼솜씨는 매우 재빨라 대령은 레이피어에 얼굴을 긁히고 말았다. 한 줄기 피가 대령의 뺨을 타고 흘렀다. 어라? 저 녀석, 겉보기와는 달리 꽤 실력이 좋잖아?

도와주려고 내가 마법을 발동하려고 하자 그걸 감지한 대령이 엄청난 눈으로 나를 노려보았다.

"참견하지 마라! 이건 우리의 싸움이다!"

으, 윽. 그렇게 말하니 가세하기 힘드네…….

원수를 갚는 거나 마찬가지기도 하고, 외부인이 참견하면 안 되는 걸까? 유미나와 린도 어떻게 하면 좋을까 생각했는지 서로 얼굴을 마주 보았다.

언뜻 보니, 중위와 중사도 마른침을 삼키며 대령의 싸움을 지켜보는 중이었다. 으으음, 역시 참견하면 안 될 듯하다.

벽이 폭발한 소리는 【사일런스】로 지워졌지만, 붕괴한 소리는 방의 바깥쪽이어서 근처로 울려 퍼졌다. 이미 황궁의 기사들이 이쪽으로 오고 있겠지. 저 녀석의 공중을 나는 고렘만 어떻든 하면 도망치지 못한다.

"크하하! 기억나는군요! 레베에서 몇 번인가 당신의 훈련 상대를 했었죠?! 한 번도 나에게 이기지 못했는데 기억하시나요?!"

"음……!"

속도를 살린 레이피어의 연속 찌르기가 대령의 몸에 잇달아 상처를 만들어 냈다. 대령은 피하는 게 고작이라 공격을 하지 못했다.

그 옆에서는 마찬가지로 레오파르드가 글라우크스의 재빠른 공격에 농락당했다.

날개를 칼날로 만들면 날지 못하는지, 글라우크스는 지면을 내달렸다. 하지만 그래도 상당히 빨랐다.

레오파르드도 결코 느린 기체는 아니었지만, 그 작은 차이가 이 싸움에서는 큰 차이를 만들어 냈다.

원래 고렘은 마스터와 연계해야 비로소 최대의 힘을 낼 수 있다. 그런데 완전히 분단되어 있으면 어떻게 해 볼 도리가 없다. 물론 그건 상대도 마찬가지이지만…….

"자! 자! 자! 자! 10년이 지나도 당신은 진보가 없군요! 느려느려느려! 움직임이 뻔히 다 보입니다!"

"크……!"

기엔의 찌르기 공격이 더욱 빨라졌다. 이미 대령은 그 칼 놀림에 전혀 대처하지 못해 몸 여기저기에 상처가 났다. 너덜너덜해진 상황에서도 간신히 서 있는 상태였다.

"자, 언제까지고 당신을 상대하고 있을 수는 없습니다. 슬슬 끝내죠. 저세상에 가면 레베 국왕 폐하에게 안부 전해 주십시오. 핫!"

끌어당기듯이 기엔이 레이피어를 움직여 대령의 사벨을 휘감았다. 그리고 그대로 기엔이 검을 번쩍 들어 올리듯 움직이자, 사벨은 대령의 손에서 벗어나 회전하며 하늘 높이 날아오르더니 그대로 땅에 꽂혔다.

"그럼 이제 작별입니다. 참 즐거웠습니다."

히죽거리는 표정으로 기엔이 바짝 대령의 앞으로 다가서더니 푸욱, 하는 소리를 내며 레이피어로 대령의 배를 꿰뚫었다.

"크학……!"

"이럴 수가……!"

"대령님?!"

중위와 중사의 비명과 함께 대령의 입에서 피가 흘러넘쳤다.

레이피어로 배를 찌른 기엔은 그 모습을 만족스럽게 바라보았지만 갑자기 대령이 튼실한 왼팔로 기엔의 오른팔을 붙잡았다.

대령의 등으로 튀어나올 만큼 깊게 박힌 레이피어. 그걸 들고 있는 손을 빈사 상태의 남자가 붙잡자, 기엔의 얼굴에서 웃음이 사라졌다.

"붙잡았다."

그렇게 말하며 피투성이의 얼굴로 대령이 매서운 웃음을 지었다. 그리고 덜덜 떨리는 남은 오른손으로 꽉 주먹을 쥐었다.

"레베의 분노를 뼈저리게 느껴라……!"

"힉?!"

큰 바위 같은 주먹이 기엔의 얼굴을 포착하고, 대령은 힘껏 팔을 휘둘렀다.

"으아아악?!"

크게 회전한 기엔은 코피를 흩뿌리면서 흰자위를 드러낸 채 지면에 쓰러졌다.

배에 레이피어가 꽂혔는데도 대령은 그것을 내려다보면서 씨익 웃더니, 이윽고 자신도 마찬가지로 지면에 쓰러졌다.

"【프리즌】."

레오파르드도와 전투를 계속하던 올빼미 고렘인 글라우크스를 나는 【프리즌】으로 결계 안에 가두었다. 기엔을 구해 하늘로 날아 도망가 버리면 성가시니까.

나는 지상의 대령 쪽으로 내려가 배에 꽂혀 있던 레이피어를 빼냈다. 상당히 아픈 표정을 지었지만 이건 자업자득이에요. 참. 터무니없는 짓을 하다니.

그리고 곧장 회복 마법을 걸어 주었다.

"【빛이여 오너라, 여신의 치유, 메가힐】."

빛의 입자가 쏟아져 대령의 몸을 감쌌다. 그러자 순식간에 레이피어에 꿰뚫린 상처가 치유되었다.

그래도 흐른 피가 되돌아오지는 않았기 때문에 일어선 대령은 비틀비틀했다.

"무리를 하시다니. 제가 없었으면 죽었을지도 몰라요."

"기엔은 사람에게 고통을 주며 서서히 죽이길 좋아하는 변태 녀석이다. 급소는 피해서 공격할 거라 생각했지. 성격은 최악이지만, 그래도 레베에서 두 번째로 강한 남자니……. 그렇게라도 하지 않았으면 붙잡을 수 없었어."

그 말대로 나름 강하긴 했다. 하지만 야에나 힐다 수준에는 한참 못 미치고, 단장 레인 씨나 부단장인 노른 씨, 니콜라 씨보다도 하수라고 생각한다.

……솔직히 말하면 기엔은 우리의 일반 기사보다도 아래처럼 보이는데. 대령의 프라이드를 상처 입힐 수도 있으니 아무 말 않겠지만.

물론 매일 검의 신에게 훈련을 받는 사람들과 비교해서는 안 되는 일인지도 모른다.

"게다가 왕자로부터 기엔의 눈을 돌려놓을 필요도 있었으니까."

잠시 2층 객실을 보니 중위와 중사가 황자를 방 안쪽으로 대피시키려고 했던 듯했다. 하지만…….

"물론 쓸데없는 짓인 듯했지만. 당신이지? 그 신기한 방어

벽. 덕분에 왕자의 안위를 신경 쓰지 않고 싸울 수 있었다. 감사하네."

눈치채고 있었던 건가. 지금은 해제했지만, 조금 전까지 객실 주변에 【프리즌】을 전개하고 있었다. 그 녀석의 목적은 갈디오 황제 암살인 모양이라, 그 깃털 폭탄을 또 발사할 가능성도 있었기 때문이다.

"폐하! 무사하신지요?!"

성의 객실과 정원으로 소동이 일어난 소리를 들은 기사들이 다가왔다. 그러고는 낯선 우리를 보고 검을 빼며 경계를 강화했다.

"폐하, 이자들은……?"

"괜찮다. 짐의 손님들이야. 위험한 순간에 도움을 받았지. 짐을 노린 주범은 저곳에 쓰러져 있는 남자다."

황제의 목소리를 듣고 기사들은 우리를 향한 경계를 풀고, 그 대신 정원에 얼굴을 일그러뜨린 채 기절해 있는 기엔을 붙잡았다.

"저 사람, 그냥 저렇게 잡히게 해도 되나요?"

"제국의 황제를 노리지 않았나. 사형을 면할 수는 없을 테지. 그것도 단두대에서 공개 처형이다. 그편이 레베의 백성에게 배신자의 말로가 어떤지 더 잘 전해지리라 생각한다."

대령은 끌려가는 기엔을 바라보면서 감정을 억누른 목소리로 대답했다.

아이젠가르드에 관한 일도 물어봐야 하니 이 자리에서 죽이는 건 좋은 일이 아니기야 하겠지만.

연행되는 기엔을 보고 【프리즌】 안에 있는 글라우크스가 날뛰었다. 저런 사람임에도 섬기는 주인에게 끝까지 따르려는 고렘을 보니 어딘가 슬퍼졌다.

“【그라비티】.”

〈키익!〉

나는 가중 마법으로 글라우크스를 움직이지 못하게 했다. 단숨에 부하가 걸리자 글라우크스의 움직임이 멈췄다. 휴면 상태에 들어간 모양이다.

【프리즌】의 결계를 풀고 나는 올빼미형 고렘의 가슴 부분에 손을 넣고 마력을 흘렸다.

“오픈.”

그러자 파쉬잇, 하고 공기가 빠지는 소리가 들리며 가슴 부분이 좌우로 열렸다.

내장된 구형(球形) 젤처럼 생긴 물건에 손을 넣고, 나는 그곳에 떠 있는 정육면체 심장부인 G큐브를 꺼냈다.

이렇게 하면 글라우크스는 움직일 수 없다. 일단 이 G큐브는 대령에게 건네둘까. 그런데 대령은 G큐브를 건네받으며 뭔가를 골똘히 생각했다.

“왜 그러세요?”

“아니, 기엔이…… 아니지, 아이젠가르드가 오로지 황제를 죽일 목적으로 기엔을 보냈을 리가 없다는 생각이 드는군. 그 녀석이라면…… 아이젠가르드의 마공왕이라면 동시에 제도를 불바다로 만들 정도는…….”

“저, 저건 뭐지?!”

대령의 목소리를 차단하듯이 기사 중 한 명이 크게 소리치며 서쪽 하늘을 가리켰다.

그곳에는 메뚜기떼 같은 작은 점이 무수히 떠올라 있었다.

……저게 뭐지?

“【롱센스】.”

나는 시야를 확대해 보았다. 그곳에는 조금 전에 정지시킨 글라우크스의 소형판이라고 해도 좋을 모습의 고렘들이었다. 새끼 올빼미 고렘이 하늘을 날아 황궁을 향해 날아오는 중이었다.

새끼 올빼미들은 손에 든 수류탄 같은 무언가를 황궁을 향해 잇달아 투하했다. 그리고 그게 지상에 떨어지는 동시에 커다란 폭발이 일어나기 시작했다.

“아이젠가르드 녀석! 글라우크스의 군기병[솔다토]을 양산한 건가!”

군기병[솔다토]. 혼자서 여럿을 조종할 수 있는 고렘이었지? 이곳 제국에서도 채용된 타입의 고렘이랬지.

숫자로 밀어붙이려고 한다면 상당히 유용한 고렘이라고 생각한다. 아이젠가르드는 글라우크스를 분석해 비행형 군기병[솔다토]을 개발한 건가.

앗, 그런 일에 감탄하고 있을 때가 아니야.

"【바람이여 소용돌이쳐라, 폭풍의 선풍, 사이클론 스톰】."

"【폭풍이여 베어라, 억만(億萬)의 바람 칼날, 템페스트에지】."

나보다도 먼저 유미나와 린이 날린 마법이 소형 글라우크스를 덮쳤다.

소용돌이 같은 바람에 많은 소형 글라우크스가 휘말렸다. 그리고 진공의 칼날에 갈가리 베인 고렘의 잔해가 지상에 흩어져 떨어졌다.

좋아. 나머지는 내가 처리하자.

"【어둠이여 오너라, 내가 원하는 것은 반짝이는 여전사, 발키리】."

황궁의 정원에 그려진 마법진에서 내가 소환한 새하얀 날개를 지닌 여전사가 몇 명이나 뛰쳐나왔다.

은색 갑옷과 은색 검을 들고, 마치 천공의 기사처럼 하늘을 날아 여전사들이 잇달아 정렬했다.

"이, 이건 대체……."

"저의 소환 마법이에요. 다들, 부탁할게."

나에게 대답을 하는 대신에 여전사들은 검을 높다랗게 들고 이쪽을 향하는 새끼 올빼미들에게 공격을 시작했다.

여전사들은 하늘을 제비처럼 날아 손에 든 검으로 새끼 올빼미를 잇달아 양단해 버렸다.

새끼 올빼미도 반격하려고 했지만 글라우크스에 비하면 움직임이 느렸고, 단조로운 공격만이 가능한 듯했다. 군기병(솔다토)의 약점은 저거구나. 단순한 명령밖에 받아들이지 못하고, 임기응변을 하며 움직이지 못하는 점.

아마 저 새끼 올빼미들은 제도와 황궁을 폭격하기 위한 임무만을 지니고 날아왔을 것이다. 그냥 그뿐이었다면 아무런 문제도 없었겠지만, 공중에서 전투할 거라고는 생각지도 못한 모양이다.

새끼 올빼미는 잇달아 격추되었고, 이윽고 여전사가 마지막 한 마리를 상하로 두 동강 내자 황궁 안에서 환성이 울려 퍼졌다.

"【빛이여 오너라, 평등한 치유, 에어리어 힐】."

일단 폭격된 주변의 넓은 범위에 회복 마법을 걸어 두었다. 화재가 확산되어도 곤란하니, 마법으로 비도 내리게 했다.

제도 사람들은 천사가 내려와 주었다고 생각하는 모양이었지만. 뭐, 그래도 상관없나?

"그렇게 많은 수의 고렘을 순식간에……."

멍하니 있는 대령은 그냥 두고, 나는 스마트폰의 지도 어플리케이션을 실행해 공중에 투영한 다음 옛 레베 지역을 중심으로 전체 지도를 펼쳤다.

"검색. 아이젠가르드의 병사, 기사 및 같은 나라에 소속된 것으로 추정되는 고렘."

〈……검색 완료. 표시합니다.〉

투두두두두두두두두두두둑…….

상당히 많은 수의 핀이 지도에 떨어졌다. 역시나.

"아이젠가르드의 병사들이 갈디오 제국을 침공했네요. 보세요, 옛 레베 왕국 쪽으로요."

"뭐라고?! 선전포고도 없이 말인가?!"

정원으로 달려온 갈디오 황제 폐하가 공중에 떠 있는 지도를 보면서 크게 소리쳤다.

"선전포고는 조금 전에 끌려간 그 바보 남자가 하려던 게 아니었을까? 그럴 틈도 없이 퇴장해 버렸지만."

응, 나도 린과 같은 의견이다. 일단 최소한의 겉모양은 갖춰 두려는 심산이었을 테지.

"그런데 다들 이상한 방향으로 가는 듯한데요……."

유미나가 지도를 보면서 중얼거렸다. ……확실히 제도를 향해 오고 있는 것처럼 보이지는 않았다.

"아이젠가르드의 목표는 '초록 유적' 일 테지. 다행히 그쪽에는 마을이 거의 없어. 하나, 유적에는 발굴 조사대와 1개 대대에 해당하는 주둔군이 있네……."

앞서 언급된 새로 발견됐다는 유적인가? 일단 그곳에 주둔하고 있는 1개 대대를 물리치자는 심산이려나?

숫자는 압도적으로 아이젠가르드가 더 많다. 이대로는 곧 유적이 점거된다.

"으~음……. 일단 막으러 갈까?"

"뭐라?"

나의 혼잣말을 듣고 갈디오 황제가 얼빠진 목소리로 되물었다.

아이젠가르드가 제멋대로 날뛰는 모습을 보는 건 열 받으니까. 이쪽에다 폭탄까지 던졌고. 아, 유미나와 린이 혹여 다치기라도 했으면 어쩔 뻔했냐고 생각하니 공연히 화가 나네.

타산적으로 갈디오 제국이 빚을 지게 하려는 생각도 조금은 있지만.

"마, 막으러 간다니 무슨 말이지?"

"아이젠가르드의 군대를 막으러요. 날아가서 살짝 이야기를 하고 오겠습니다. 말이 통하면 좋겠는데요."

그거야 상대 지휘관이 어떤지에 달렸겠지만. 의외로 말이 통하는 상대일지도 모른다. 왕은 머리가 이상한 할아버지지만, 그 부하까지 모두 머리가 이상한 건 아닐 테니까.

"마, 막을 수 있는가?! 만 명 단위의 군대다만?! 그대가 얼마나 대마법사인지는 모르겠다만, 아무리 그래도……!"

"아, 수만 정도의 숫자라면 몇 번인가 상대해 본 적이 있으니 걱정하지 않으셔도 돼요. 아주 조금 지형이 바뀔지도 모르지만, 나중에 고쳐 놓을 테니, 그 점은 용서해 주세요."

"뭐, 뭐라……?!"

말문이 막힌 황제 폐하는 일단 그냥 신경 쓰지 말자.

"유미나랑 린은 어떻게 할 거야?"

"저희는 여기서 기다릴게요. 저어, 하늘을 날기는 좀……."

"나도 사양해 두겠어."

두 사람은 쓴웃음과 새침한 표정으로 거절했다. 그러십니까.

나는 하늘에서 대기하는 발키리들 곁으로 【플라이】를 사용해 날아올랐다. 앗, 그렇지.

"그 폭격 고렘을 조종한 아이젠가르드의 잠입병이 제도 안으로 들어와 있을 테니, 경비를 삼엄하게 하셔야 할 거예요."

"아, 알았다……."

"그럼 가 볼까."

지도를 보면 그다지 여유가 없을 듯하니 서두르자.

나는 단숨에 가속해 갈디오 제국의 상공을 날았다. 뒤에서 발키리들이 따라왔지만 조금씩 뒤처지는 중인 듯했다.

아차. 일단 송환한 다음, 현장에서 한 번 더 불러낼 걸 그랬어. 그래도 저 속도라면 금세 도착할 테니 이번엔 수고 좀 하라고 하자.

'초록 유적' 은 옛 레베 왕국의 남쪽 부근에 있었다. 그 이름 그대로 숲속에 존재하는 유적인데, 그다지 큰 숲은 아니었다.

숲 밖으로 한 걸음 나가면 그곳은 가도(街道)에서 조금 벗어난 황야로, 하늘에서 보니 텐트가 여럿 설치되어 있었다. 저게 유적 발굴 조사대와 그 경비를 맡은 1개 대대의 주류지구나.

그리고 그 앞에 펼쳐져 있는 진영이 아이젠가르드의 군이고.

아직 전투는 시작되지 않은 듯하다. 늦지 않은 건가.

그런데 숫자가 많네. 갈디오 측의 20배는 될 것 같아. 그런데 인간 병사들은 그 4분의 1 정도에 불과했다. 대부분이 군기병(솔다토)의 고렘인 모양이다.

유적 점거를 넘어 그대로 제도까지 공격할 생각이라면 이 정도의 숫자는 필요하려나?

유적을 제압하고 상황이 괜찮으면 새끼 올빼미의 폭격으로 대미지를 받은 제도를 단숨에 쳐들어갈 생각이었겠지.

그 아이젠가르드군이 공중에서 다가온 우리를 보고 갑자기 술렁이기 시작했다. 천사를 데리고 온 수상한 남자가 나타났으니 당연히 놀랄 수밖에 없는 건가?

"쏴, 쏴라아아아————————!"

그런 생각을 하는데 갑자기 전격(電擊)이 비처럼 쏟아져 내렸다. 아니, 쏟아져 내린 게 아니라 아래에서 발사한 거지만.

고렘들이 장비한 마법총(스펠 캐스터)이구나. 갑자기 뭐야.

아니아니, 일단 조금이라도 이야기는 해 봐야지.

"【얼음이여 꿰뚫어라, 빙결의 첨침(尖針), 아이스니들】."

나는 모든 전격을 얼음 고드름으로 튕겨 냈다. 그리고 고드름은 곧장 아이젠가르드 병사들 머리 위로 쏟아져 내리게 하였다.

"히, 히이익?!"

떨어지는 고드름을 보고 머리를 감싸며 웅크리는 병사들.

나는 【스피커】 마법을 사용해 아이젠가르드의 군대에 말을 걸었다.

〈아이젠가르드 병사들에게 고한다. 당장 군을 철수하고 마공왕인가 하는 자에게 갈디오 습격은 실패로 끝났다고 전해라. 더 이상 진군하면 건국 사상 최악의 꼴사나운 패전을 맛보게 될 거다.〉

"다, 당황하지 마라! 이건 적의 작전이다! 우리를 교란해 전의를 상실하게 만들려는 고육책이자 허세다!"

【스피커】에서 전달된 목소리를 듣고 술렁이는 병사들에게 상관들이 소리쳤다. 발끈. 확실히 교란하기 위해 한 말인 건 사실이다.

발키리들을 데리고 온 것도 천사를 보고 겁을 먹어 철수하지 않을까 싶어서였고. 별로 효과는 없었던 모양이지만.

〈한 번 더 말한다. 이게 마지막 통고다. 군을 철수시켜라. 지휘관의 냉정한 판단을…….〉

"쏴라————————! 저 녀석을 쏘아 떨어뜨려라아아아아! 우리 아이젠가르드의 병기는 최강이다! 적에게 동정이란 필요 없다! 열등국의 돼지들을 근절시켜라!"

……냉정해지라니까.

커다란 다족형(多足型) 고렘에 올라탄 카이저 수염을 기른 아저씨가 이마에 핏대를 세우며 호령을 내렸다. 아마 저 사람이 총사령관 같은데, 너무 신경질적이라 친해지기 힘들어 보인다. 한눈에 봐도 대화가 통할 상대가 아니었다. 눈에 빨갛게 핏발이 섰거든…….

나는 다시 날아온 전격의 비를 【프리즌】으로 모두 막았다.

교섭 결렬이구나. 그럼 사양 않겠어.

"【슬립】&【패럴라이즈】."

〈우옷?! 크악?! 케헥?!〉

병사들이 일제히 그 자리에서 넘어지더니 지면에 강하게 몸을 부딪치며 더는 움직이지 않았다. 만 단위가 넘어지면 지면의 충격도 상당할까? 내려가서 확인해 볼 걸 그랬다.

쓰러져 움직이지 않는 병사들을 구하려고 군기병(솔다토)의 고렘들이 움직이기 시작했다. 앗, 너희는 이쪽이야.

"【그라비티】."

〈카악.〉

어느 수준까지 무게를 더해 주면, 고렘은 세이프티 기능으로 인해 긴급 정지한다. 몸의 이상을 감지해 휴면 상태로 들어가는 것이다.

수많은 세월이 지난 뒤에 발굴된 고렘이라도 문제없이 재기동이 가능했던 이유는 이 기능이 있었기 때문이다.

자, 이제 무력화에는 성공했는데, 물론 여기서 끝낼 생각은 처음부터 없었다.

"【어둠이여 오너라, 내가 원하는 것은 녹색 점마(粘魔), 그린슬라임】."

나는 지상으로 내려가 소환진에서 슬라임을 불러냈다. 녹색의 점액질 마물이 잇달아 지상으로 기어 올라왔다.

슬라임은 종이 많다. 무해한 종과 유해한 종. 성격이 거친 종과 겁이 많은 종. 희소한 종과 어디에서나 볼 수 있는 종까지 참 다양하다.

각설하고, 이 그린슬라임인데, 이 슬라임은 어디에서나 볼 수 있는 일반적인 슬라임으로 기본적으로는 무해하다. 그렇지만 일부 사람들은 너무나도 싫어한다. 우리도 이전에 험한 꼴을 당했다…….

이 슬라임은 무엇보다도 식물 섬유로 된 의복을 즐겨 먹는다. 모험자들을 습격해 의복을 녹여 먹는다. 하지만 의복만 먹을 뿐 갑옷이나 인체는 전혀 먹지 않는다. 그런 슬라임이 우글거리며 지면에 쓰러져 있는 병사들을 향해 갔다. 정확하게는 그들이 입고 있는 옷을 향해서지만.

"후억?! 후어억?!"

"크악. 크아앗?!"

【패럴라이즈】 탓에 목소리도 제대로 낼 수 없을 만큼 마비되어 있었지만, 의식은 확실히 있던 병사들 위로 슬라임이 올라갔다. 움직이지 못하는 사람에게는 엄청난 공포다.

나는 그중 한 마리를 들어 올려 다족형 고렘 위에서 마비되어 있던 카이저 수염의 장군 쪽으로 가지고 갔다.

"말했지? 건국 사상 최악의 꼴사나운 패전을 맛보게 될 거라고."

"후, 후악?! 후아아악?!"

나는 공포에 떠는 카이저 수염 아저씨의 가슴 쪽에 투욱, 그린슬라임을 떨어뜨렸다.

곧장 슬라임은 기분 좋게 카이저 수염 아저씨의 옷을 녹이기 시작했다.

"크크크. 옷을 다 먹힌 상태로 과연 전투를 계속할 수 있을까? 알몸으로 갑옷과 투구를 입고 싸우는 모습도 재미있을지 모르겠네. 역사에 '아이젠가르드의 알몸 부대' 라는 이름이 남을 거야. 틀림없이."

"후억?! 우게엑! 우게게엑!!"

카이저 수염 아저씨가 엄청난 표정으로 이쪽을 노려보았지만 그러든 말든 무시한 채, 나는 하나 더 비밀을 가르쳐 주기로 했다.

"보통 그린슬라임은 옷만 먹는 녀석들이지만, 이 녀석들은 특별해. 우연히 발견한 슬라임 연구가의 서적을 토대로 조금 개량했거든. 그래서 인간의 어떤 특정한 것도 녹여서 먹어."

"히이익?!"

내 말을 듣고 수염 장군의 안색이 새파래졌다.

"그래도 죽지는 않을 테니 걱정하지 마. 온몸의 털이란 털을 다 녹여서 먹을 뿐이니까. 눈썹까지 사라져서는 조금 불편할지도 모르지만. '아이젠가르드의 제모 부대' 라는 이름도 남을지도 모르겠네."

“후거어어어억————?! 앗?! 아————?!”
한 시간에 걸쳐 슬라임들의 대량 식사 파티는 끝이 났다. 온몸이 매끈매끈해진 병사들은 허둥지둥 도망치더니, 아이젠가르드로 쏜살같이 퇴각했다.
거의 대부분의 병사가 상반신은 경무장 갑옷, 하반신은 훤히 다 드러난 변태 그 자체의 모습으로 도망쳤다. 그것도 머리카락도 눈썹도 없는 얼굴로.
하반신을 노출한 털이 없는 군단이 가도를 내달렸으니, 사람에 따라서는 트라우마에 걸릴 광경이었으리라 생각한다.
덧붙이자면 나는 그 슬라임들이 모근까지 먹어치우는지 어떤지는 모른다.
어쩌면 다시 자랄 수도 있거든? 속으로나마 응원해 주자.

“아무튼, 그렇게 해서 다들 돌아갔어요.”
발키리 한 명이 스마트폰으로 찍어 온 동영상의 투영을 끝내며 내가 설명을 끝마쳤다.
“아마 또 올 가능성이 크니 유적 쪽에 군을 더 많이 배치해 두는 편이 좋을지도 모르겠네요.”

"그, 그래. 알겠다. 그렇게 하지……."

멍한 얼굴로 갈디오 제국 황제가 고개를 끄덕였다. 올빼미형 고렘인 글라우크스가 날뛰었던 황궁의 정원에서 나는 과거 레베의 토지였던 곳에서 있었던 전말을 전달했다.

"여전히 사정을 봐주지 않는구나……."

"저어, 너무 심했던 게 아닐지……?"

"죽이러 오는 상대의 사정을 봐줄 수는 없잖아. 상대의 마음을 꺾지 않으면 같은 일이 반복되니까."

린과 유미나가 살짝 몸을 뒤로 빼며 오싹한 표정을 지었지만, 공격할 때는 공격해야 한다. 아쉽게도 나는 성인군자가 아니니 때리러 오는 상대와 사이좋게 술을 마시며 어울릴 수 없다.

다음에 싸웠을 때도 꼭 이기리란 보장은 없다. 무슨 일이 벌어질지는 아무도 모르고, 여유를 부리다 후회하고 싶지는 않았다. 그래서 처음 만났을 때, 다시는 자신과 싸우고 싶지 않게 만든다. 우리를 때리러 오지 않는 한 때리지 않고도 끝낼 수 있으니까.

하지만 병사들의 마음은 꺾였어도, 수장은 여전히 힘이 넘친다. 앞으로 어떻게 할지가 문제인데…….

수장의 마음도 꺾어 둘까? 중학교 때 그런 불량 집단과 싸웠던 적이 있는데, 할아버지가 가르쳐 주길 혼자서 다수를 상대할 때는 그 집단의 대장을 노려야 한다고 했다.

할아버지의 말씀. * '목표는 이마가와의 목, 하나뿐이다!' 라고. 오다 노부나가인가. 아무튼 리더에 해당하는 녀석을 쓰러뜨려야 한다. 또 나와 싸우면 손해가 크다는 사실을 물고 늘어져서라도 철저하게 알려줘야 한다. 상대도 아픈 건 싫을 테니까. 그렇게 하면 다시는 덤비지 않는다.

애당초, 여전히 아이젠가르드가 왜 그토록 유적에 집착하는지 이유를 몰랐다. '푸른 유적' 에서 뭔가를 발견해서 그 후에 발견된 '초록 유적' 을 손에 넣으려고 하는 듯이 보이는데…….

뭔가를 찾는 건가……? 고렘을? 하지만 아이젠가르드의 마공왕이 그렇게까지 해서 원하는 고렘은 대체…….

"이럴 때는 역시 본인에게 직접 물어보는 게 제일 빠르려나?"

"직접이라면…… 설마……."

내 말을 옆에서 듣고 있던 중사가 눈을 번쩍 떴다.

"직접 아이젠가르드에 침입해 마공왕인가 하는 사람을 만나고 오겠습니다. 상대가 뭘 원하는지 알면 손을 떼게 만들 수 있을지도 모르니까요."

"말도 안 돼. 적진 한복판에 뛰어들겠다는 건가?!"

갈디오 황제가 거친 목소리로 말했지만, 그게 가장 확실하다고 생각한다. 그러지 않으면 또 레베령으로 다른 부대가 침공해 올 수도 있으니까.

게다가 내가 없을 때 그 새끼 올빼미 폭격대가 또 쳐들어오면

*오다 노부나가가 이마가와 요시모토의 군에 승리한 오케하자마 전투(1560년).

제도는 100퍼센트 불바다가 된다. 어서 손을 쓰는 편이 좋다.

……아마 두 나라가 전쟁을 하면 갈디오 제국이 진다. 물론 갈디오도 그렇게 호락호락하게 지지는 않겠지만.

고대 문명의 유산인 고렘을 분석해 적극적으로 그 성과를 적용한 새로운 고렘이나 병기를 만들어 낸 것에서 볼 수 있듯, 아이젠가르드에게서는 탐욕스러운 나라의 방향성을 엿볼 수 있다.

새로운 병기 개발을 위해서라면 어떤 희생도 감수하겠다는 광기 비슷한 느낌이 난다. 그게 아이젠가르드라는 나라의 전체적인 분위기 탓인지 아니면 마공왕이라는 개인의 성격 탓인지는 모르겠지만.

그런 나라다. 어떤 무기를 숨기고 있을지 알 수 없다. 어쩌면 '초록 유적'에서 손에 넣으려고 하는 물건은 엄청난 고대 병기일지도 모른다.

역시 직접 물어보는 게 제일이라고 생각한다.

"하아……. 또 나쁜 버릇이 도졌구나. 성가신 일에 굳이 직접 나서는 버릇이."

"그거야, 토야 오빠니까요."

린이 가볍게 고개를 젓자 유미나가 쓴웃음을 지으며 대답했다. 마, 말에 가시가 있는데요?

"아, 아무튼 일단은 갔다 오자."

"……새삼스럽지만 자네는 대체 정체가 뭐지? 왜 우리를 돕는 건가?"

갈디오 황제가 곤혹스러운 표정으로 나를 바라보았다. 으~음, 이 사람이 보기에 나는 폭발적으로 수상한 사람이겠지?

"믿지 않으실지도 모르지만 전 왕이에요. 이곳과는 다른 세계의 왕이지만요. 그래서 이쪽 세계의 나라들을 돌면서 사이가 좋아질 수 있을 만한 나라와는 우호를 다지고 싶다는 생각을 하고 있어요."

"다, 다른 세계……?"

내 말을 듣고 더욱 곤혹스러워하는 황제 폐하를 보고 나는 무심코 쓴웃음을 짓고 말았다. 지금은 뭐 어쩔 수 없지. 하지만 언젠가 내 말이 진짜라고 생각할 때가 반드시 온다. 바라든 바라지 않든 상관없이.

이전에 변이종과 싸웠던 아이젠가르드의 그 장소까지는【게이트】로 전이할 수 있으니 그곳에서【텔레포트】로 가려고 생각했는데 유미나가 하나 제안을 했다.

"저희만으로는 전력이 부족할지도 몰라요. 야에 씨와 힐다 씨도 데리고 가죠."

"그래. 달링 이외의 기동력과 직접적인 공격력이 필요하거든."

흐음. 그렇다면 일단 브륀힐드로 돌아갈까.

"그럼 다녀오겠습니다."

멍하니 그 자리에 서 있는 갈디오, 레베 사람들을 두고 우리는 이공간 전이로 원래의 세계로 돌아갔다.

“네, 네놈들은 누구냐?! 이 수상한 녀석들, 갑자기 나타나다니!!”

아이젠가르드의 성은 마치 요새처럼 강철로 만들어진 성이었다. 정크 부품을 조합한 듯한 독특한 디자인이 화려해서 눈에 띄었다.

마치 스팀펑크 세계관처럼 여기저기에 파이프와 밸브가 혼재되어 있었고, 미터기와 레버 등이 온갖 장소에 장착되어 있었다. 꼭 군함이나 잠수함 안에 들어온 기분이었다. 양쪽 다 타 본 적은 없지만.

그 성의 중앙에 있던 공간으로 우리가 전이하자 곧장 창을 든 병사들이 나타났다. 그리고 우리는 순식간에 경비 고렘들에게도 둘러싸였다.

“어떻게 할까요, 토야 님?”

“이 정도의 숫자라면 저와 야에 씨만으로도 대처할 수 있는데요…….”

내 양옆에 대기한 야에와 힐다, 검술 콤비가 주변을 돌아보면서 물었다. 일이 거칠어질 것 같아 유미나 린 이외에 이 두 사람도 데리고 왔는데, 폭력적인 일은 가급적이면 피했으면 했다.

어쩌면 이 두 사람은 한바탕 실력을 펼치고 싶을지도 모르지만 지금은 조용하게 해결하자.

"【얼음이여 감싸라, 영원한 관, 이터널코핀】."

나는 얼음 관에 경비 고렘만을 가두었다. 지면에서 뻗어 나온 무수히 많은 얼음 기둥이 고렘들을 가두어 완전히 기능을 동결시켰다.

"힉?! 어, 얼었어?!"

그 광경을 보고 우리를 포위했던 병사들이 조금 후퇴했다. 자신들도 마찬가지로 얼음에 갇힐 거라 생각한 모양이다.

아쉽지만 이 마법은 인간을 상대로 사용하기에는 너무 강력하다. 얼음에 갇힌 인간이 전투 중에 부서지기라도 하면, 그건 좀……. 아니, 상당히 위험하다. 그런 엽기적인 살인 현장을 목격하는 것만큼은 피하고 싶다.

"미안한데, 마공왕이라는 사람은 어디로 가면 만날 수 있지?"

"폐, 폐하께 무슨 용무냐?!"

"잠깐 할 이야기가 있거든. 솔직히 대답해 주면 좋겠는데."

그렇게 말하며 빼낸 브륀힐드로 나는 고렘을 가두고 있지 않은 평범한 얼음 기둥의 뿌리를 쏘았다.

그러자 까장창! 하고 부여된 작은 【익스플로전】이 발동되어 얼음 기둥의 일부를 날려 버렸고, 균형을 잃은 얼음 기둥은 지면에 쓰러져 산산조각이 나고 말았다.
그 장면을 보고 얼굴이 새파래진 병사 중 한 명이 떨리는 손가락으로 중앙의 건물을 가리켰다. 미안하네, 마치 협박 같은 짓을 해서.
올려다보니 그것은 철 덩어리라고 해도 과언이 아닐 만큼 튼튼해 보이는 건물로, 화려함이나 아름다움과는 인연이 없는 투박한 탑이었다.
마치 전함의 망루처럼 높게 솟은 그 탑은 어떠한 방향의 공격에도 대항하기 위해서인지 포탑이 몇 개인가 뻗어 있었다. 정말로 지면에 전함이 묻혀 있는 게 아닐까?
우리는 좌중을 흘겨보는듯한 그 망루를 향해 걸음을 내디뎠다.
"그건 그렇고 토야 님은 협박이 참으로 능숙해지셨습니다."
"누, 누가 들으면 오해할 소릴……. 고도의 교섭술이라고 불러 줘."
"도저히 교섭하는 모습으로는 보이지 않았는데요……."
응, 나도 뭐, 그렇게 생각해. 하지만 평범하게 이야기해서는 이야기가 통하지 않을 것 같았으니까.
갑자기 탑으로 가는 우리의 등 뒤에서 총성이 몇 번 울려 퍼졌다.
그 소리가 들리기 전에 야에와 힐다는 재빨리 뒤로 돌아 허리에서 외날검과 양날검을 전광석화처럼 빼냈다.

아마 평범한 사람은 눈에 보이지 않을 검의 섬광으로(나한테는 보였지만) 두 사람은 날아오는 총알 몇 발을 별 고생도 없이 모두 두 동강으로 잘라 버렸다.

프레이즈의 정재로 만들어진 두 사람의 외날검과 양날검은 총알을 두부처럼 잘라 엉뚱한 방향으로 날아가게 하였다.

두 사람 앞에는 경악하며 눈을 번쩍 뜬 병사들이 총을 든 채 멍하니 서 있었다.

"이, 이럴 수가……!"

"총을 쏘았으니 반대로 총에 맞을 각오는 이미 했겠지?"

나는 등 뒤에서 우리를 노린 병사들을 향해 브륀힐드를 겨눴다. 그 병사들의 발밑에 총알을 쏘자 부여된 【사이클론 스톰】의 영향으로 열 명 정도의 병사들이 하늘 높이 날아가 버렸다.

"이래서는 일일이 너무 성가십니다."

"몇백 발을 쏘았다면 아무래도 대처할 수 없었을 테고요."

힐다가 몇십 발 정도의 총알이라면 어떻게든 대처할 수 있을 듯이 말했는데, 아마 정말로 가능할 거라고 나는 생각했다.

이미 이 두 사람은 신의 권속에 가까운 존재이자, 더 나아가 검의 신의 제자이기도 했다. 틀림없이 양쪽 세계에서 다섯 손가락 안에 들어가는 검술사이리라.

서로 '코코노에 진명류', '레스티아류 검술'이라고 하는 검술의 바탕이 되는 유파가 있긴 하지만, 이미 모로하 누나의 지도를 받아 완전히 별개의 기술이 되어 있었다.

기본적으로 모로하 누나의 검술에는 틈이 없다. '기는 빠르게, 마음은 조용히, 몸은 가볍게, 눈은 명백하게, 기술은 격렬하게' 란 치바 슈사쿠(千葉周作)가 만들어 낸 북진일도류(北辰一刀流)의 가르침 중 하나인데, 그것과 비교한다면 누나의 가르침은 '생각하지 마라, 느껴라' 쪽에 가까웠다.

아무튼 직감이라고 해야 하나? 기술보다도 본능에 따라 검을 휘두르는 데 중점이 놓인 듯한……. 애초에 상식이 통하는 상대가 아니니 생각해 봐야 소용없는 짓인가?

유미나와 린도 순수한 전투력 자체는 두 사람에게 뒤지지만, 마법을 사용한 화력이라는 면에서는 세계적 수준이다. 이곳의 병사들에게 지는 일은 거의 없으리라 생각한다.

하지만 방심은 금물이다. 우리가 모르는 비장의 무기가 없다고는 할 수 없으니까.

"그런데 정말로 전함의 망루 같아. 저 부근이 함교(브리지)라고 하면, 저쪽 부근이 옥좌가 있는 방일까?"

망루를 올려다보며 내가 대략적인 위치를 짐작하자 유미나가 물었다.

"안에서 올라갈 생각이신가요?"

"성가시니까 밖에서 가자. 마침 딱 좋은 것도 있으니까."

나는 【스토리지】에서 중화 냄비처럼 생긴 원반을 꺼냈다. 갈디오 황제를 습격한 기엔이 탔던 녀석이다. 이미 【애널라이즈】로 해석하여 【크래킹】으로 명령 계통을 지우고 다시 써 두었다. 평범한 마도구(아티팩트)라 다행이야.

"자, 어서 타."

원반은 그다지 크지 않았지만, 다섯 명이 꽉 뭉쳐서 타면 타지 못할 정도는 아니었다.

【레비테이션】과 【플라이】로 가면 되지 않냐고 할지 모르지만, 모두는 【레비테이션】의 둥실거리는 느낌을 아주 싫어했다. 발판이 없어 싫다는 모양이다.

이 원반은 공중에 떠도 둥실거리는 느낌이나 비틀거리는 느낌이 없어 안정적이니 훨씬 나으리라 생각한다. 그런데 이쪽이 안전이라는 면에서는 더 불안하다.

우리는 서로 몸을 밀착해 원반에 올라타 천천히 상승했다. 마치 엘리베이터를 탄 느낌이지만, 외벽이 없는 엘리베이터라 그런지 정말 무섭다. 비행 마법이 없었다면 절대로 안 탔을 거야.

사실은 모두를 원반에 태우고 나 혼자 날아가는 수도 있었지만, ……나도 뭐, 타 보고 싶었으니까.

함교 주변의 높이까지 올라가자 야에가 두꺼운 철로 된 벽을 네모나게 잘라 버렸다. 잘린 벽이 건너편으로 쓰러져, 우리는 원반에서 그 위로 뛰어 자리를 이동했다. 물론 공중을 나는 원반은 회수해 두었다.

어딘가의 큰 통로에 접어든 우리 앞을 또다시 경비 고렘들이 가로막았다.

"【실드】!"

나는 통로 가득 보이지 않는 방패를 펼쳤다. 그다음엔——.

"【파워라이즈】!"

【실드】째로 눈앞의 고렘들을 강화한 파워를 이용해 억지로 밀어냈다. 【실드】에 떠밀린 고렘들은 넘어진 채 그대로 멀리 굴러갔다.

"토야 님, 저쪽에 계단이 있습니다!"

오른쪽에 있던 통로 끝에서 계단을 발견한 야에가 그쪽을 향해 나아갔다. 나도 【실드】를 그대로 둔 채, 야에의 뒤를 모두와 함께 따라갔다.

마공왕이 그쪽에 있는지는 모르겠지만, 일반적이라면 두목은 꼭대기나 높은 곳에 있지 않을까 하고 생각했다.

계단 끝은 중후한 철문으로 닫혀 있었지만, 야에는 그 문을 아무런 어려움 없이 베어서 입구를 만들었다. 이건 완전 반칙이야.

쿠웅! 하고 두꺼운 철판이 쓰러지는 소리와 함께 우리는 그 앞쪽으로 발을 내디뎠다.

붉은 양탄자가 뻗어 있는 꽤 넓은 통로 끝에는 또 문이 있었는데, 그 앞을 남자 한 명과 대형 고렘이 가로막고 서 있었다.

남자 쪽은 병사인 듯 철통같은 갑옷을 입고 머리에는 양 사이드로 뿔이 뻗어 있는 투구를 썼다. 수염이 난 투박한 얼굴이 그 투구 아래에서 나를 노려보았다.

고렘 쪽은 상당히 큰 타입이었지만, 청록색 몸통 자체는 그

다지 크지 않았고, 대신에 팔다리가 굵고 컸다. 지금까지 봤던 고렘과는 조금 다른 느낌이었다.

“마공왕 폐하께서 좌정하신 마철성(아이젠부르크)에 쳐들어오다니, 목숨 아까운 줄 모르는 녀석들이구나. 네놈들의 시체는 성 아래의 광장에 전시해 놓을 테니 고맙게 생각해라!”

아마 이 중무장을 한 보병 같은 남자는 이곳의 문지기겠지. 역시 이 앞에 아이젠가르드의 마공왕이 있는 거구나?

“일단 묻겠는데, 순순히 지나가게 해 줄 수는 없지?”

“웃기는 소릴! 꼭 지나가고 싶다면 이 몸을 쓰러뜨리고 가라!”

남자가 그렇게 외치며 뛰어오르자 그 등 뒤에 있던 청록색 고렘이 갑자기 조각조각 흩어지더니 공중을 날아 남자의 몸에 장착되었다. 마치 갑옷을 두르듯이 남자의 팔다리가 커다란 고렘 팔다리로 뒤덮였다. 이건……!

장비형(裝備型) 고렘. 이걸 기갑병(판처)이라고 했었지? 홍묘의 니아 일행이 가르쳐 주었던 고렘이다.

터억! 하고 팔다리에 투박한 고렘 장비를 몸에 두른 병사가 착지했다. 이건 그야말로 장비형이라고 부르기에 딱 어울리는 형태였다.

머리와 몸통, 허벅지는 드러나 있어 완전한 기계 갑옷이라고는 할 수 없었지만, 그 부분은 원래 입었던 갑옷으로 덮여 있어 사실상 완전 무장을 한 모습인 듯했다.

“간다아아아아아아아아아아아!!”

미식축구 선수의 몇 배나 되는 박력으로 땅이 울렸다. 장비형 고렘을 몸에 장착한 병사가 붉은 양탄자 위를 달려 이쪽으로 화난 들소처럼 돌진했다.

그러자 야에와 힐다가 양날검과 외날검을 살짝 밀어 올렸고, 유미나와 린이 마법을 발동하기 위해 자세를 잡았다.

"【게이트】."

""""어?""""

내 말을 듣고 모두의 목소리가 겹쳤다.

멈추지 못하는 미식축구 선수처럼 화난 들소 남자는 그대로 눈앞에 전개된 전이문으로 스스로 뛰어들었다.

"우아아아아아아악―――――?! 떠, 떨어, 떨어진다, 아아아아아아아――!"

다음 순간, 저 멀리 바깥쪽에서 작게 남자의 비명이 들리더니, 이어서 지면과 충돌한 듯한 둔탁한 소리가 들렸다.

"……어디로 연결하셨습니까?"

"야에가 베어서 우리가 들어왔던 벽의 입구. 성가신 녀석을 상대할 필요는 없잖아?"

"저희가 상대를 해도 상관없었는데요……."

탄탄해 보이는 고렘이었으니 죽진 않았겠지. ……아마도.

"좀 미안한 기분이 들어……."

"그러네요……. 그렇지만 계속 상대하고 있을 수는 없으니까요……."

린과 유미나가 복잡한 표정을 지었다. 그런 것보다 얼른 앞으로 나아가자. 살아 있으면 살아 있는 대로 또 돌아올 테니 성가시니까.

끼이익…… 하고 둔탁한 소리를 내면서 우리는 붉은 양탄자 앞쪽에 있던 무거운 문을 열었다.

안은 크고 넓은 공간으로, 알현실과 비슷한 분위기를 내뿜었다. 아니, 알현실일지도 모르지만 주변의 엄청나게 많은 파이프와 톱니바퀴, 무언가를 휘갈겨 써 놓은 듯한 칠판 비슷한 물건이 알현실처럼 보이지 않게 만들었다.

방 이곳저곳에 공구와 나사, 작은 톱니바퀴 등이 굴러다녀서 도저히 한 나라의 왕이 알현실로 사용하는 장소처럼 보이지 않았다. 어둑어둑하기도 하고.

정면에는 커다란 창문이 몇 개인가 달려 있어, 짙은 쥐색의 구름과 아이젠가르드 왕도가 내다보였다. 그 창문의 바로 앞에는 철로 만들어진 장식 하나 없는 옥좌가 놓여 있었다.

그리고 그 옥좌에는 노인 한 명이 앉아 있었다. 이쪽을 보며 히죽히죽 웃는 그 노인은 양팔이 기계화된 고렘과 같은 팔이었다.

틀림없다. 이 남자야말로 아이젠가르드의 마공왕, 기브람자인 아이젠가르드다.

마공왕이라고 하는 할아버지는 옥좌의 팔걸이에 팔을 걸치고 우리를 바라보며 히죽거렸다.

놋쇠처럼 반짝이는 기계화된 양팔에서는 희미하게 모터 같은 소리가 들렸다. 아마 평범한 사람의 귀에는 들리지 않겠지만.

나이는 70살 정도인가. 흰머리를 올백으로 넘긴 머리와 단안경을 낀 눈. 꼬리가 올라간 입술 사이로는 금니가 보였다.

겉으로 보이는 인상은 '수상쩍은 할아버지' 였다. 저 유들유들한 모습은 오랜 세월을 살아온 인생의 경험 덕일까.

"당신이 아이젠가르드의 마공왕인가?"

"그렇다만. 세상 사람들은 그렇게 부르지. 원래 마공왕이란 아이젠가르드에서 가장 뛰어난 마공 기사에게 주어지는 칭호였다네. 내가 왕자 시절에 얻은 뒤로는 계속 그 칭호를 독점해, 지금은 사실상 내 칭호가 되었지."

호오, 임금님이라서 마공왕인 건 아니었구나. 왕가에서 태어나 실력으로 그 칭호를 손에 넣었다라.

아주 조금 감탄을 하는데, 마공왕이 단안경 너머에서 나를 평가하듯이 바라보았다. 별로 기분이 좋진 않은걸?

"그래, 나의 아이젠가르드에 무슨 볼일인가? 모치즈키 토야."

"……어떻게 내 이름을 알지?"

마공왕의 갑작스러운 말을 듣고 나는 눈썹을 찌푸렸다.

이쪽 세계에 나를 아는 인간은 매우 적다. 아이젠가르드에 아는 사람은 한 명도 없었을 텐데?

표정이 변한 내 얼굴을 보고 카카카, 하고 할아버지가 귀에 거슬리는 소리로 웃었다.

"우리 아이젠가르드의 첩보 부대도 '흑묘' 정도는 아니지만 나름대로 정보망을 가지고 있지. 프리물라와 토리하란의 전쟁을 막고, '흑접(파피용)'의 간부에게 저주를 건 소년. 그에 더해 우리 나라에 나타나 황금 괴물 군대를 거대한 고렘을 이용해 섬멸했다지 않은가……. 어이구, 이건 감사해야 할 일이었군."

큭큭큭, 하고 목을 떨며 마공왕이 다시 웃었다. 마치 나를 깔보는 듯한 느낌이다. 당신의 나라를 위해서 일부러 변이종을 물리친 건 아니야.

"대마법사이자 거대 고렘을 소유한 자. 자네, 어느 유적에서 그런 힘을 얻었는가?"

탐색하는 듯한 눈으로 이쪽을 바라보는 마공왕. 뭔가 착각을 하는 모양이네. 역시 이세계에서 왔다는 답에 이르기는 어려운가?

"마법이란 불확실해 쓸 만한 것이 못 된다고 생각했다만, 상당히 얕볼 수 없군. 이 성에도 서둘러 마법 결계인가 뭔가를 펼쳐 두었는데 소용없었던 모양이야."

"아니아니, 탐지 마법을 방해하는 정도는 효과가 있었어. 그 덕에 당신이 있는 장소를 알아내느라 고생했지."

협박해서 불게 만들었으니 솔직히 크게 고생은 하지 않았지만.

그런데 이쪽 세계에도 어중간한 마법 문화가 있어서 성가시단 말이지. 완전히 없었으면 그런 고생도 하지 않았을 텐데.

아니, 마법은 물론 마력도 없었으면 오히려 성가셔졌으려나? 내가 마법을 사용하지 못하는 사태가 벌어졌을 수도 있으니까.

애초에 유적에서 발굴된 고대(레거시) 기체인 고렘 자체가 마법 공학 덩어리 같은 것으로, 그거야말로 마법이 생성한 물건이라고 생각하지만.

앞쪽 세계도 뒤쪽 세계도 근본적인 문화의 시작점은 같지 않을까 하고도 생각한다.

"그래. 일부러 자네가 우리 성에 쳐들어온 이유는 뭔가?"

"단도직입적으로 말하면 갈디오 제국 침공을 그만둬 줬으면 해."

"갈디오가 '초록 유적'을 아이젠가르드에게 넘기면 된다. 사전에 갈디오에 몇 번이나 호소했는데, 호의적인 대답을 듣지 못해 힘으로 빼앗기로 했지."

고대 유적은 다양한 발굴물이 발견되는 보물산이다. 한 나라가 쉽사리 넘겨줄 리는 없다. 하지만 단지 그런 이유만이 아니라, 갈디오 황제는 황자가 태어난 고향인 레베 땅을 아이젠가르드에게 넘겨주고 싶지 않았던 게 아닐까 생각한다.

"'초록 유적' 에는 뭐가 있지? 강력한 고렘인가?"

"강력한 고렘……이라. 맞는 대답은 아니지만 틀린 대답도 아니라고 할까. 자네, '고대 고렘 대전' 을 아나?"

옥좌에 등을 기대면서 마공왕 할아버지는 배 위로 팔짱을 꼈다.

"……이 세계가 한 번 멸명하게 된 계기가 된 전쟁이잖아? 그 전쟁에 내몰린 고렘이 고대(레거시) 기체로 지금 발굴되는 중 아니야?"

"흠. 공부가 부족하군. 정확하게는 '내몰리지 않았던' 고렘이 발굴되는 중이다. 알겠나? 세계 각지에 있는 고대 유적이란 고렘의 제조 공장, 또는 중요 시설, 연구소 등이 있었던 곳이 주요 장소다. 그래서 그곳에 있던 고렘들은 거의 멀쩡한 상태로 잠들어 있지."

마공왕은 가슴주머니에서 엽궐련을 꺼내더니 그 끝을 기계 손가락에서 나온 칼날로 잘랐다. 그리고 자른 쪽을 입에 물고 엄지로 라이터처럼 작은 불을 켜 반대쪽에 불을 붙였다. 저 팔, 편리한걸? 다양한 기믹이 장착되어 있을 듯하다.

후우~ 하고 담배 연기를 내뿜은 뒤 마공왕이 이야기를 계속했다.

"대전(大戰) 말기, 모든 나라가 전쟁을 끝낼 병기를 개발하려 했다고 한다. 어떤 나라는 거대한 대포를. 어떤 나라는 하늘에 뜨는 요새를. 또 어떤 나라는 도시를 지워 버릴 정도의 폭탄을 만들려고 했지. 하나, 그러한 결전 병기라 불릴 만한 무기는 고문서에 나올 뿐 발견되지 않았다. 나도 예전에는 미심쩍은 동화 같은 이야기라고 생각했지."

"설마……."

내 얼굴을 보고 마공왕이 히죽, 하고 웃었다.

"그래, 결전 병기는 실재한다. 나는 그것을 발견했다. 고대 문명 지혜의 결정을. 나는 그것을 '헤카톤케이르' 라고 부르지."

헤카톤케이르……? 이미 찾고자 하는 물건을 발견한 건가? 그럼 왜 '초록 유적' 을 차지하려고 하는 걸까?

"크크크. 어디 보자, 모처럼 온 손님이니, 극진하게 대접해 줘야겠지?"

마공왕 할아버지가 팔걸이에 있던 레버를 털컥 당기자 우리가 있는 방 전체가 크게 진동해 천천히 아래로 내려가기 시작했다.

"바, 방이 가라앉고 있습니다!!"

"토야 님, 이건……!"

방 전체가 엘리베이터처럼 만들어져 있는 건가?! 옥좌의 방은 점점 아래로 내려가더니 아마 지하로 추정되는 곳까지 내려가 다시 털컹, 하는 진동과 함께 움직임이 멈췄다.

"이 장소는 뭐지……?!"

끝이 보이지 않을 만큼 넓은(어둑어둑해서 그렇기도 했지만) 장소는 그야말로 비밀 공장이라고 해도 좋을 곳으로, 몇 대인가의 작업용 고렘의 모습도 보였다.

그리고 우리의 눈앞에는 검은 바탕에 강철 황동색으로 가장자리가 처리된 중금속의 불길한 물체가 라이트업되어 있었다.

아마 이건 고렘의 머리다. 너무나도 커서 정확히 판단하기는 힘들었지만, 바닥에서 머리만이 위로 나와 있는 상태였다. 본체는 발밑보다도 더 아래의 지하에 있는 듯했다.

아무튼 굉장히 컸다. 조명이 어두워 이 위치에서는 전체 모습을 확인할 수 없었다. '신안(神眼)' 을 사용하면 보였을 테지만, 그걸 사용하면 된다는 생각마저 나는 제대로 하지 못할 정도였다.

무시무시한 악마 같은 머리에는 비틀린 뿔 두 개가 뻗어 있었고, 좌우에는 몇 개인가 반구(半球)가 늘어서 있었다. 반구에는 수평으로 라인이 그어져 있어 그런지, 마치 무수히 많은 눈이 눈을 감고 있는 것처럼 보였다.

그에 더해 이마에 해당하는 부분에도 커다란 반구가 하나 있었다. 마치 제3의 눈 같았다.

"이게 헤카톤케이르……?"

"그렇다. 원래 아이젠가르드란 이 헤카톤케이르를 봉인한 수호인의 나라였다. 어느새 그 역할도 헤카톤케이르의 존재마저도 잊히고 말았지만 말이지. 내가 발견하지 않았다면 이 녀석은 계속 지하에서 잠들어 있었을 게다."

일찍이 세계를 멸망시킨 대전이 남긴 유산. 그런 게 아이젠가르드의 지하에 봉인되어 있었을 줄이야.

이건 마치 프레이즈의 상급종 같았다. 아니, 사람이 만들어 낸 만큼 이쪽이 더 질이 나쁘다. 적의 파괴만을 목적으로 만든 살육 병기니까.

"고렘에는 심장부라 할 수 있는 'G큐브'와 두뇌라 할 수 있는 'Q크리스탈'이 있지. 하지만 이 헤카톤케이르는 두뇌에 해당하는 Q크리스탈 부분이 미완성이었다. 그래서는 움직일 수 없지. 그래서 대용품이 필요했는데, 어떤 고렘의 Q크리스탈을 사용해도 헤카톤케이르는 눈을 뜨지 않더군. 대답을 찾는 데 30년이 걸리고 말았다."

마공왕은 헤카톤케이르 앞으로 나가 타자기 같은 장치를 기계 손가락으로 쳤다. 차각차각, 하는 금속음이 울리더니, 헤카톤케이르의 머리에 주욱 늘어선 반구 모양이 위아래로 열렸다.

"이건……!"

마치 눈꺼풀이 열리듯이 개방된 그곳에는 튜브에 연결된 인간의 뇌 같은 무언가가 떠올라 있었다.

포르말린에 담가 둔 표본처럼 에메랄드그린 수용액 안에 수정처럼 투명한 뇌, 아니, 그것을 모방한 무언가가 떠올라 있었다.

겉보기에는 수정 덩어리를 세밀하게 뇌 형태로 조각한 물건이었다. 뇌의 주름처럼 보이는 부분에는 마치 회로 같은 모양이 파여 있다. 저게 고렘의 두뇌인 Q크리스탈인 듯했다.

그게 주르륵 투명한 유리 안에 좌우로 늘어서 있었다. 인공적인 물건이라고 알고 있어도, 불길한 느낌을 지울 수는 없었다.

"50개나 되는 Q크리스탈을 이용해야 이 녀석은 겨우 제어할 수 있지. 평범한 Q크리스탈이 아니다. 하이레벨의 고대 기체(레거시)에서 꺼낸 고품질 Q크리스탈이다. 하지만 이렇게까지 해도 폭주할 위험성을 제거할 수 없을 뿐만 아니라, 아직 중요한 것이 하나 빠졌다."

흐릿하고 어둑어둑한 곳이었지만 마공왕이 불길한 미소를 짓고 있는 모습을 감지할 수 있었다.

"고렘의 동력원은 빛과 마력. 그것을 촉매로 사용해 마동기를 움직이는 원리는 헤카톤케이르도 마찬가지지. 단, 이 녀석의 마동기에 불을 넣으려면 상당히 순도가 높은 마력이 필요하다. 그걸 생성하는 마도구(아티팩트)가 레베의 땅에 있다는 사실을 지금으로부터 10년 전에 알게 됐지."

"10년 전……. 그럼 레베 왕국을 침공한 진정한 이유는……!"

"그래. 그 마도구(아티팩트)를 입수하기 위해서다. 겸사겸사 쓰러뜨린 수황기의 Q크리스탈도 회수하여 헤카톤케이르에 사용했지만 말이야. 하나, '푸른 유적' 에서는 그 마도구(아티팩트)가 발견되지 않았다."

레베 땅에 있다는 불확실한 정보만 있었을 뿐, 꼭 '푸른 유적' 에 있다고는 할 수 없었던 거겠지.

그런 때 새로 '초록 유적' 이 발견되었다. 아이젠가르드……

아니, 마공왕으로서는 꼭 입수하고 싶다고 생각해도 이상할 것이 없다.

“이런 물건을 움직여 뭘 어쩔 셈이지? 세계 정복이라도 할 셈인가?”

“세계 정복? 웃기는군. 나는 나라는 존재가 고대의 마공 기사를 뛰어넘어 높은 경지에 도달할 수 있다는 사실을 증명하고 싶을 뿐이다. 어리석은 자가 훌륭한 유산을 이어받아 봐야 쓸데없이 썩힐 뿐이지 않겠는가. 이건 모두 내가 고대 마공 기술을 한계까지 연구하기 위해서다. 그런 나를 아무도 방해할 수 없다.”

마공왕이 단안경 안쪽의 눈을 탁하게 번뜩였다. 그 빛은 광기에 서린 것처럼 반짝반짝 빛나며 가로막는 모든 것을 불태우려는 듯했다.

“니아의 말대로 머리가 꽤 이상한 할아버지군.”

“카카카. 인간이란 누구나 어딘가가 이상한 면이 있지. 대부분의 인간은 그 사실을 깨닫지 못할 뿐이야. 자신만은 멀쩡하다고 생각하는 거지. 자네는 나를 이상하다고 말했지만, 내가 보기에는 자네들이야말로 이상하다.”

큭큭큭, 하고 또 목을 울리면서 마공왕 할아버지가 사람을 깔보듯이 크게 웃었다.

우리 할아버지가 노인에게는 친절히 대하라고 가르쳐 주었지만, 이 할아버지만큼은 도저히 그러고 싶지 않은걸?

"……아무래도 이야기할 여지는 없을 것 같네. 미안하지만 이 취미가 나쁜 골동품은 고철로 만들어야겠어. 유용하게 이용하기에는 너무 위험하니까."

"내가 그러도록 놔둘 거라 생각하나? 뭐 때문에 일부러 오래도록 이야기를 하면서까지 자네를 이곳으로 데려왔을까?"

"……뭐?"

갑자기 바닥과 천장에서 우리 주변을 감싸는 유리질 통이 나타나더니, 순식간에 우리를 밀폐해 버렸다. 다음 순간, 몸에서 급격하게 힘이 빠져나가는 감각이 덮쳐와 나는 무심코 현기증을 일으키며 웅크려 앉고 말았다.

이건…… 마력을 흡수하고 있는 건가?!

"토야 오빠!"

"달링?! 야에! 힐다! 이 통을 베어 버려!"

"알겠습니다!"

"바로 베겠습니다!"

야에와 힐다가 외날검과 양날검을 칼집에서 빼내 나를 둘러싼 유리통을 산산조각이 나게 절단해 버렸다.

그 사이, 불과 몇 초에 불과한 시간이었는데도 불구하고, 나는 모든 마력의 40퍼센트 가까이 빼앗겼다. 보통 사람이라면 벌써 마력이 고갈되어 자칫 죽었을지도 모른다. 순식간에 흡수당한 탓인지 아직도 조금 머리가 어질어질했다.

"큭큭큭……. 크하하하하하하! 생각대로 엄청난 마력량이구나! 헤카톤케이르의 화로에 불을 붙이기에 충분하고도 남을 정도의 마력이야! 대마법사여, 이 마력은 고맙게 받아가마!"

"뭐라고……!"

어질어질한 머리로도 저 빌어먹을 영감의 목적이 뭔지 이해했다. 처음부터 저 할아버지는 내 마력을 노렸던 거야. 헤카톤케이르의 마동기를 기동하기 위해서.

저 영감이 나를 마도구(아티팩트) 대신 쓰다니. 사람을 점화 플러그 취급했겠다……!

"이 자식!"

야에가 번개처럼 빠르게 마공왕 근처로 뛰어가 오른쪽 기계팔의 팔꿈치 부분을 잘라냈다.

이어서 힐다도 돌격하려고 하던 때, 믿을 수 없는 일이 벌어졌다.

마공왕의 입이 상하로 찢어진 것이다. 20센티미터나 턱이 아래로 내려가 입 안쪽에서 뻗어 나온 총구가 몇 발이나 되는 총알을 우리를 향해 발사했다.

"아니……!【실드】!"

내가 펼친 보이지 않는 방패가 비 오듯 쏟아지는 총알을 튕겨 냈다.

그러자 이번엔 영감의 등이 찢어지더니 옷 아래에서 몇 개나 되는 아코디언처럼 접혀있던 팔이 뻗어 왔다. 그리고 그 끝에는 날카로운 칼날 같은 손톱이 장착되어 있었다.

"모, 모두 기계로 만든 것일까요?!"
"아니야! 이 녀석은 고렘이야! 유사 인간형 고렘!"
유사 인간형. 사람과 완전히 똑같은 움직임을 보이는 고렘. 내가 소유한 고렘인 루비, 사파, 에메랄도 유사 인간형에 속한다. 인간과 똑같은 유사 인간형은 그다지 많지 않다고 에르카 기사가 말했지만, 설마 이 할아버지가 고렘이었을 줄이야!
종횡무진 움직이는 기계 팔을 야에와 힐다가 잇달아 잘라 버렸다. 유사 인간형의 전투력은 결코 높지 않다. 사람과 비슷해야 한다는 그 하나에 능력이 집중되어 있기 때문이다. 그렇기에 이런 무장을 한 걸까.
"흐읍!"
"하앗!"
야에가 휘두른 검의 섬광이 마공왕 고렘의 목을 쳐냈고, 남은 몸통을 힐다가 세로로 일도양단해 버렸다.
후드드득, 몸의 부품을 쏟아내며 마공왕이었던 고렘은 그 자리에서 무너져 내렸다.
"설마 고렘이었다니……."
유미나가 멍하니 중얼거렸다.
그런데…… 어떻게 된 거지? 마공왕은 원래 고렘이었던 건가? 아니면 누군가가 가짜 마공왕을 만들어서……. 아니, 그래서는 설명이…….
생각에 빠져 있던 내 귀에 쿠구구구구……! 하고 크게 땅이 울리는 소리가 들려 둘러보니, 공장에 있던 모든 물건이 덜걱덜걱 흔들리기 시작했다. 지진……이 아냐!

〈카카카카! 이 얼마나 멋진가, 이 얼마나 멋진가! 온몸에 힘이 넘치고 모든 감각이 선명하구나! 나는 모든 인류를 뛰어넘었다!〉

공장 안에 마공왕의 목소리가 울려 퍼졌다. 어디 있는 거지?!

"토, 토야 님! 저걸 보십시오!"

야에가 가리킨 곳은 무시무시한 헤카톤케이르의 머리 부분이었는데…… 그 이마에 있던 반구 모양 부분이 상하로 열리기 시작했다.

그곳의 에메랄드그린 수용액 안에는 다른 Q크리스탈과 마찬가지로 비대한 인간의——— 뇌가 떠올라 있었다.

"설마…… 당신이 마공왕이야?"

〈그렇다. 그곳에 있던 유사 인간형은 나의 대리를 맡았던 인형이다. 10년도 전부터 두뇌는 이쪽으로 옮겨, 나는 육체의 멍에에서 벗어난 상태였다.〉

설마 벌써 인간이길 그만둔 상태였다니……. 헤카톤케이르의 이마 안쪽, 에메랄드그린 수용액에 떠올라 있는 뇌가 작게 출렁출렁 흔들렸다.

이건 바빌론 박사가 한 일과 다르지 않다. 단, 박사는 마법과 기계가 융합된 인공 생명체를, 마공왕은 고대 기체(레거시) 고렘을 몸으로 선택했다는 차이는 있다.

물론 추가로 더해진 50개의 고렘 두뇌가 보조해 주어야 겨우 몸을 제어할 수 있는 수준을 생각해 보면, 바빌론 박사의 기술력이 훨씬 앞서지만.

〈카카카. 자네 정도의 인간도 흠칫할 정도인가?〉

"아니, 별로?"

〈뭣이라?〉

뇌를 드러낸 모습을 보고는 놀랐지만, 행동 그 자체를 보고는 그다지 놀라지 않았다. 사이보그는 그런 종류의 SF 작품에서 자주 쓰이는 소재니까.

실제로 눈앞에 있으니 기분이 나쁘긴 했지만.

"음, 아무래도 좋은가."

나는 【익스플로전】이 부여된 총알이 들어간 브륀힐드를 겨누고 방아쇠를 가차 없이 당겼다.

그러자 헤카톤케이르의 이마에서 대폭발이 일어났다. 하지만 화염이 사라지고 난 후에 그곳에는 아무런 상처가 없이 수용액에 떠 있는 뇌의 모습이 나타났다.

"응?"

〈카카카! 헤카톤케이르를 얕보지 마라! 이 장갑은 마법이 통하지 않는다!〉

자세히 보니 헤카톤케이르의 장갑에는 세밀한 문양이 가득 그려져 있었다. 각인 마법의 일종인가. 마법 저항력을 최대한으로 높이기 위해 철저하게 새겨 놓은 듯했다.

고대의 고렘 전쟁을 생각해 보면, 마법사를 상대하기 위해서라기보다는 능력 보유형 고렘을 상대하기 위해서이겠지만. 그런 것보다, 이봐요, 할아버지. 왜 잘난 척이야? 당신의 능력이 아니잖아?

"리로드."

탄창 안의 총알을 전부 평범한 총알로 바꾸고 나는 다시 방아쇠를 당겼다.

까앙까앙, 하고 총알은 헤카톤케이르에 닿기 직전, 무언가에 튕기더니 궤도를 바꾸어 날아갔다.

쳇, 역시 그런가. 내 【실드】와 비슷한 방어벽이 펼쳐져 있어. 브륀힐드로 저걸 꿰뚫기는 불가능하다. 아마 야에나 힐다의 검으로도 굉장히 힘들 것이다. 아무리 검이 날카로워도 참다랑어를 면도날로 손질하기는 힘든 법이다.

다시 큰 땅울림이 시작되어 나는 천장을 주의 깊게 살폈다. 뭔가가 무너져 내리면 큰일이다. 어떤 일이 벌어지든 대처할 수 있지만, 뜻밖의 일이 벌어지면 아무래도 반응이 늦고 만다.

신화(神化)가 진행되고 있다고는 해도, 사고 능력까지 강화

되는 것은 아니니까. 항상 【액셀】을 기동시켜 두면 생각하는 속도도 빨라져 조금 전처럼 호락호락 마력을 흡수당하는 일은 없었을지도 모르지만.

당연하지만, 항상 어긋난 속도로 생활하다니 그건 거절하고 싶다.

쿠우웅! 하고 무언가가 무너져 내리는 소리가 공장 안에 울려 퍼졌다. 그 직후, 연쇄적으로 온갖 장소에서 파괴음이 마구 울리기 시작했다.

헤카톤케이르가 움직이기 시작했기 때문이다. 지하 공장을 무너뜨릴 생각인가?!

〈카카카! 그럼 이렇게 좁은 곳과는 작별을 고하기로 할까!〉

"이봐! 여기는 성의 바로 아래야! 위에는 많은 사람이……!"

〈그게 뭐 어쨌다는 거지? 자네는 걸을 때 개미를 걱정하나? 참 별나군.〉

크, 정신적으로도 인간이길 포기했구나, 이 영감은!!

뇌 자체가 보였던 이마 부분과 측두부의 눈 같은 것이 닫혔는데, 다음에 열렸을 때는 그곳에 아무것도 없었다. 기체 내의 다른 장소로 이동한 건가?

당연하다면 당연하다. 그렇게 알기 쉬운 곳에 약점을 드러내 놓고 있을 수는 없으니까.

헤카톤케이르가 움직이기 시작했다. 그리고 공장 안의 온갖 곳이 무너지기 시작했다. 이곳에 더 있어선 위험하다. 언제

천장이 무너질지 모른다.

"【텔레포트】!"

나는 모두를 끌어안고 아이젠가르드의 도시로 전이했다.

전이한 장소는 성의 남쪽으로, 도시에서 가장 높은 건물의 지붕 위였다. 이곳에서는 성이 아주 잘 보인다.

전함의 망루 같았던 탑은 지금 연기를 뭉게뭉게 피우며 침몰 직전이었다. 성에서 수많은 사람이 도망치고 있다.

"타깃 포착! 아이젠가르드성에 남아 있는 사람 모두!"

〈포착 개시했…….〉

스마트폰에서 흐르는 음성을 차단하며 성 쪽에서는 계속해서 대폭발이 일어났다. 그리고 폭염과 검은 연기 속에서 검고 거대한 기계 날개가 나타났다.

붕괴되는 성의 이곳저곳에서 폭발과 파괴음이 발생하며, 바로 지금 지하에서 '그 녀석' 이 지상에 나타나려고 했다.

〈————포착 완료.〉

"전원을 도시에서 3킬로미터 밖에 있는 평원으로 전이! 그 직후【메가힐】을 발동!"

〈알겠습니다.〉

나는 스마트폰의 보고를 받자마자 명령을 내렸다. 이걸로 모든 사람을 구했다고는 할 수 없다. 이미 죽은 사람이나, 마법의 대상이 되지 않게 부적을 지닌 사람이 있다면 어떻게 해 볼 도리가 없기 때문이다.

그런 나를 비웃듯이 성의 망루는 기어코 기울기 시작하며 폭염(爆炎) 속으로 사라졌다.

대신에 거대한 날개가 다시 나타나자, 성은 물론 그곳과 이어지는 거리도 땅이 갈라지기 시작했다. 자, 잠깐……. 성 말고 도시의 지하에까지 몸통이 뻗어 있단 말이야?!

갈라진 대지에서 검고 일그러진 금속 꼬리가 나타났다. 그건 하나가 아니었다. 두 개, 세 개로 계속 늘어났다. 성의 주변은 이미 맹렬하게 타오르는 불꽃과 연기 탓에 눈으로 확인할 수 없었다.

〈카카카! 유쾌하구나, 유쾌해! 기분 최고구나! 나는 드디어 고대 문명 녀석들을 뛰어넘었다! 미완성이었던 헤카톤케이르를 바로 내가 완성시켰다! 카카카카카!〉

검은 연기 안에서 미친 듯한 마공왕의 목소리가 들렸다. 아니, 이미 저 사람은 미쳤다.

불꽃에 휩싸인 성의 지하에서 '그 녀석' 이 드디어 모습을 드러냈다.

전체가 검은색인 몸에 황동색 라인이 그어져 있었고, 머리에는 무시무시하게 커다란 뿔 두 개가 뻗어 있었다. 머리 부분에는 눈처럼 보이는 무언가와 크게 찢어진 입 같은 무언가도 있었다.

몸에서는 커다란 팔이 네 개가 뻗어 나왔고, 그 외에도 중간 정도의 팔이 옆구리와 가슴 등, 다양한 곳에서 뻗어 나온 모습이 보였다. 등에는 커다란 날개 두 개가 뻗은 모습이 확인되었다.

비유한다면 팔이 여럿 달린 기계 악마. 긴 꼬리로 보이는 무언가가 몇 개나 나 있고, 그 앞에는 뱀 같은 머리가 달린 모습이었다.

그 꼬리가 채찍처럼 휘면서 성의 성벽을 가루가 되도록 쳐부수었다. 파워가 상당한 듯했다.

그런데 진짜 엄청 크네……. 상급종이랑 거의 비슷한 정도 아닌가?

이런 게 성 지하에 잠들어 있었단 말이야?

헤카톤케이르의 꼬리가 물결치며 성을 힘차게 부수었다. 마치 괴수 영화 같다.

마철성(아이젠부르크)은 불꽃과 연기에 휩싸여 불바다가 되었다. 성 아래에서는 이리저리 도망치는 사람들의 목소리가 울려 퍼졌다.

"토야 님, 저걸 막아야 합니다! 우리도 프레임 기어로……!"

"아~……. 레긴레이브는 【스토리지】에 들어 있지만, 모두의 기체는 바빌론에서……."

"앗?!"

모두의 전용기(발큐리아)는 현재 조정 중으로, 바빌론의 격납고에 있다. 한 번 앞쪽 세계의 바빌론까지 이공간 전이를 해서 가지고 와야 한다.

없는 건 어쩔 수 없지. 나 혼자서라도…….

"자아자아자아! 곤란하다, 헤맨다, 큰일이다! 그럴 때 부르면 달려오기에 의지가 되는 누나가 왔어!"

"와앗?!"

갑자기 바로 옆에서 큰 소리가 들려 나는 건물 지붕에서 떨어질 뻔했다.

그곳에는 에헴, 이라고 하듯이 가슴을 편 카렌 누나가 서 있었다. 어느새?!

모두도 눈을 동그랗게 뜨고 카렌 누나를 바라보았다. 이제 그만 이 패턴에 익숙해지고 싶어!

"카렌 누나, 왜 뒤쪽 세계에 있어요?!"

"누님 레이더가 삑삑 반응했거든. 토야가 울고 있어, 곤란한가 봐. 도와주러 가야 해! 라고!"

안 울었거든요?! 그건 레이더가 망가졌든가, 어차피 '재미있는 일이 벌어지고 있어!' 같은 구경꾼 레이더겠지!

"그래서 바빌론을 뒤쪽 세계로 가지고 왔어. 봐."

"어?!"

그렇게 말하며 누나가 가리킨 곳에는 아무것도 없었다. 구름이 조금 끼어 있을 뿐이었다.

"아무것도 없는데요……."

"'신안(神眼)'으로 한번 봐 봐."

"앗, 그런가."

바빌론에 탑재된 스텔스 기능 탓이구나. '신안'을 발동해 보니, 확실히 공중에 바빌론이 떠 있었다. 그렇다면, 저걸 그대로 이세계에 전이시킨 건가……. 나는 아직 힘든 일이야…….

그런 것보다 이건 신력(神力)을 사용한 거 아닌가? 누나 일행이 신의 힘을 사용해 지상에 간섭하는 일은(수습생인 나를 제외하고) 금지되어 있을 텐데…….

"……저건 토야 거잖아? 즉, 신(수습생)의 소유물이야. 그러니 지상의 물건에 간섭하지 않은 셈이지. 그러니까 아마 오케이야!"

억지 핑계 아냐?! 이건 지금 막 생각한 논리죠?! 시선을 피하고 있어!

이제 됐다. 너무 파고들어 봐야 별 이득도 없는 일이고. 아무튼 모두를 【게이트】로 바빌론으로 보낸 다음, 나는 당장에라도 날뛸 듯한 헤카톤케이르를 돌아보았다.

헤카톤케이르는 날개를 크게 펼치고 공중으로 날아올랐다. 저 날개로 날갯짓을 하며 나는 것은 아니고, 반중력 필드 같은 뭔가를 형성해서 떠올라 있는 듯이 보였다.

쳇, 저래선 【슬립】이 안 통하잖아. 저 크기니 【프리즌】의 강도도 약해질 테고, 【게이트】를 지면에 펼쳐 어딘가 다른 장소로 떨어뜨릴 수도 없어.

"그래도 뭐, 그렇다면 그런대로 다 방법이 있지만."

사람이 도망가 아무도 없어진 도시의 광장에 나는 【스토리지】에서 내 프레임 기어, 레긴레이브를 불러냈다.

그리고 곧장 콕핏에 올라타 스마트폰을 콘솔에 장착하고 레긴레이브를 기동했다.
기동되자 주변 모니터에 바깥 영상이 비쳤다. 정면에 헤카톤케이르를 포착하면서 나는 조종간에 마력을 흘려 레긴레이브를 공중에 떠오르게 했다.
"프라가라흐 기동."
〈프라가라흐, 기동합니다.〉
파칭, 하고 레긴레이브의 등에 장착된 수정판 열두 장이 분리되었다. 그리고 직사각형 모양의 수정판은 레긴레이브의 주변을 위성처럼 빙글빙글 천천히 돌기 시작했다.
"형상 변화(모드 체인지), 구체(스피어)."
판자 모양의 수정이 구체로 변화했다. 열두 개의 수정구가 내 눈앞에서 시계의 문자판처럼 늘어섰다.
"가라."
열두 발의 탄환이 헤카톤케이르를 습격했지만, 수정구는 보이지 않는 장벽에 부딪혀 헤카톤케이르까지 도달하지 못했다.
〈으으음?〉
헤카톤케이르의 두뇌로 변한 마공왕이 이쪽을 눈치챘다. 나는 레긴레이브를 날아가게 하여 헤카톤케이르의 머리 위에 도착했다.
위에서 보니 크기가 어느 정도인지 잘 알겠어.
〈카카카. 그게 자네가 발견한 고렘인가? 그래, 확실히 한 번도 본 적이 없는 진귀한 고렘이군. 하나, 이 헤카톤케이르에

는 당해내지 못할 게다.〉

"그런가? 크기만 할 뿐 도움도 안 되는 골동품보다는 좋을 것 같은데."

〈입만 산 녀석!〉

헤카톤케이르가 날개를 퍼덕이며 레긴레이브 쪽으로 빠르게 다가왔다.

나는 헤카톤케이르의 공격을 피하면서 레긴레이브를 도시에서 조금 떨어진 광야 쪽으로 이동시켰다. 성안의 사람들을 전이시킨 장소와는 정반대 쪽으로 헤카톤케이르를 유인하기 위해서였다.

잠시 앞으로 나아가니 확 트인 장소가 나타났다. 이곳이라면 조금 날뛰어도 괜찮으려나?

"형상 변화(모드 체인지), 단검(대거)."

내 주변을 돌던 열두 개의 수정구가 네 개로 나뉘더니, 하나하나가 단검 형태로 변형되었다. 총 48개의 단검이 레긴레이브의 주변을 방사상으로 돈다.

"신위부여(神威附與). 【유성검군(그라디우스)】."

신기를 두른 48개의 단검이 일제히 헤카톤케이르를 향해 날아갔다. 48개의 성스러운 반짝임이 불길하기 짝이 없는 수많은 팔의 악마를 습격했다.

〈카카카! 쓸데없는 짓을! 헤카톤케이르의 방어 장벽 앞에서 그런 것은, 아, 니이?!〉

헤카톤케이르가 펼친 보이지 않는 장벽을 쉽사리 돌파한 수정 단검이 그 몸통을 꿰뚫었다.

저런 방어 장벽이라면 신기를 사용하지 않고도 꿰뚫을 수 있었을지도 모르지만, 성가시니까.

〈어, 어떻게 된 거지?! 헤카톤케이르의 방어 장벽을 꿰뚫다니……! 이 자식, 무슨 짓을 한 거냐?! 말해라!〉

“싫거든?”

나는 방어 장벽을 생성하는 곳으로 보이는, 마력이 뿜어져 나오는 헤카톤케이르의 어깨 부위를 부숴 버렸다. 좋아, 장벽이 완전히 사라졌다.

단숨에 종횡무진 날아다니는 수정 단검이 헤카톤케이르를 구멍투성이로 만들었다. 하지만 본체가 워낙에 크다 보니, 결정타가 들어가지는 않았다. 그러기는커녕…….

“자기 재생 기능인가…….”

고대 기체(레거시) 고렘 중에는 어느 정도의 상처라면 수복 기능이 있는 기체도 적지 않다.

하지만 그건 몸체에 상처가 나도 고칠 수 있다는 정도로, 꿰뚫린 구멍을 막을 정도의 기능은 아니었다.

그 정도까지 가면 ‘광란의 숙녀’인 루나 트리에스테가 가진 보라색 왕관 ‘파나틱 비올라’의 초재생 능력과 다를 바가 없다.

“크기가 큰 만큼 자기 재생 능력이 높은 건가?”

【유성검군(그라디우스)】으로 뚫은 몸체의 구멍이 점차 메워졌다. 적어도 표면만큼은 재생되었다. 내부 기능까지는 알 길이 없지만. 방어 장벽은 부활하지 않았으니 외부만 재생했을 가능성이 크다.

〈감히 나에게 기어오르다니이이이!〉

헤카톤케이르의 모든 팔의 손바닥에서 빔 같은 빛이 발사되었다. 백 가닥의 빛줄기가 일제히 레긴레이브를 습격했다.

"형상 변화(모드 체인지), 반사판(리플렉터)."

48개의 단검이 8장씩 조합된 여섯 장의 정판(晶板)이 되더니 레긴레이브의 주변을 돌면서 날아오는 빔을 튕겨 냈다.

비처럼 쏟아지는 빔은 끊임없이 발사되었지만, 레긴레이브에게는 닿지 않았다.

그때 빔을 쏘던 팔 하나의 팔꿈치 아래가 잘려서 떨어졌다.

〈아니?!〉

팔을 자른 것은 보라색 갑옷 무사. 야에의 슈베르트라이테였다. 이어서 헤카톤케이르의 다른 팔 역시 다른 기체에 잘려 나갔다. 이번에는 오렌지색 기체. 힐다의 지그루네였다.

두 대 모두 허리와 다리에 버니어가 달린 유닛이 장비되어 있었다. 원래는 비행 능력이 없는 두 사람의 기체였지만, 저것 덕분에 비행이 가능했던 듯했다.

"그거, 완성됐구나."

변이종과 싸울 때 공중전이 가능한 사람은 나와 린제밖에 없었다. 그래서 필연적으로 비행형 변이종은 대부분 우리 둘이

나 사격 능력이 있는 린, 유미나, 루 등이 담당했다.
그래서 '공방'의 로제타가 생각해 낸 장비가 버니어였다. 비행 능력이 없는 프레임 기어도 하늘을 날 수 있는 편리한 물건이지만, 짧은 시간밖에 움직일 수 없어 기본적으로 전용기(발큐리아) 전용(헷갈린다)이다.
그 유닛을 사용해 슈베르트라이테와 지그루네가 비처럼 날아오는 빔 사이를 뚫고 헤카톤케이르의 팔을 잇달아 잘라서 날려 버렸다.
두 사람의 기량을 생각하면 방어 장벽을 베어서 찢어 버리는 일도 어렵지 않다. 제아무리 헤카톤케이르도 잘린 팔이 재생되는 능력은 없는 듯했다.
지상에서 무수히 많은 총알이 일제히 발사되었다. 린의 그림게르데다. 비처럼 쏟아지는 정탄의 비에 헤카톤케이르의 장갑이 잇달아 구멍투성이로 변해 갔다.
이어서 헤카톤케이르의 가느다란 머니퓰레이터처럼 생긴 팔이 뿌리째로 날아갔다. 유미나의 브륀힐데가 저격을 했기 때문이다. 스텔스 상태라 어디에 있는지는 모르겠지만.
〈이럴 수가! 헤카톤케이르는 최강의 고렘이다! 고대의 지혜와 마공왕인 내가 만들어 낸 무적의 고렘이란 말이다!〉
"다른 사람이 만든 걸 조금 건드렸을 뿐이잖아. 뭘 잘난 척하고 그래? 그렇게까지 말한다면 완전히 처음부터 만들어 보시지?"

에르카 기사도 고대(레거시) 기체를 뛰어넘는 고렘을 만들려고 하지만, 그건 어디까지나 자신만의 오리지널 작품으로 뛰어넘으려는 거다.

"그런 것보다, 할아버지가 괜히 손을 대서 오히려 더 못 쓰게 된 거 아니야?"

〈이, 이 자식……! 나를! 마공왕인 이 나를 욕보이는 거냐?! 용서 못 한다! 용서 못 한다, 이 애송이 자식————!〉

헤카톤케이르가 배에 잔뜩 힘을 주고 외치듯이 분노를 터뜨렸다. 쩌렁쩌렁 공기가 진동할 정도의 분노가 느껴지는걸?

〈지옥이 어떤 곳인지 보여 주마, 애송아! 이 헤카톤케이르의 고렘 스킬을 맛보아라! 괜히 결전 병기라 불린 게 아니다. 수천, 수만의 고렘이 덤비더라도 헤카톤케이르에게는 당해 내지 못한다는 사실을 확실히 깨달아라!〉

그 직후, 헤카톤케이르의 온몸에서 녹색 연기가 피어오르더니 주변에 퍼지기 시작했다.

설마, 독인가?!

하지만 구형 프레임 기어라면 몰라도 모두가 타고 있는 전용기(발큐리아)는 특수한 필터를 장비하고 있어 콕핏 안까지 독이 침입하지 못한다. 하지만 만에 하나의 일도 있을 수 있어, 나는 전방에 있던 야에 일행을 이쪽으로 오게 했다.

"다들, 몸의 변화는 없지?"

〈네, 아무 일도 없어요. 문제없습니다.〉

〈나도 괜찮아.〉

〈소인도 괜찮습니다.〉

〈저도요.〉

모두 괜찮은 건가. 그런데 이 연기는 대체……. 독 같아 보이는 녹색 연기는 주변 일대에 퍼져 안개처럼 떠다녔다.

〈카카카! 왜 그러지?! 공격하지 않을 건가? 자신의 고렘이 생각대로 움직이지 않는 기분은 어떤가?!〉

……? 무슨 소리야? 상황을 살피는 우리를 보고 뭘 착각했는지 마공왕이 웃고 있었다.

〈크큭큭. 이 연기엔 고렘의 두뇌인 Q크리스탈 기능을 마비시키는 힘이 있다. 어떤 틈새로도 침입해 신경회로(너브라인)를 타고 Q크리스탈을 순식간에 침식하지! 너희의 고렘은 이미 그냥 고철…….〉

"……형상 변화(모드 체인지), 돌격창(랜스)."

레긴레이브의 주변을 돌던 수정판이 들어 올린 오른팔에 포개어졌다. 그렇게 오른팔은 순식간에 수정으로 만들어진 기다란 돌격창(랜스) 형태가 되었다.

〈……?! 어, 어떻게 된 거지?! 어떠한 Q크리스탈도 기능이 정지될 텐데?! 어떠한 고렘도 저항할 수 없을 텐데……! 왜 움직일 수 있는 거냐?! 말도 안 돼! 이런 일이 벌어지다니!!〉

"나는 이 기체가 고렘이라고 한 번도 말한 적 없는데?"

〈뭐라……?!〉

저 녀석이 무슨 말을 하는 건지 겨우 이해가 되었다. 아쉽지만 프레임 기어에는 Q크리스탈을 사용하지 않아서 말이야.

기체는 평소와 다름없지만 나중에 뭔가 이상이 생기면 곤란하니 얼른 해치울까.

〈말도 안 돼……. 고렘이 아니라고……?! 그, 그럼 대체……대체 그건 뭐냐?! 고렘이 아니면 대체 뭐냔 말이다?!〉

"내가 굳이 대답할 필요는 없잖아?"

등의 버니어를 풀 스로틀하고 거기에 더해 나는 【액셀】로 가속했다. 하나의 돌격창(랜스)으로 변한 레긴레이브는 헤카톤케이르의 가슴 부분에 그 창끝을 찔러 넣었다.

돌격의 기세를 유지해 헤카톤케이르의 내부를 일직선으로 돌진하며, 나는 중간부터 돌격창의 크기를 키웠다. 마치 우산을 펼치듯이 창을 키워 피해 범위를 넓혀 가다 이윽고 등의 날개 사이로 빠져나갔다.

〈이럴 수가……! 이럴 수가!!〉

가슴에 바람구멍이 난 헤카톤케이르가 비틀거리며 균형을 잃었다. 아무래도 파괴한 장소에 중력 제어를 관장하는 기능이 있었던 듯했다.

헤카톤케이르가 무너지기 시작했다. 커다란 땅울림을 내면서 수많은 팔의 악마가 대지에 그 사체를 남겼다.

◇ ◇ ◇

지상에 떨어진 수많은 팔의 악마는 아직 그 기능이 완전히 정지되지 않았다.

가슴 부분에서 온몸으로 퍼진 균열이 그 몸에서 장갑을 벗겨 내기 시작했다. 삐걱거리는 소리를 내면서 어떻게든 일어서려고 상반신을 움직였지만, 헤카톤케이르는 다시 등부터 지면에 떨어졌다.

우리는 지상에 내려가 더는 움직이지 않는 헤카톤케이르를 바라보았다.

"고렘을 상대로 한 병기로서는 무시무시했을 테지만……."

Q크리스탈 기능을 정지시키는 그 능력———— 가스 형식의 공격은 적과 아군을 가리지 않고 무력화해 버린다.

아마 성분이 화학적으로 어떻다기보다는 고렘의 능력, 즉, 이 헤카톤케이르가 지닌 고유 스킬일 것이다. 그렇다면 자신에게는 효과가 없을 가능성이 크다.

자신 이외의 고렘을 무력화하는 기능이라니, 정말 흉악하기 짝이 없다. 프레임 기어를 가지고 있던 우리가 아니었다면, 이 할아버지의 폭주를 막을 수 없지 않았을까.

갑자기 털컹, 하는 소리가 나며 헤카톤케이르의 머리 일부가 떨어졌다. 뭐지?

떨어진 머리 부분에서 여섯 개의 다리 비슷한 뭔가가 뻗어 나오더니, 헤카톤케이르의 머리만 독립해서 움직이기 시작했다.

그리고 몸체 부분에서 주르륵하고 짧은 척수 같은 것이 빠져 나와 머리 부분을 꼬리처럼 따라갔다.

다족(多足)에 꼬리가 달린 머리 부분의 부품이 우리에게서 도망치듯이(아마 도망치는 거겠지만) 재빠르게 멀어지더니 다리를 드릴처럼 만들어 지면을 파기 시작했다.

"【슬립】."

〈쿠에엑?!〉

옆으로 넘어진 머리 부분의 부품은 그 자리에서 빙글빙글 돌았다. 마치 헬멧이 돌고 있는 것처럼 보인다.

꼬리 같은 척수 부분을 레긴레이브가 꽈악 잡고 도망치려는 헤카톤케이르의 머리 부분…… 아니, 마공왕을 노려보았다.

〈이, 이거 놔라! 나처럼 뛰어난 존재가 이런 곳에서 죽다니, 용서받을 수 없는 일이다!〉

"……망상벽도 이 정도면 병이야."

이런 걸 두고 꼰대라고 하는 걸까?

"어차피 본체가 저렇게 됐으니 당신도 오래 살 수는 없잖아? 조금이나마 반성하는 게 어때?"

〈웃기지 마라! 나에게는 아직 해야 할 일이 많단 말이다! 잘 봐 둬라! 적당한 인간의 몸을 빼앗아서……!〉

"이제 그만. 【애널라이즈】."

헤카톤케이르의 머리 부분을 향해 해석(애널라이즈) 마법을 발동했다.

"그렇구나."

나는 그 장소에 레긴레이브의 손을 넣고 안에서 '그것'을 끄집어냈다.

원통형 캡슐 안에 떠올라 있는 인간의 뇌. 마공왕의 본체다.

〈뭘 하려는 거지? 그만둬라! 나 같은 두뇌를 잃다니, 인류 최대의 손실이다!〉

"글쎄, 그건 과연 어떨까?"

설마 이 캡슐에마저 음성 기능이 있을 줄은 생각도 못 했다. 뇌가 떠 있는 불길한 캡슐을 지면에 놓고, 나는 레긴레이브에서 내려 지상에 발을 내디뎠다.

높이 2미터, 지름 80센티미터 정도의 유리통 안에 에메랄드 그린 수용액이 가득했다. 상부의 뭐가 뭔지 알 수 없는 장치와 연결된 가느다란 튜브가 몇 가닥이나 해파리처럼 수용액에 떠올라 있는 마공왕의 뇌에 접속되어 있었다. 아마 이게 연명 장치겠지.

인간의 뇌치고는 약간 크다는 생각도 들지만, 이게 원래 그런 건지, 약품으로 비대해져 그런 건지는 알 수 없었다.

〈캐, 캡슐을 파괴할 생각인가?!〉

"반대야. 튼튼하게 만들어 줄게."

나는 【실드】와 【프로텍션】을 부여해 캡슐이 웬만해서는 파괴되지 않게 강화해 주었다. 연명 장치의 다 떨어져 가는 마력도 꽉 채웠다.

〈뭐, 뭘 할 셈이냐?!〉

"당신도 말했듯 나는 '저주'를 걸 수 있어. 그래, 예를 들면 '통증'을 직접 뇌에 전달하는 일도 가능해."

〈서, 설마…….〉

"【어둠이여 묶어라, 저자들의 죄에 벌을 내려라, 길티커스】."

'통증'이란 즉, 전기 신호다. 이 둥실둥실 떠 있는 뇌와 캡슐 본체를 마력으로 직접 연결해 충격이나 자극을 직접 전달되게 하면…….

나는 캡슐의 아래쪽을 발끝으로 강하게 걷어찼다.

〈크아아악?!〉

"성공한 모양이네."

〈마, 말도 안 돼?! 통각을 느낄 리가……!〉

내가 브륀힐드의 칼끝으로 캡슐 유리를 가볍게 콕 찔렀다. 강화해서 유리는 깨지지도 긁히지도 않았지만.

〈으갸악?!〉

아마 바늘에 찔린 듯한 통증이 느껴졌을 거다.

〈나, 나를 어떻게 할 생각이냐?!〉

"글쎄. 그건 내가 결정할 일이 아냐. 나보다도 당신에게 이야기를 듣고 싶은 사람이 많이 있으니까."

갈디오 황제나 대령 일행은 이 할아버지에게 묻고 싶은 일이

산더미처럼 많으리라 생각한다. 통각을 부여해 두면 어느 정도는 이야기를 듣기 쉬워지겠지.

신문으로 끝날지 어떨지는 알 수 없지만.

마공왕이었던 캡슐은 갈디오 제국에서 여러 신문을 받은 뒤, 대령 일행에게 넘겨졌다.

레베 멸망을 이끌었을 뿐만 아니라, 마공왕은 헤카톤케이르 부활을 위해 다양한 악행을 거듭했던 듯했다.

그중에서도 최악이라 할 만한 일은, 오로지 헤카톤케이르에 자신의 뇌를 이식하기 위해 많은 사람을 실험 대상으로 삼았다는 사실이었다. 남녀노소를 가리지 않고 뇌를 추출한 사람의 수는 세 자릿수를 넘었다. 정말 구역질이 나는 일이다.

마공왕을 잃은 아이젠가르드는 점점 혼란에 빠졌다. 그래서 더는 갈디오 제국에 관심을 가질 여유가 없었다.

마공왕에게는 자녀도 제자도 없어 이렇다 할 후계자가 없었는데 그게 화를 불렀다. 그럴 거라고는 생각했지만, 상당한 수준의 1인 체재 국왕이었던 셈이다.

유론 때도 그랬지만, 후계자를 확실히 결정해 두지 않으면 유사시에 나라가 기울고 만다. 나도 철저히 잘 기억해 두자.
일단 갈디오는 신문이 끝난 뒤, 아이젠가르드에 캡슐 인도를 제안했다는 듯하지만, 상대는 그게 뭔지 모른다며 쌀쌀맞게 거절했다고 한다.
그들이 말하길, 마공왕은 고대 병기의 기동에 실패해 성의 붕괴와 함께 사망했다는 모양이다. 그에 더해, 갈디오에 선전포고를 한 일이나 군대를 동원해 침략한 일도 모두 마공왕이 혼자 단독으로 결정한 일이라고 알려 왔다. 아마 그 말은 사실일 테지만.
중신들이 마공왕이 한 일을 어디까지 알고 있었는지는 모르겠지만 새삼 돌아와 봐야 괜한 민폐일 뿐이겠지.
그래도 한 나라의 국왕이 저지른 일이니, 아이젠가르드는 갈디오 제국에 상당한 배상금과 그 외 여러 가지를 지불할 필요가 있으리라 생각한다.
그 후, 캡슐은 대령 일행에게 넘겨졌다. 그다음에 마공왕이 어떻게 됐는지는 모른다. 주입한 마력이 다 떨어지려면 1년 정도는 걸린다. 엄청난 힘을 가하지 않는 이상 캡슐은 파괴되지 않으니, 최소한 1년은 살아갈 수 있다.
자신의 야망을 위해 죽어 간 사람들의 응보를 받으며 여생을 살아갈지도 모른다.
갈디오 제국은 황자였던 루크레시온이 황위 계승권을 포기, 황제도 그와 함께 퇴위하여 새로운 황제가 즉위하게 되었다.

새 황제가 된 사람은 약관 스무 살의 청년인 란스렛 리그 갈디오. 원래의 이름은 란스렛 올컷이라고 한다.

이 청년은 전대 황제의 심복이자 루크레시온 황자를 주웠던 그 재상, 란스로 올컷 씨의 아들이다.

어째서 이렇게 되었는가 하면, 전대 갈디오 황제의 여동생이 란스로 씨의 아내였다.

즉, (피는 이어져 있지 않지만) 루크레시온 전 황자와는 사촌지간인 셈이었다.

그리고 새 황제가 즉위하자마자 가장 먼저 한 일은 이전 황제의 직할지였던 레베 지방을 루크레시온 전 황자에게 내리고, 전 황자를 레베 변경백(邊境伯)으로 임명한 것이었다.

이로써 루크레시온 리그 갈디오는 루크레시온 그란 레베가 되었다.

성인이 될 때까지는 대관(代官)이 그 땅을 다스리겠지만, 틀림없이 좋은 영주가 되리라 생각한다. 그리고 그 옆에는 다정한 아버지와 어머니가 언제나 함께해 주겠지.

대령 일행 세 사람도 레베 땅을 발전시키기 위해 열심히 노력하고 있는 듯하고 말이야.

일단 이걸로 한 건 해결인가?

"이런 일이 있었어."

"흐~응. 그 할아버지, 그런 짓을 했었구나. 정상인 녀석이 아닐 거라고는 생각했지만."

〈동의.〉

브륀힐드에 있는 '은월' 에서 나는 에르카 기사의 여동생이자, 검은색 왕관 '크로노스 느와르' 의 마스터인 노른과 최근 근황을 이야기했다.

"그런데, 아는 사이였구나?"

"아는 사이는 무슨. 그냥 한 번 만났던 적이 있을 뿐이야. 언니를 찾으러 다닐 때. 느와르에 관해 이것저것 끝도 없이 묻더니 자신한테 넘기라고 헛소리를 하길래 열 받아서 한바탕 전투를 벌였지."

얘가, 은근히 무서운 소릴 하네. 아이젠가르드에 싸움을 걸다니. 같은 테이블에 앉은 느와르 쪽을 보니, 뭐라 하기 힘든 표정을 짓고 있었다. 왕관(크라운) 시리즈는 고렘이면서 감정 표현이 명확했다.

"유사 인간형 고렘이라……. 어쩌면 내가 만난 할아버지도 그거였을지도 모르겠네."

"인간이랑 똑같았으니까. 아니, 팔은 기계였지만……. 유사 인간형 중에는 그렇게 인간이랑 닮은 기체도 있었구나."

내가 아는 한 유사 인간형은 드래크리프섬의 시로가네에게 맡겨 둔 루비, 사파, 에메랄 세 대뿐이다. 그 아이들은 인간형이지만 어딘가 인형이나 안드로이드 같은 인상이다.

에르카 기사의 이야기로는 유사 인간형은 주로 간호나 멘탈 케어 같은 방향으로 사용되는 고렘이라고 한다. 그렇다면 인간과 완전히 똑같은 고렘이 있어도 이상하지 않다.

내가 그런 결론에 이르자, 눈앞의 노른이 눈을 반쯤 뜨더니 어이없다는 표정으로 나를 바라보았다. 옆에 앉아 있는 노른의 메이드인 프라우 씨는 쓴웃음을 짓고 있었다.

"……왜 그래?"

"아니, 참 둔하다는 생각이 들어서. 주의 깊게 관찰하면 알아챌 사람은 알아채거든. 그 조그마한 박사도 눈치챘고, 네 누나들 두 명도, 오드아이인 약혼자 아이도 눈치챘어."

"그러니까, 뭘?"

왜 이렇게 에둘러서 말하는지. 뭐가 둔하다는 거야? 아니, 그런 말 자주 듣지만…….

"있잖아, 이 프라우도 유사 인간형 고렘이야."

"……아니아니아니. 속이려고 해도 소용없어. 아무리 그래도."

"프라우."

"앗, 네."

노른의 말을 듣고 프라우 씨가 자신의 목을 양손으로 쑥 들어 올렸다. 그러자 파쉿, 하고 공기가 빠지는 소리가 들리며 프라우 씨의 목이 몸통에서 빠졌다.

"으아아아아악!!"

갑자기 내가 비명을 지르자 가게 안의 시선이 이쪽으로 쏠렸다. 눈앞의 프라우 씨는 이미 원래대로 목을 되돌려 놓은 상태였다. 우리 자리는 구석 쪽이라 다른 손님은 아무도 보지 못한 듯했다.

가게 안의 손님들은 잠시 의아한 듯이 시선을 돌렸지만, 단골인 우리라는 사실을 알더니 '또 저러네' 같은 식으로 원래대로 시선을 되돌렸다.

주방에서 점장인 미카 누나도 고개를 내밀었다. 앗, 나라는 걸 알고 다시 물러났네.

"저는 유사 인간형 고렘입니다. 형식 번호 GM-172. 개체명 엘프라우. 계약자는 노른 파토라크셰입니다."

"하이클래스 고대(레거시) 기체인 유사 인간형은 상당히 귀중한 존재지만 없지는 않아. ……언니한테 얘기 못 들었어?"

"댁의 언니는 우리 박사와 틀어박혀 수상한 물건을 개발하거나 폭발시키거나 하는 중이라 그런 이야기를 할 기회가 없습니다만."

노른에게 '바빌론'에 관한 이야기는 하지 않았다. 노른의 언니인 에르카 기사는 성에 있는 연구실에서 바빌론 박사의 개발, 연구를 돕고 있다……고 말해 두었다.

"여전하구나. ……밥은 잘 챙겨 줘. 억지로 쑤셔 넣어도 돼. 그냥 내버려 두면 며칠이나 밥을 먹지 않는 나쁜 습관이 있거

든. 펜릴이 같이 있다면 그럴 걱정은 없으리라 생각하지만."

맞아. 그 바지런한 늑대 고렘이 없었으면 옛적에 아사하지 않았을까?

"에르카 기사도 노른을 걱정하던데? 성 아래에서 잘 지내고 있냐고."

"……자기 일은 생각도 안 하고……. 애 취급 좀 하지 말았으면 좋겠어. 정말."

아니, 네 모습을 보면 어린아이 그 자체인데. 실제로는 15세라고 해도 외모는 6살 정도니까. 에르카 기사가 걱정하는 그 마음도 충분히 이해된다.

그렇게 생각하면서도 말은 하지 않았다. 또 콤플렉스를 자극해서 폭발하기라도 하면 곤란하니까.

"돈도 잘 벌면서 생활하고 있으니 문제없어. 걱정하지 말아 달라고 말해 둬."

"그런데 무슨 일을 해?"

"모험자라는 직업을 가졌어. 봐, 길드 카드."

진짜로?

나는 노른이 내민 카드를 살펴보았다. 우왓, 진짜네. 무슨 나쁜 농담도 아니고 이미 일류 모험자 바로 직전인 파란색 랭크잖아.

"그런 것보다 용케도 심사를 통과했구나……."

모험자에 연령 제한은 없지만, 그래도 너무 어리면 카드가 발급되지 않는다.

유미나 조차도 아슬아슬했었고, 분명히 단독으로 일을 맡을 수는 없을 텐데. 책임자 동반일 경우에만 가능하다.

"네 이름을 꺼내니 그냥 통과시켜 주던데?"

"잠깐만, 뭐야."

"실력을 제대로 선보였으니 괜찮아. 시비를 거는 파란색 랭크 모험자 두세 사람을 날려 버렸더니 엘프인 여자가 카드를 줬어."

길드 마스터인 레리샤 씨가 보증해 줬단 말이야……?!

길드 마스터인 이상 나랑 아는 사이라는 이유로 허가를 내주진 않았으리라 생각한다. 제대로 된 실력이 있다고 판단했기 때문이겠지.

"지금은 던전섬에 들어가 보고 있어. 모험자는 꽤 벌이가 되더라고."

"그렇지. 하이리스크 하이리턴의 세계니까."

내가 그렇게 말하자 노른은 오므라이스를 먹기 위해 움직이던 스푼을 멈췄다.

"아, 너는 최고 랭크 중 한 명이라면서? 임금님이 되었는데도 의뢰를 받기도 해?"

"그럼. 은색 랭크가 실패한 의뢰나, 재해급 마수 토벌이나, 중요 인물의 구조나."

"굳이 그런 의뢰를 받을 필요는 없지 않아? 임금님이니 돈이 모자라거나 하지는 않을 거 아니야."

그게 실제로는 다르단 말이지.

나라를 운영하는 돈은 세금이나 던전섬 등의 국영 시설에서 얻는 수입으로 충당하고 있다.

하지만 바빌론에서 프레임 기어에 들어가는 돈이나 기사단의 월급, 장비, 식비 등, 그런 일에 들어가는 돈은 모두 내 포켓머니다.

이건 '브륀힐드 기사단'을 어디까지나 내가 보유한 개인 기사단으로 운영하고 있기 때문이다.

이상한 이야기지만 브륀힐드라는 나라는 나의 개인 기사단에 나라의 경비를 의뢰하는 형태를 취하고 있다. 그것도 무상으로. 물론 나중에 국가 소속의 정식 기사단을 만들지도 모르지만.

솔직히 포켓머니 쪽은 미스미드의 무역상 오르바 씨를 비롯해 세계 각국의 다양한 곳에서 벌어들이고 있다.

하지만 그 이외에도 프레임 기어를 양산하는 비용과 신병기를 개발하는 비용이 매우 많이 든다.

그래서 돈이 되는 이야기라면 길드의 의뢰도 기꺼이 받는다. 임금님이 해야 할 일이 밀려 재상인 코사카 씨 몰래 하는 중이지만. 가끔 들켜서 혼나기도 한다…….

아무튼 그건 그렇다 치고.

나는 옆에 앉아 있는 검은 기사를 바라보았다.

"그건 그렇고, 느와르에게 물어보고 싶은 게 있어."

〈개인 질문, 수락.〉

"'하얀색' 왕관을 기억해?"

〈……대답 불가. 기억 전무.〉

"소용없다고 했잖아. 느와르는 나와 만나기 이전의 기억이 없어. 단지, 소거되었다기보다는 봉인된 느낌이라고는 하지만."

기억 조작인가? 고렘의 두뇌인 Q크리스탈에 어떤 조치가 취해졌다는 걸까?

"'하얀색' 왕관을 발견해서 어쩌려고?"

"전에도 설명했을지도 모르지만, 이 세계는 밖의 침입자를 막는 결계가 너덜너덜하거든. '하얀색' 왕관이 그걸 복원하는 능력을 지니고 있을지도 몰라."

변이종이 출현하는 걸 보면 노른이 있는 세계의 결계도 상당히 위험한 상황인 듯하지만.

"프레이즈……였던가? 이계에서 온 침입자."

"프레이즈는 보스…… 뭐냐, 지도자였던 사람과 결판을 냈지만, 그 사람을 배반한 녀석들이 제멋대로 활동하기 시작했어. 너희 세계까지 말려들게 하면서. 요즘에는 저편 세계에서 이런저런 활동을 하는 모양인데……."

물을 마시려고 테이블 위에 있던 컵에 손을 뻗었는데 갑자기 컵이 덜걱덜걱 흔들리기 시작했다.

"……지진인가?"

"그런가 봐."

진도로 따지면 3 정도의 흔들림이 오래 이어졌다. 기분 나쁜 흔들림이었다.

다행히 가게에는 아무런 피해가 없었고, 손님들도 특별히 소란을 피우는 사람은 없었다.

그런데 이 세계의 지진은 어떤 구조로 일어나는 걸까?

지구처럼 단층이 급격히 엇갈려 일어나는 걸까? 아니면 대지의 대정령과 관련이 있는 걸까? 설마 대정령의 재채기 같은 건 아니겠지……? 그럼 꽃가루 알레르기에 걸리면 큰일이잖아.

"요즘 많이 일어나더라. 이것도 이계의 침입자가 일으키는 거야?"

"그렇게 많이 일어나?"

"……넌 이 나라의 임금님이잖아. 그것도 모르면 안 되지."

윽. 아니, 요즘엔 뒤쪽 세계에 가거나 바빌론에 있을 때가 많아서 거의 지상에 내려와 있지 않으니…….

"던전에 있어도 가끔 작게 흔들릴 때가 있어. 아무래도 그럴 때는 조금 무섭더라고."

어? 던전에서? 브륀힐드에서 【게이트】를 통해 건너갈 수 있는 던전은 산드라 지방에서 멀리 떨어진 남쪽 섬이다. 세계 규모로 흔들리고 있다는 말인가?

아마 이것도 두 개의 세계가 연결되려고 하는 전조인 거겠지.

일단 천재지변이 일어나지 않도록 정령들에게는 소란을 피우지 말라고 부탁해 두긴 했는데…….

그런데 던전에서도 흔들린다니 무섭네. 자칫하면 붕괴될 위험도 있다. 너무 심해지면【게이트】의 사용 금지도 고려해야겠어.

앗, 그렇지.

"……뭐 하는 거야?"

"잠깐만."

나는【스토리지】에 사장되어 있던 펜던트를 하나 꺼냈다. 눈물방울 형태의 푸른 보석이 달린 펜던트였다.

나는 거기에【텔레포트】와【게이트】를 조합해 부여하고【프로그램】으로……. 좋아, 이 정도면 되려나?

"자, 이거."

"……이게 뭔데?"

"던전에서 위험하다는 생각이 들었을 때 거기에 마력을 주입하면 우리 성까지 단숨에 전이해 올 수 있어. 3미터 이내라면 다른 사람 몇 명도 같이 전이할 수 있으니, 만약의 사태를 대비해 탈출용으로 가지고 다녀."

"흐~응……."

건네준 펜던트를 본 다음, 노른이 눈을 반쯤 뜨고 이쪽을 지그시 바라보았다. 어라? 마음에 안 들었나?

"…………………………너, 어린 여자애가 취향인 건 아니겠지?"

"푸우웃?!"

나는 입에 머금고 있던 물을 무심코 내뿜고 말았다. 이 아가씨는 대체 무슨 소리를 하는 건지!

"왜 그렇게 되는데?!"

"나 같은 사람에게 액세서리를 선물하니, 그렇게 생각해도 어쩔 수 없잖아? 게다가 이곳의 임금님은 난봉꾼에 호색한이라는 소문도 돌고 있고."

"사실무근이야!!"

그게 뭐야?! 대체 누가 그런 소릴? 그 사람, 당장 데리고 와!

"그렇지만 약혼자가 많고, 여자를 바꿔 가며 같이 걸어 다닌다는 이야기를 들었는데? 무표정한 메이드라든가, 흰 가운을 입은 어린 여자아이라든가, 뱅뱅이 안경을 쓴…… 응, 그 사람은 우리 언니일 테지만."

"으, 윽. 확실히 그런 일도, 있었을지, 모르지만……."

그런데 유미나랑 약혼자들은 상관없지만, 세스카와 에르카 기사까지 사람들은 그런 눈으로 봤다는 거야……? 세스카나 에르카 기사야 어쨌든 박사는 완전히 범죄잖아.

"여자를 정말 좋아하는구나. 그렇지만 수비 범위가 너무 넓지 않아?"

"그러니까, 아니라니까. 아니야. 그 사람들은 일을 도와주는 사람이랑 기술 스태프이지 그런 관계가 아니야!"

그리고 겉모습이 6살인 어린 여자아이를 꼬시지도 않아.

〈……기사단, 신고?〉

"하지 마!"

나는 고개를 갸웃하는 고렘에게 딴지를 건 다음, 바빌론 동료들 및 그 외의 여러 사람들과의 인간관계를 세 사람에게 설명해 주었다. 간신히 이해해 준 듯하지만, 약혼자가 아홉 명이나 있어 여자를 좋아한다는 점만큼은 기존 입장을 바꾸어 주지 않았다. 으으으.

그 장면을 '은월'의 미카 누나가 목격했는지, 며칠 후, 어린 여자아이에게 선물을 주었다는 이야기가 돌고 돌아 바빌론에 있는 에르카 기사에게까지 전달되었다.

그러자 '토야, 잠깐 할 얘기가 있어. 여동생 일로.' 라고 하며, 뱅뱅이 안경 안쪽의 눈은 전혀 웃지 않은 채 입만 웃는 모습으로 에르카 기사가 내 어깨를 두드렸다.

그러니까 오해라니까!

막간극 초밥은 신기하고 맛있는 음식

꿈에서까지 봤던 그걸 나는 젓가락으로 집어 들었다. 그리고 재료 부분에만 간장을 찍어 입안으로 쏘옥 넣자 녹을 듯한 물고기의 감칠맛이 퍼져 나갔다. 응, 기름이 잘 올라 있어. 초를 친 밥도 딱 간이 적당해.

"어…… 어떤가요?"

"맛있어……! 이렇게 맛있게 만들다니. 내가 알고 있는 초밥과 거의 똑같아."

"그, 그런가요?! 다행이에요!"

걱정스럽게 내 얼굴을 들여다보던 루가 얼굴 가득 미소를 지었다.

나는 눈앞에 있는 방어를 하나 더 입에 넣었다. ……맛있다. 물론 엄밀히 말해 이건 방어가 아니라 이셴의 노란줄무늬물고기이지만, 맛이 상당히 비슷하다.

"으으음! 이건 정말 맛있습니다! 루 님, 한 접시 더 부탁합니다!"

"맛있어. 이거 맛있어. 더 먹고 싶어."

내 옆에서는 야에와 사쿠라가 눈을 반짝이며 초밥을 입에 가득 넣었다. 아무래도 마음에 든 모양이다.

다른 모두도 평범하게 먹고는 있지만, 그렇게까지 선호하는 건 아닌 듯했다. 아, 그런데 에르제랑 린제는 꽤 잘 먹네.

귀족에게는 날생선을 먹는 문화가 거의 없어서 왕가, 귀족 출신인 유미나, 스우, 힐다는 상당히 껄끄러울지도 모른다. 달걀이랑 오이 김말이초밥만 먹는 걸 보니까.

루도 별로 안 좋아했지만 이런저런 시행착오를 반복하는 중에 아무렇지도 않게 되었다고 한다.

린이나 사쿠라의 출신지인 미스미드나 제노아스는 식문화가 다양해서 기본적으로 뭐든 먹는다. 특히 제노아스는 마수마저도 먹을 정도니까.

에르제와 린제의 출신지인 리프리스는 해산물을 사용한 진미 같은 요리가 많아 어느 정도 익숙한 것인지도 모른다.

그런데 초밥만 해도 방어, 달걀, 오징어, 문어, 새우, 전갱이, 넙치, 도미, 가다랑어, 연어, 게, 가리비가 있었고, 김말이 쪽도 오이 김말이, 야채절임 김말이, 매실차조기 김말이, 박고지 김말이 등이 있었다. 나는 특히 박고지가 있어 깜짝 놀랐다.

물론 겉모양이나 맛이 비슷할 뿐, 모두 실제와는 달랐다. 몇 개인가 시험 작품을 만들 때, 재료만 먹으며 맛을 확인해 보기도 했으니까.

하마터면 오징어 대신 텐터클러를 사용할 뻔했다……. 그래서 이쪽에도 평범한 오징어가 있으니, 그걸 사용해 달라고 부탁했었다.

와사비도 【서치】로 찾아보니 이셴에 있었다. 한 지역에서만 사용되어 그다지 널리 퍼지지 않았던 듯했지만. 코를 찡하게 만드는 그 느낌이 참 좋단 말이지. 와사비가 없으면 초밥의 맛이 반으로 줄어든다.

"던전섬에서 잡은 물고기를 사용했어요. 모두 신선하니 많이 드세요."

루가 손으로 쥔 넙치 지느러미를 먹으며 린이 행복한 미소를 지었다.

"맛있어. 이 초밥이라는 음식도 즐겨 먹게 될 것 같아. 어패류 이외의 음식을 올려도 맛있지 않을까?"

"응, 생햄과 양파를 올리거나 로스트비프를 올리거나, 새우튀김을 올린 초밥도 있었어. 회전초밥이었지만."

"회전? 초밥을 회전시키는 겐가? 왜 굳이 먹기 힘들게 하는 거지? 그러면 맛있어지나?"

우리의 이야기를 듣던 스우가 달걀이 올라간 접시를 테이블 위에서 빙글 회전시켰다.

"아니, 회전초밥은 컨베이어에 올린 접시를……. 보여 주는 편이 빠르겠구나."

나는 적당한 회전초밥 동영상을 투영해 모두에게 보여 주었다. 버라이어티 방송의 동영상인 듯, 개그맨과 탤런트들로 가

게 안이 떠들썩했다.

그 화면 안에서 컨베이어의 레인이 움직였고, 접시에 올라가 있는 몇몇 초밥이 천천히 이동했다. 색다른 가게의 형태를 보고 모두는 깜짝 놀랐다.

“재미있어 보이는구먼! 이건 마음대로 집어도 되는 겐가?”

“다른 손님이 주문한 것 이외에는.”

스우가 눈을 반짝였다. 보는 것뿐이라면 재미있지. 뭘 먹을까 망설이게 되지만.

“오오오?! 푸딩이 아닌가! 푸딩도 돌고 있어!”

“케이크! 케이크도!”

“파르페도 돌고 있는데요……. 굉장히 다채롭네요.”

스우와 사쿠라가 잔뜩 흥분했고 린제는 감탄했다는 듯이 숨을 한 번 내쉬었다. 달걀찜이나 닭튀김, 프라이드 포테이토도 있었다. 확실히 다채로운 느낌이 난다. 그리고 나는 이런 사이드메뉴도 좋아한다.

“박사라면 만들 수 있지 않아? 이거.”

“으음?”

루가 직접 쥔 연어 초밥을 입에 넣고 있던 박사가 에르제의 말을 듣고 이쪽을 바라보았다. 뺨이 꼭 다람쥐 같아. 얼마나 입에다 쑤셔 넣었으면…….

“구조 자체는 단순하네. 일정 속도로 레인을 돌아가게 하면 되는 거잖아? 내가 아니라 토야나 린의 【프로그램】으로도 가능해 보이는데?"

그래, 기본적으로 그다지 복잡한 물건은 아니니까. 터치패널로 주문하는 것까지는 조금 어려우려나?

나는 눈앞의 도미 초밥을 입에 넣었다. 역시 맛있다. 오랜만에 먹었기 때문인지도 모르지만, 그만큼 아쉬웠다.

"참치가 없단 말이지……."

참치. 참치. 참다랑어. 초밥 재료의 왕, 참치. 이쪽 세계에 참치가 없는가 하면 그렇지는 않다. 던전섬 근해에 없다는 말이다.

검색해 보니 꽤 먼 바다에 서식한다. 지구에 사는 녀석들처럼 이셴 근해를 회유했으면 좋았을 텐데. 물론 말이 참치지 【서치】에 검색된 건 참치 비슷한 물고기일 테지만.

게다가 이 참치는 이상할 정도로 크다. 스마트폰으로 검색해 보니 일본 최대의 참치도 3미터 정도고, 세계 최대의 크기도 4.5미터 정도인데, 여기는 가볍게 10미터를 훌쩍 넘는다.

추측이지만, 이건 마수 종류가 아닐까? 마수(魔獸)…… 마어(魔魚)라고 해야 하나?

낚아서 가지고 오지 못할 정도는 아닐 듯한데…….

"토야 님, 토야 님. 다음번 세계회의에 초밥을 내놓으면 어떨까요? 그때는 그러니까, '회전초밥' 이라는 형태로요!"

"어? 세계회의에?"

내가 참치를 어떻게 할지 생각하는데, 루가 그런 제안을 했다.

"그것 참 좋군요! 시라히메 님에게도 대접해 드리고 싶습니다. 이 요리가 이셴에 퍼지면 아주 기쁠 겁니다!"

이셴의 왕, 시라히메 씨라. 음, 이셴이라면 생으로 물고기를 먹는 데 별 저항감이 없을 거야. 아, 같은 섬나라인 이그리트 왕국도 아마 괜찮지 않을까?

초밥이 이셴에 퍼지면 와사비의 수요도 늘어날지 모른다.

재료를 물고기와 그 이외의 것으로 반반씩 하면 다른 나라 사람들도 먹을 수 있지 않을까? 초를 친 밥…… 쌀 자체는 별로 기피하지 않을 테니까.

"레인이라면 맡겨 둬. 그 동영상에 나오는 물건 이상으로 좋게 만들 테니까."

"평범하게 만들면 돼. 자폭 장치는 달면 안 된다?"

우물우물 먹으면서 엄지를 들어 올리는 박사에게 나는 못을 박아 두었다.

그렇다면 역시 참치가 없다는 점이 마음에 걸렸다. 세계회의를 위해서도 한 마리 낚아 올까?

……음, 물론 내가 먹고 싶다는 이유가 대부분을 차지하지만.

〈저게 참치라는 물고기인가요?〉

"……아니, 내가 아는 참치와는 많이 달라……."

해수면 밖으로 튀어 오른 괴어를 보고 질문을 한 린제에게 나는 그렇게 대답할 수밖에 없었다. 저건 대체 뭐야…….

형태는 참치를 닮았다고…… 해야 하나? 하지만 참치에는 저런 뿔이 나 있지 않고 가슴지느러미도 저렇게 크지 않다. 무엇보다 해수면 위를 상당한 높이에서 날치처럼 활공하고 있습니다만?

날치뿔참치……라고 부르면 될까? 10미터는 되어 보이는 저런 몸으로 참 잘 나네……. 양력이 아니라 마법으로 날고 있는 건가?

린제가 조종하는 중인 공중 정지한 비행 형태의 헬름비게의 날개 위에 머물며 나는 아래에서 날뛰는 참치 비슷한 물고기를 어떻게 잡으면 좋을까 고민했다.

몸에 상처가 나면 물거품이다. 역시 신선도를 유지하려면 순간 냉각이 가장 좋다. 하지만 저렇게 빠른 속도로 뛰어 날아다니면 노리기가 힘들다……. 빗나가면 다른 바다 생물에 피해가 갈 테고.

으~음. 고민하는데 데리고 온 산고와 코쿠요가 끼어들었다.

〈뭐하면 저희가 잡을까요?〉

"아니, 잡는다니 어떻게 하려고?"

〈저희의 힘을 사용하면~ 저 정도는 순식간에 잘게 다져 버릴 수 있어요~.〉

"기각."

그래선 못 먹잖아. 쓰러뜨리러 온 게 아니거든? 포획하러 온 거야.

〈움직임을 둔하게 만든 뒤에 잡으면 되지 않을, 까요?〉

외부 스피커에서 들려온 린제의 목소리를 듣고, 좋은 의견이란 생각에 나는 주먹으로 손바닥을 두드렸다. 좋아, 그거야! 일단은 그렇게 해 보자.

"【물이여 오너라, 격류의 대소용돌이, 메일스트롬】."

나는 뿔참치 앞에 커다란 소용돌이를 출현시켰다. 이걸로 움직임을 제한하고, 얼음에 가두면…… 엇, 어라?

뿔참치는 소용돌이는 그냥 무시하고 앞으로 계속 나아갔다. 뭐야, 저 엄청난 파워는.

그리고 곧장 잠수했다. 우리를 경계한 건가?

스마트폰의 서치 기능 덕에 어디에 있는지는 알지만, 아쉽게도 바닷속까지 쫓아갈 방법은 없었다. 호흡만 하려고 하면 산고와 코쿠요에게 부탁하면 되지만, 전투를 하려면……. 아니, 참치의 몸을 너덜너덜하게 만들어도 된다면 어떻게든 되겠지만 말이야.

저런 크기니 조금 상처를 입는다고 해도 먹을 수 있는 부분이 충분히 나오기야 할 테지만.

"역시 낚시로 낚아 올리는 게 제일 좋은가?"

몸도 상하지 않고 말이지. 거대한 생물을 낚기 위한 낚싯줄이라면 텐터클러에 사용했던 걸 【스토리지】에 넣어 두었다. 낚싯바늘도 【모델링】으로 금방 만들 수 있으니 남은 건 미끼인가…….

저렇게 큰 물고기다. 평범한 미끼로는 너무 작다. 대략 가다랑어 정도 크기의 물고기가 있었으면 했다. 나는 산호와 코쿠요를 보면서 손바닥으로 원하는 사이즈를 알려 주었다.

"산고, 코쿠요. 이 정도 크기의 물고기를 잡아 와 줄 수 있을까? 잘게 다지지 말고, 가능하면 형태 그대로를 유지해서."

〈알겠습니다.〉

〈별것 아닌 일이에요.〉

휘익, 하고 산고와 코쿠요가 헬름비게의 날개에서 뛰어내려 원래 사이즈로 돌아가더니 바다로 급강하해 내려갔다. 그리고 바닷속으로 착수, 커다란 물보라를 일으켰다.

잠시 뒤, 해수면으로 얼굴을 빼꼼 내민 산고와 코쿠요의 입에는 가다랑어 크기의 정체 모를 물고기가 물려 있었다. 좋아, 미끼 조달 완료.

"이제는 여기에 바늘을 물리고…… 앗. 린제, 헬름비게를 변형시켜 줄 수 있을까?"

〈알겠, 습니다.〉

【플라이】를 사용해 멀리 떨어진 내 앞에서 헬름비게가 비행 형태에서 로봇 형태로 변형했다. 헬름비게는 다른 전용기(발큐리아)와는 달리 대형 부스터와 반중력 필드 덕에 호버링(공중 정지)이 가능하도

록 개량했기 때문에 떨어질 일이 없다.

나는 바늘을 물린 물고기를 바다로 던진 뒤, 헬름비게의 손에 묶었다.

레긴레이브를 불러내 내가 해도 상관없지만, 솔직히 말해 나는 섬세한 움직임으로 뿔참치를 낚아 올릴 자신이 없었다. 공중에서의 움직임이라면 린제가 나보다 조금 더 낫다.

【서치】로 포착한 뿔참치의 진행 방향 위에 미끼인 물고기가 헤엄치고 있는 것처럼 헬름비게가 정교하게 움직이자, 갑자기 묵직, 하고 그 팔이 움직였다.

〈걸렸어요!〉

"좋아!"

헬름비게가 낚싯줄을 끌어당겼다. 저 낚싯줄은 오레이칼코스를 【모델링】으로 변형해 만든 와이어다. 일단 끊어질 염려는 없다.

상대는 【메일스트롬】을 돌파할 정도의 파워를 지니고 있다. 하지만 헬름비게도 파워 타입의 프레임 기어가 아니긴 해도 마수 따위에게 밀릴 파워는 아니었다.

점차 낚싯줄이 끌어 올려져 뿔참치가 바다 위로 모습을 드러내기 시작했다.

버둥거리며 엄청나게 날뛰고 있지만, 조금 전보다 움직임은 둔했다. 제압하려면 지금이었다.

"【얼음이여 감싸라, 영원한 관, 이터널코핀】."

해수면에서 뻗은 네모난 얼음 기둥이 순식간에 뿔참치를 가두었다. 좋아. 한 마리 낚았다!

나는 해수면보다 위에 있는 뿔참치를 가둔 얼음 기둥을 【스토리지】에 수납했다.

이 한 마리로도 충분하지만…… 만에 하나의 일도 생각해 몇 마리 더 낚아 두자. 10미터나 되는 참치를 다 먹을 거라고는 생각하기 힘들지만, 일단, 그래 일단 잡아 두자. 응. 결코 *네기마 나베라든가 참치 덮밥이라든가, 다른 요리를 먹고 싶어서 이러는 건 아니에요?

……거짓말이에요. 먹고 싶습니다. 잡을 수 있을 때 잡아 두지 않으면 후회하니까…….

그리고 우리는 뿔참치 몇 마리를 더 낚은 후 브륀힐드로 돌아갔다.

"이건 또……. 묘한 음식을 만들었군……."

"그거야 토야가 아닌가."

눈앞에서 움직이는 초밥을 바라보면서 레굴루스 황제 폐하가

*네기마 나베: 파와 참치를 간장, 일본주, 미림, 맛국물을 넣고 끓인 요리.

중얼거리자, 옆에 앉아 있던 벨파스트 국왕 폐하가 쓴웃음을 지으면서 대답했다. 이것 자체를 만든 사람은 내가 아니지만.

세계회의가 끝나고, 평소처럼 친목회 흐름이 되었을 때, 나는 루의 '회전초밥'을 선보였다.

동영상에서 본 회전초밥 체인점처럼 박스석이 몇 개인가 늘어선 구조다.

"이건 각각 좋아하는 음식을 먹어도 되는 거지?"

"네. 상관없습니다. 그때는 접시째 가져가시고 다 먹은 후에도 접시는 돌려놓지 말아 주세요. 식탁에 겹쳐서 올려 두면 자신이 얼마나 먹었는지 확인할 수 있기도 하고, 되돌려 두면 레인이 접시로 가득 차 버리니까요."

미스미드 수황의 질문에 내가 그렇게 대답했다. 내가 한 번 직접 어떻게 하는지 보여 주는 편이 낫겠어.

돌아가는 초밥 중에서 나는 오늘의 메인인 참치가 올려져 있는 접시를 집었다. 그리고 작은 접시에 담긴 간장에 살짝 찍어서 아암, 하고 한입에 참치를 먹었다.

"크으…… 맛있어……!"

겉모습은 참치와 비슷하면서도 달랐지만, 맛은 내가 아는 참치와 다를 게 없었다. 코를 찡하게 만들어 주는 와사비맛도 초밥 맛에 포인트를 더해 주었다.

이거야 이거. 이걸 기다렸다고. 아아, 맛있어…….

"어디 보자, 그럼 나도……."

내가 먹는 모습을 보고 이셴의 왕인 시라히메 씨가 접시에 손을 뻗었다. 오, 나랑 똑같이 참치를 드실 생각인가 보네?

날생선을 먹는 데 거부감이 없는 시라히메 씨는 나와 마찬가지로 간장에 살짝 찍어 참치를 입에 넣었다.

"으음! 이건 참 맛있군! 녹녹한 물고기의 감칠맛이 입안에 퍼지고 있어! 초를 친 쌀과 이렇게 궁합이 잘 맞다니!"

황홀한 표정으로 시라히메 씨가 그렇게 말하자, 그때까지 주저하던 다른 사람들도 초밥을 집어서 먹기 시작했다. 다만 역시나 날생선 이외의 초밥을 집는 경우가 많았지만.

"으음! 맛있군!"

"이건 가볍게 먹을 수 있어 좋아. 눈앞에서 좋아하는 음식을 고를 수 있다는 것도 좋고."

"돌아가는 모습을 즐겁게 볼 수 있어서 좋아요."

다행이다. 전체적으로 호평이었다. 나나 시라히메 씨, 이그리트 국왕, 제노아스 마왕 폐하, 미스미드 수왕에 이끌렸는지, 다른 사람들도 어패류 초밥을 시도해 보기 시작했다. 개중에는 오징어나 문어를 먹지 못하는 사람도 있었던 듯했지만 대부분은 먹을 수 있었던 모양이었다.

"우웃……! 크, 크으~……!"

"왜, 왜 그러세요?"

초밥을 먹던 미스미드 수왕이 눈구석을 누르며 몸을 작게 떨었다. 왜 그러지?

"아니, 이…… 와사비, 였던가? 강렬한 맛이 갑자기 코에 작렬해서……."

"아……."

루는 아직 초밥을 쥐어 본 지 얼마 되지 않았다. 게다가 오늘은 다른 요리사들도 도와주고 있다. 아마 누군가가 와사비의 양을 잘못 넣은 듯했다. 일부러 그런 게 아니니 부디 용서해 주시길.

파티에 내놓을 때는 와시비를 뺀 초밥도 준비해 둬야겠는걸? 어린아이를 비롯해 싫어하는 사람도 있을지 모르니까.

"아니, 카라에와는 다른 자극이지만 싫지는 않네. 이건 다른 음식에도 어울리지 않을까?"

"그러네요. 대부분이 향신료로 사용되지만, 절임이나 드레싱에 사용할 수도 있는 모양이에요."

나는 초밥을 먹는다면 역시 와사비가 필수라고 생각한다. 이번 일을 계기로 이셴의 와사비가 다른 곳으로 퍼져 나갔으면 좋겠다.

"어머, 파르페가 돌아서 왔어요."

"어머, 케이크도……!"

파레리우스와 엘프라우의 여왕 폐하들이 돌아서 온 간식 종류에 누가 먼저랄 것 없이 손을 뻗었다. 역시 여성진은 그쪽이 인기 있나. 문득 보니 시라히메 씨도 돌아서 온 흰경단*젠자

*젠자이: 콩, 팥 등과 설탕을 넣고 달콤하게 끓인 뒤 경단 등을 넣어 먹는 음식.

이를 들고 먹고 있었다.

“오오, 술까지 돌아서 오는 건가?! 참 좋군!”

빙글 돌아오는 술이 든 작은 병과 작은 술잔을 리프리스 황왕이 훌쩍 들어 올렸다.

지금까지도 이런 회식에는 가벼운 술을 내놓았다. 그 술의 대부분은 와인 종류였지만 초밥과 와인은 궁합이 잘 맞지 않는다는 말을 들은 적이 있다.

나는 술을 마시지 않아 자세히는 모르지만, 듣기로는 잘 어울리는 재료는 잘 어울리지만 잘 어울리지 않는 재료는 정말 안 어울린다고 한다. 그래서 회전초밥처럼 다양한 음식이 빙글빙글 돌아가는 상황이라면 무난하게 일본주에 가까운 이셴의 술이면 되지 않을까 하고 생각했다. 일단 모습을 보는 한 매우 기뻐하는 듯이 보였다.

“이것 참 맛있군……. 우리 나라도 만들 수 있을까? 물고기는 괜찮지만…….”

“쌀이라면 우리 이셴이 팔지. 너무 대량으로 팔기는 힘들다만.”

“오오, 정말 고마운 제안이군요. 시라히메 님, 감사합니다.”

“아니야, 괜찮아. 그런데 이그리트에 있는 루프섬의 거조(巨鳥) 말인데…….”

신국 이셴과 이그리트 왕국은 상당히 멀리 떨어져 있다. 하지만 세계회의가 열리는 이맘때 한해 참가국끼리 【게이트】를 사용해 무역을 한다.

그냥 내가 【스토리지】에 A국의 물자를 넣어 둔 다음, 그대로 B국에 전이해 내놓는 방법이지만. 한 번에 10초도 걸리지 않아 임금님들을 데리러 가고 데려다주는 김에 하는 일이다. 오늘도 아마 그런 일이 있을 거라 생각한다.

그건 그렇다 치고, 다음에는 뭘 먹을까…….

차를 마셔 입을 말끔하게 헹궜을 때 옆에서 불쑥 초밥통이 뻗어 나왔다.

"헤이, 오래 기다리셨습니다! 입니다!"

"……뭐 하는 거예요, 카렌 누나……."

카렌 누나가 손에 든 초밥통에는 말끔한 참치 초밥이 담겨 있었다. 배달? 배달인가?

"'러시안 초밥'이야. 재미있을 것 같아서 레지나의 요청으로 만들었어."

박사가……? 러시안 초밥이라니…… 설마?!

"이 안의 초밥 중 딱 하나에만 대량의 와사비가 들어가 있어."

"역시 그거구나!"

아니, 잠깐만! 보여 준 동영상은 버라이어티 방송이라 확실히 그런 코너도 있었지만!

말다툼하는 우리를 보고 옆에 있던 미스미드 수왕이 카렌 누나에게 물었다.

"카렌 님. 그 '러시안 초밥'이란 뭔가?"

“토야네 고향에 전해져 내려오는 배짱과 운을 시험하는 의식이야! 자신의 명운을 걸고 이 초밥 안에서 재앙의 초밥을 피해 선택해야 하는 거지!”

“호오. 대수해의 ‘가지치기 의식’ 같은 건가.”

아니다. 완전히 다르다. 그렇게 대단한 게 아니에요. 그냥 질 나쁜 장난이에요.

“자아, 자신 있는 사람은 도전하세요!”

“재미있을 듯하군. 참가하지.”

그렇게 수왕 폐하가 손을 들자, 그럼 자신도 하겠다며 리프리스 황왕, 리니에 국왕, 레스티아 기사왕, 제노아스 마왕, 펠젠 마법왕, 이그리트 태양왕이 다가왔다. 아니아니아니, 배짱 시험 같은 게 아니거든요?!

“그럼 토야부터 가져가 작은 접시에 올려놔.”

“큭……. 역시 나도 참가하는 건가…….”

알고는 있었지만! 이제 됐어. 하면 되잖아요, 하면!

초밥통 안에는 참치가 여덟 개. 이 안에서 와사비 초밥이라는 꽝을 피해야 한다. 확률은 8분의 1……. 아, 그렇지. 【서치】를 쓰면…….

“부정행위는 안 된다?”

쳇……. 들켰나.

어쩔 수 없이 나는 어렴풋이 이걸까? 싶은 초밥을 하나 작은 접시로 옮겼다. 다른 사람들도 각각 하나씩 집어 든 뒤, 카렌 누나의 신호에 맞춰 동시에 입에 넣었다.

모두 아무 말 없이 초밥을 씹었다. 음…… 평범하네. 맛있어. 휴우, 세이프인가. 그런 생각을 한 순간 코를 빠져나가 정수리에 닿을 듯한 엄청난 자극이 나를 덮쳤다.

"후우욱!! 컥……! 읍, 으으으~……!"

나는 그 자리에 웅크려 앉아 손으로 얼굴을 찌부러뜨리듯이 꽉 눌렀다. 못 참아! 이건 못 참아! 코가 너무 찡~해!!! 눈물이, 눈물이!

너무 괴로웠던 나는 테이블에 있던 차를 뜨거운데도 불구하고 꿀꺽꿀꺽 들이켰다. 입을 데든 말든 알게 뭐야. 나중에 회복 마법으로 고치면 되잖아!

내가 당황하는 모습을 보고 다른 참가자들이 터져 나오려는 웃음을 참았다. 그런 사람들 가운데 카렌 누나가 성공이라는 듯이 웃음을 짓고 있는 모습이 보였다. 앗, 부정행위는 안 된다고 했으면서 뭔가 꾸몄구나?!

"역시 토야가 당첨이구나. 이런 일은 평소에 제일 운이 좋은 사람이 당첨되는 게 약속 사항이지."

"그렇군. 토야가 그 좋은 운으로 우리의 불행을 앞서 막아 주는 것이었어."

카렌 누나의 말을 듣고 히죽히죽 웃으며 고개를 끄덕이는 미스미드 수왕. 자기 형편에 맞춰 해석하지 마요! 이건 분명히 카렌 누나가 무슨 힘을 썼을 거야!!

추궁하고 싶었지만 증거가 전혀 없었다. 젠장. 다음에 카렌 누나가 먹을 말차 케이크에 와사비를 잔뜩 넣어 주겠어……!

나는 입가심을 할 겸 푸딩을 들고 덥석덥석 먹었다. ……달다. 달콤한 음식을 먹으니 이번엔 짠 음식이 먹고 싶어져 나는 또 초밥을 집어 들었다.

회전초밥의 디저트 종류는 마지막에 먹는 거라 생각했지만, 중간에 먹어도 괜찮은걸?

아무튼 루의 회전초밥은 여러 나라 대표자들이 호의적으로 받아들여 주었다. 결과적으로 대성공이다.

단, 초밥을 쥐는 데 푹 빠진 루가 매일같이 별난 초밥을 만들어 난처했다. 맛있는 초밥과 맛없는 초밥의 격차가 엄청나서……. 생크림은 초밥이랑 어울리지 않아…….

그 후, 다른 나라에서도 초밥이 일반적이 되었는데, 그 '러시안 초밥' 까지 일반 메뉴로 정착되어 버린 것만큼은 진심으로 유감이었다.

제3장 젊은 모험자들

침대 옆에 있는 사이드보드에 놓아두었던 스마트폰이 높다랗게 로시니의 '윌리엄 텔 서곡' 을 연주하기 시작했다.

……시끄럽네. 좀 더 생각하고 선곡을 해야 했어.

"후아암……. 여보세요……?"

그 벨소리를 듣고 눈을 뜬 나는 아직 의식이 확실히 돌아오지 않은 채로 누구인지 확인도 하지 않고 전화를 받았다.

〈태어났네! 태어났어!〉

'윌리엄 텔 서곡' 의 스위스 독립군 행진에도 지지 않을 기세로 스우의 목소리가 날아들었다. 아침부터 힘이 넘치네~…….

"태어났다니…… 뭐가?"

아직 의식이 멍해서, 나는 닫히려고 하는 눈꺼풀을 비비며 스우에게 물었다.

〈당연히 아기가 아닌가! 이 몸의 남동생이 태어났네!〉

기쁨이 폭발하는 듯한 스우의 목소리를 듣고 흐릿했던 내 의식이 선명하게 각성했다.

아기? 아기라면 오르트린데 공작 가문의…… 스우의 어머니구나!

"그래?! 남자아이구나, 축하해!"

〈그래!〉

아무래도 스우의 어머니인 에렌 씨는 한밤중을 지났을 즈음에 산기를 느꼈던 듯, 방금 무사히 남자아이를 출산했다고 한다. 모자 모두 아무 문제 없이 건강하다는 모양이다.

이것으로 오르트린데 공작 가문에도 후계자가 태어난 셈이다. 만약 남자아이가 태어나지 않았다면 나와 스우 사이에 태어난 아이를 오르트린데 공작 가문의 후계자로 삼겠다는 생각도 했다고 한다.

공작들은 잘 모르겠지만, 내 아이들은 9분의 8의 확률로 여자아이라, (적어도 각각의 첫째는) 공작 가문을 잇기는 어려웠을 거라 생각하지만.

흥분하는 스우를 달래 겨우 전화를 끊었다. 전부터 남동생을 갖고 싶다고 노래를 불렀으니 어쩔 수 없는 일이지만, 아침부터 잔뜩 흥분한 감정을 상대하려니 조금 지친다.

잠시 옷을 갈아입고 있는 동안 스우가 아기를 안고 사진을 찍어 메시지에 첨부해 보냈다. 와아, 이름은 '에드워드' 구나. 에드워드 에르네스 오르트린데. 에드구나. '에드워드' 는 돌아가신 스우 어머니의 아버지, 즉, 외할아버지의 이름이라고 한다. 분명히 무속성 마법인 【리커버리】를 사용할 수 있었다는 사람이었지?

“출산 축하 선물을 해야겠는걸?”

뭐가 좋을까? 【프리즌】을 부여해 온갖 위험으로부터 아기를 지키는 유모차라든가? 아니아니, 너무 지나쳐 보여. 야마토 왕자 때 줬던 젖병이나 포대기 같은 축하 세트가 좋으려나……?

앗, 리프리스의 소설가 황녀한테 줬던 간이 프린터는 어떨까? 이제부터 사진을 찍을 기회도 늘어날 테니, 앨범이랑 같이 보내면 추억의 포스트잇이 될 거야. 응, 그렇게 하자.

옷을 다 갈아입은 나는 오르트린데 공작 가문으로 가기 위해 유미나를 부르러 방을 나섰다.

“스우, 굉장히 기뻐 보였어요.”

“평소에 우리랑 같이 있으면 연하는 레네 정도밖에 없으니까. 남동생이 태어나 누나가 되어 어지간히도 기쁜 거겠지.”

오르트린데 공작 가문에서 돌아온 우리는 발코니에서 오후의 티타임을 가지며 휴식을 취했다.

남동생이 태어나 누나가 된 스우는 평소의 떠들썩한 모습이 사라지고 어딘가 침착한 분위기를 보였다.

얌전한 스우도 좋지만, 역시 평소처럼 천진난만한 모습이 스우다워 좋다는 생각이 들어 조금 쓸쓸한 느낌도 드는데, 이건 나의 이기심일까.

선물로 앨범과 간이 프린트를 주자 오르트린데 공작 가문 식구들은 매우 기뻐해 주었다. 내가 그 자리에서 바로 집사 레임 씨를 포함한 가족사진을 찍어 주었을 정도다.

프린트아웃하여 앨범의 첫 페이지 첫 번째를 장식한 그 사진을 시작으로, 아기의 인생이 점차 새겨지겠지. 그 선물을 주길 잘했다.

"그럼그럼, 손이 많이 가는 남동생이 있으면 고생을 많이 해."

"어느새 마음대로 쿠키를 몰래 먹는 누나가 있으면 남동생도 고생하지만요!"

나는 여전히 신출귀몰한 모습으로 내 옆에 나타나 내 쿠키를 입에 쏘옥 넣는 카렌 누나를 노려보았다.

"너무 자세히 따지고 들지 마. 안 그러면 나중에 대머리 된다?"

"안 되거든요?! 절대로 대머리는 안 돼요!"

누가 대머리가 될 줄 알고?! 설사 대머리가 된다고 해도 '연금동'에 분명히 털을 나게 하는 약이 있었으니까 괜찮거든요?

별 볼 일 없는 싸움을 하는데 품 안에 있던 스마트폰이 울렸다. 어? 모험자 길드의 레리샤 씨네.

"네, 여보세요. 토야입니다."

〈레리샤입니다. 전의 그 모험자 아카데미 일로 전화를 드렸습니다.〉

오, 그건가.

모험자 아카데미란 초심자에게 어느 정도의 훈련을 시키고, 모험자로서의 마음가짐이나 기술, 주의점 등의 기본적인 사항을 가르쳐 주는 교습소를 말한다.

전전부터 계획을 진행했지만 겨우 형태가 갖춰진 모양이었다.

레리샤 씨가 모험자 겸 국왕의 의견을 듣고 싶다고 해서 나는 길드에 가 보기로 했다. 카렌 누나의 상대를 유미나에게 억지로 떠맡겨 미안한 마음도 들지만, 음, 괜찮겠지.

오랜만에 성문을 빠져나가 성 아래를 걸었다. 막 만들어졌을 때와 비교하면 상당히 변화했다.

마을 주민이 미소를 짓고 있으면 어딘가 모르게 나도 기쁘다.

브륀힐드는 벨파스트 왕국과 레굴루스 제국의 교역로에 있다. 많은 상인과 여행객이 찾아오니 숙박 마을이 아닌 숙박 국가나 마찬가지다.

실제로는 몇 시간이면 브륀힐드를 통과할 수 있어서 서둘러 가야 하는 사람은 숙박하지 않고 그냥 통과해 지나간다. 하지만 이곳에서 숙소를 잡는 사람도 많다.

왜냐하면 마동승용차(에테르 비클)를 비롯해 스트랜드 상회의 캡슐토이에 이르기까지, 다른 나라에서는 좀처럼 볼 수 없는 물건이 매우 많기 때문이다.

음식도 이곳에서는 다양한 나라의 다국적 식사를 즐길 수 있다. 이센의 쌀 요리도 먹을 수 있고 말이지.

던전섬으로 가는 통행료를 내면 바다에도 갈 수 있고, 헤엄치며 놀 수도 있다. 서두를 이유가 없으면 그런 장소를 그냥 지나다니 너무 아깝다. 그 덕분에 벌이가 상당히 괜찮다.

술집 옆에 병설된 모험자 길드에 도착한 나는 길드 안에 들어가기 전에 술집 쪽을 들여다보았다. 스이카가 있으면 돌아가는 길에 데리고 가기 위해서였다.

안을 보니 그 만취한 어린 여자아이 술의 신은 없었다. 없으면 없는 대로 어디에서 마시고 있을지 몰라 불안하네…….

길드 안으로 들어가자 곧장 접수원 누나가 길드 안쪽의 레리샤 씨의 사무실로 안내해 주었다.

"여기까지 걸음해 주셔서 감사합니다."

"아니요. 마침 일정이 비어 있었어요."

레리샤 씨와 마주 보고 앉아 곧장 아카데미에 관한 설명을 들었다.

"먼저 기존의 길드 카드인 금색, 은색, 빨간색, 파란색, 녹색, 보라색, 검은색 랭크에 더해, 최하급인 흰색이라는 랭크를 신설할 예정입니다. 길드에 등록하면 누구든 먼저 이 흰색 랭크가 되는 거지요."

흐음흐음. 검은색 랭크 아래에 흰색 랭크라.

"아카데미는 흰색 랭크에게 기본적인 훈련을 해 주기 위한 시설입니다. 하지만 처음으로 길드에 등록한 사람 중에는 이미 나름의 실력자들도 있을지 모릅니다. 그런 자들은 아카데미의 랭크업 시험을 받아 적정한 랭크로 올릴 수 있습니다. 물론 시험은 유료입니다만."

아하. 실력이 있는 사람이라면 처음부터 높은 랭크의 의뢰를 받을 수 있게 해 주는 거구나.

멍청한 상위 랭크 모험자들이 랭크가 낮다는 이유만으로 나에게 시비를 걸었던 적도 있으니 도움이 되는 제도다. 일일이 때려눕혀 실력을 증명할 필요도 없어질 테고.

"아카데미의 교관은 누가 맡나요?"

"은퇴한 모험자 몇 명에 더해, 임시로 현역 모험자도 담당하게 됩니다. 그러한 교관이 가르쳐 주는 약 2주간의 훈련을 마치면 흰색 랭크에서 검은색 랭크로 자동으로 랭크업이 됩니다."

"흰색 랭크라고 해서 꼭 아카데미에 들어가야만 하는 건 아니죠?"

"물론입니다. 흰색 랭크에서부터 착실히 의뢰를 완수해 검은색 랭크로 올라가는 것도 가능합니다. 하지만 흰색 랭크는 기본적으로 잡무, 채집 계열 의뢰가 중심으로 토벌 계열은 아주 낮은 마수 하나만을 퇴치할 수 있습니다. 일각 토끼나 숲거미 등이죠."

이제 막 모험자가 된 초심자는 토벌 계열 의뢰만 받는 경우가 많다. 무리한 토벌을 반복해 작은 피로가 쌓이는 것도 눈치채지 못한 결과 결국에는 큰 실수를 저지르기도 한다.

그런 사실을 가르쳐 줘도 들은 체도 안 하는 루키가 많단 말이지.

아카데미에서 베테랑 모험자가 철저하게 가르쳐 주면, 역시 사고방식을 바꾸어 줄지도 모른다.

물론 호된 꼴을 당하더라도 그런 건 모두 자기가 책임져야 할 일이지만.

"아카데미의 입학금은 얼마인가요?"

"물론 무리가 가지 않는 범위의 금액입니다. 몇몇 담당 교관마다 클래스를 나눠 가르쳐 주게 될 테지만 일률적으로 같은 금액입니다."

스파르타식으로 가르쳐 주는 교관을 만나면 상당히 힘들지도 모르겠다. 그래도 목숨을 잃는 위험을 줄일 수 있는 거니 별것 아닌 일일지도 모른다.

"랭크업 시험은 몇 명의 교관이 심사합니다. 랭크업 시험은 처음으로 길드에 등록한 초심자 모험자의 올바른 실력을 측정하는 일이니, 기본적으로 흰색 랭크만이 적용됩니다."

보통 랭크업은 그때까지 해 온 의뢰의 난이도나 성공률, 길드 내에서 트러블을 일으켰는지 여부, 그 이외의 여러 가지 요소를 감안해 결정된다. 그러한 일들을 포인트로 계산하여 랭크업을 하는 것이다.

반면에, 당연하지만 랭크다운도 있다.

의뢰를 항상 실패하거나, 의뢰자와 자주 다투거나, 길드의 지시에 따르지 않거나, 죄를 짓거나 하면 랭크가 내려가는데, 대부분은 랭크다운보다도 길드에서 추방된다.

왜냐하면 그러한 모험자를 보유하고 있어도 길드에는 아무런 이득이 없기 때문이다. 오히려 랭크다운이 된다고 한다면 아직 회복될 여지가 있다고 판단했다는 말이다.

"아카데미의 건설 예정지는 남쪽 평원 근처였던가요?"

"네. 이미 70퍼센트가 완성되었습니다. 그리고 아카데미와는 별도로 모험자 길드에는 불안 요소가 하나 있는데……."

레리샤 씨가 아주 조금 눈썹을 가운데로 모으며 말했다. 뭐지? 무슨 문제라도 있었던 건가?

"이전에 공왕 폐하께서 말씀하셨던 다른 세계와의 융합……. 그게 현실이 되면 노른 씨처럼 고렘을 이끌고 다니는 모험자 지망자가 늘어날 가능성이 있습니다. 그 경우, 모험자 본인의 실력으로 랭크를 측정해야 할지, 아니면 따르는 고렘이 얼마나 강한지로 측정해야 할지가……."

아, 그렇구나. 모험자 본인이 생초보라도 고렘이 고성능이면 높은 랭크의 의뢰를 맡아서 처리할 수 있다.

"저는 모험자 본인의 실력으로 측정하는 편이 좋다고 생각해요. 고렘은 빼앗으려고 하면 빼앗을 수 있고, 망가져서 새로운 고렘으로 교체하는 일도 생각해 봐야 하니까요. 고렘을 잃어버리거나, 바꿀 때마다 랭크를 올리고 내리고 하려면 큰 일이잖아요."

"그렇군요. 노른 씨는 본인이 상당한 실력자이고, 그 고렘이 있었기 때문에 등록을 허가했지만…… 맞는 말씀입니다."

그런 것보다, 겉보기에 여섯 살짜리인 아이한테 얻어맞은 모험자가 불쌍하다. 그 아이는 나름 실력이 좋지만 신체적으로는 불리한 건 사실이니, 너무 터무니없는 짓은 하지 말아 줬으면 한다.

"아카데미는 브륀힐드 이외의 다른 나라에서도 만드실 거죠?"

"네. 일단 벨파스트, 레굴루스, 로드메어, 레스티아에서 만들 계획을 세우고 있습니다. 여기가 제1호인 셈이죠. 그러니 문제가 일어나면 그때마다 규약을 재검토할 생각입니다."

레리샤 씨와 이야기를 하다가 문득 의문점이 생겨 물어보았다.

"……그런데 모험자 길드의 본부는 어디인가요? 길드에서 가장 높은 사람은 거기에 있는 건가요?"

"죄송합니다. 본부가 있는 장소는 외부인에게 가르쳐 줄 수 없습니다. 또 가장 높은 사람은 존재하지 않습니다. 굳이 말하자면 세계에는 저를 포함해 몇 명의 길드 마스터가 있는데, 그 길드 마스터가 길드의 대표자이자 경영자입니다."

흐음. 레리샤 씨 같은 엘프나 린 같은 요정족처럼 장수하는 종족이 최고 높은 자리에 있을지도 모르겠네. 이전에 박사가 모험자 길드 같은 존재가 고대 왕국 시대에도 이미 있었다고 말했었던 듯한데.

지금이나 옛날이나 하는 일은 변하지 않았을지도 모른다.

"그래서 말입니다. 공왕 폐하…… 아니, 금색 랭크 모험자이신 모치즈키 토야 님에게 한 가지 부탁이 있습니다."

"……뭔가요?"

약간 불길한 느낌이 나기도 했지만, 일단은 들어는 보자고 생각했다.

"아카데미 첫 랭크업 시험의 시험관이 되어 주실 수 없을까요? 매번 부탁드릴 생각은 없습니다. 이번만이라도 괜찮습니다."

"시험관, 말인가요?"

으으음. 솔직히 말하면 성가시다. 물론 상대의 실력을 측정하는 정도라면 가능하지만. 랭크업을 희망하는 사람은 자신의 실력에 자신이 있다는 말이다. 뒤끝이 없는 사람이라면 문제없지만, 부당한 평가를 받았다고 말을 하는 녀석이 있을 것 같단 말이지…….

그래도 길드가 결정권을 쥐고 있는 이상, 불평해도 뒤집을 수는 없을 테고, 나 혼자서 결정하는 것도 아닐 테니.

받아들여도 상관은 없지만…….

"신분을 숨겨도 괜찮을까요? 요컨대 상대의 실력을 파악할 수 있으면 되는 거잖아요? 제 신분이나 랭크는 상대에게 가르쳐 줄 필요가 없는 게 아닐까요?"

"글쎄요……. 가능하면 금색 랭크 모험자라는 지위가 있어야 수험생도 그 판단을 받아들이기 쉬우리라 생각했습니다만. 확실히 겉보기로 판단해서는 안 된다고 가르쳐 주려고 한다면, 알기 쉬운 본보기일지도 모르겠군요……."

지그시. 레리샤 씨가 나를 바라보면서 무언가를 깊이 생각했다. 아니 뭐, 무슨 말씀을 하려는지는 압니다만. 강해 보이지 않는다는 말은 자주 듣는 편이니까.

"하지만 신분을 숨긴다고 하더라도 공왕 폐하의 모습을 아는 사람도 많지 않을까요? 아무렇지 않게 마을을 이리저리 걸어 다니시는 모습을 자주 보았습니다. 가면이라도 쓸 생각이신가요?"

"아니요, 아니요. 그건 이전에 해 봤는데 평이 좋지 않아서 그만뒀어요. 대신 환영 마법【미라주】로 모습을 바꾸는 일 자체는 어렵지 않거든요. 보세요."

레리샤 씨 앞에서 나는 인터넷으로 봤던 적당한 인물의 환영을 둘러서 보여 주었다. 만지면 들키니 체형이나 키까지는 속일 수 없지만, 그 이외에는 어느 정도 자유롭게 바꿀 수 있다.

이거라면 나라는 걸 들키지 않을 테니, 금색 랭크가 아니라 은색이나 빨간색 랭크 모험자라고 설명하면 시험관으로 충분히 나설 수 있다.

"그러네요. 아마 괜찮으리라 생각합니다. 사실은 금색 랭크 모험자가 시험관으로 나섰다는 점을 보여 주어, 랭크업 제도에 어느 정도 권위를 부여하려고 했습니다만."

쓴웃음을 지으며 레리샤 씨가 그렇게 말했다. 으~음. 괜히 미안하네. 하지만 여기는 내가 왕인 나라니까. 너무 눈에 띄는 것도……. 아.

"그럼 저 이외의 금색 랭크 모험자도 시험관으로 데리고 오죠."

"네?"

레리샤 씨의 얼빠진 목소리가 맥없이 응접실로 흘러나왔다.

"갑자기 이런 부탁을 드려서 죄송합니다."

"허허허. 신경 쓰지 말게. 전전대(前前代) 왕은 너무너무 한가하다네. 힐다의 모습도 살펴보고 싶었으니, 겸사겸사지."

그렇게 말하며 웃는 사람은 기사 왕국 레스티아의 전전대 왕, 갸렌 유나스 레스티아. 힐다의 할아버지이자 나와 같은 금색 랭크 모험자다.

겉보기에는 지팡이를 짚은 마음씨 좋은 할아버지지만, 장난 아니게 강하다. 나나 힐다 같은 신의 권속인 자를 제외하면 인류 최강의 부류에 들어가지 않을까?

"꺄악?!"

"허허허. 흐음흐음. 이거 참."

길드의 접수원 누나가 엉덩이를 가리며 펄쩍 뛰었다. ……이것만 없으면 말이야. 변태 근성은 여전하구나.

"여전하시군요, 갸렌 님."

"레리샤인가. 이것만큼은 그만둘 수가 없군. 내 젊음의 비결이거든. 그만뒀다간 당장 내일에라도 훼엥 하고 떠나가 버릴 것 같아."

……인류 최강의 부류라도 쓰러뜨리려고 하면 쉽게 쓰러뜨릴 수 있을지도 모른다.

어이없다는 표정을 숨기려고도 하지 않으며 레리샤 씨는 안내해 준 길드 안의 응접실에서 갸렌 전전대 왕과 대화를 나누었다.

레리샤 씨 정도의 미인이라면 갸렌 전전대 왕이 가장 먼저 손을 대려 할 거 같은데 그런 모습은 보이지 않았다. 서로 아는 사이인 듯하니 이미 만져 본 걸까?

이 할아버지는 한 번 만진 여성은 다시 만지지 않는다는 영문 모를 방침이 있다. 대상 연령도 스무 살 이상이라 우리 약혼자들은 제외되어 있고.

레스티아로【게이트】를 지나 건너간 나는 사정을 설명하고 갸렌 전전대 왕을 브륀힐드의 모험자 길드로 데리고 왔다. 물론 현재 국왕인 힐다의 오빠, 라인하르트 형님의 허가도 받았다.

호위라며 레스티아 기사가 몇 명 따라왔지만 실제로는 감시 역할이겠지. 왜냐하면 보호해 주는 쪽보다 보호를 받는 쪽이 훨씬 강하니 호위를 할 의미가 없다.

"그럼 뭔가? 시험관이라면 나도 신인 모험자와 싸우기도 하고 그러는 건가?"

"아니요. 그건 제가 하겠습니다. 갸렌 씨는 그걸 보고 판정해 주시면 돼요."

랭크업 시험은 기본적으로 세 명의 시험관이 판정을 내린다. 그중 두 사람이 우리다.

또 한 사람은 은색 랭크 모험자라고 하는데, 나도 모습을 바꾸고 같은 은색 랭크의 모험자나 빨간색 랭크의 모험자가 되어 시험 판정을 하게 된다.

갸렌 씨는 최종적으로 종합 판정을 내리는 역할이다. 금색 랭크의 판정이라면 불평할 수 없을 테니까.

"그런데 왜 자네는 신분을 숨기지? 들킨다 하더라도 크게 문제될 건 없으리라 생각한다만."

"레스티아와는 달리 작은 나라니까요. 수험생들과 마을 안에서 만날 일도 있을 테니 괜한 원한을 사지 않는 편이 좋다고 생각해서요."

"지나친 생각이야. 게다가 원한을 산다고 하더라도 눈 하나 꿈쩍하지 않을 거면서."

그거야 그렇긴 하다. 국왕이 뭐 하는 거냐, 일이나 해라! 라는 말을 듣지 않을까 하는 우려가 있기는 하지만.

제멋대로 행동하는 국왕이라고 스스로가 잘 알고 있으니…….

지금도 갸렌 씨에게 괜한 피해를 주고 있고. 그 대신이라고 하기는 뭐하지만, 레스티아에서 랭크업 시험이 있을 때는 내가 금색 랭크 모험자로서 참가해 줄 생각이다.

"흐음. 그 시험 내용 말인데, 어떤 상황을 상정하고 있지? 실력이 강하기만 하면 되는 건가?"

나도 그런 점을 알고 싶었다. 단순한 전투 기술만으로 랭크업을 해 줘도 되는 건지 어떤지.

힘으로 밀어붙이는 완력 자랑형 모험자는 대부분 파란색 랭크가 많다. 왜냐하면 빨간색 랭크로 올라가지 못하기 때문이다.

파란색 랭크와 빨간색 랭크의 벽은 높다. 일류 모험자라고 불리는 빨간색 랭크가 받는 의뢰는 국가의 의뢰도 있다. 즉, 이상한 모험자를 빨간색 랭크로 올리면 길드도 괜한 피해를 보게 된다.

그래서 파란색 랭크에서 빨간색 랭크로 올라가려면 해당 지역 길드 마스터의 승인을 받아야 한다. 따라서 쉽게는 위로 올라갈 수 없다.

나는 벨파스트와 미스미드, 즉, 나라와 나라의 우호 관계를 쌓는 일에 공헌했다는 점이 가장 평가를 받았다는 모양이었다.

실력을 보면 흑룡을 쓰러뜨리기도 했고 말이지. 그래서 미스릴 골렘을 쓰러뜨린 단계에 아무런 문제도 없이 빨간색 랭크가 되었다. 이미 승인은 내려져 있던 상태였으니까.

모험자가 많이 좌절하는 단계도 파란색 랭크라고 한다. 계속 빨간색 랭크로 올라가지 못해 길드에 불만을 품다가, 결국에는 길드의 지시에 따르지 않아 최종적으로 길드 등록이 말소되기도 한다는 듯했다.

애초에 그런 일로 삐뚤어지는 녀석들은 빨간색 랭크가 될 자격이 없었던 거라고 생각하지만.

"기본적인 시험 내용은 시험관이 결정하게 되어 있는데, 갸렌 님의 말씀대로 단순한 전투 기술만으로 결론을 내서는 좋지 않다고 생각합니다. 모험자 길드의 랭크는 단순한 전투 기술 랭크가 아니니까요. 그런 점을 어떻게 평가할 것인지도 시험관의 기량이라 할 수 있습니다."

"흐음. 우리가 모험자를 제대로 판단할 수 있을 시험 내용을 생각하라는 그 말이지?"

"네. 물론 저희도 그게 적절한지 살펴봅니다."

확실히 전투 기술만으로 판단할 수도 있다. 다만, 무책임하게 너는 파란색 랭크, 너는 녹색 랭크라고 판단했다가 문제를 일으키기라도 하면 곤란하다.

왜냐하면 그 모험자의 랭크를 보증해 준 사람은 우리이니까.

그렇게 생각하면 적당하게 일을 할 수는 없다.

그런 생각을 하는데 똑똑하고 누가 문을 노크했다.

"길드 마스터. 또 한 분의 시험관이 오셨습니다."

접수원 누님의 안내를 받아 아무래도 마지막 시험관이 온 모양이었다. 분명히 은색 랭크의 모험자라고 했는데…….

입실한 모험자를 보고 나는 몸이 굳어 버렸다. 어?

"잠깐, 카리나 누나가 왜 여기에 왔어?!"

"그거야 불러서 왔지. 뭐야, 못 들었어?"

내 눈앞에 나타난 사람은 수렵의 신인 카리나 누나였다. 여전히 에메랄드의 녹색 머리카락을 포니테일로 묶고 간단한 가죽 갑옷을 몸에 걸친 모습이었다.

"어?! 시험관이 카리나 누나예요?! 그런 것보다 은색 랭크라니 어느새?!"

카리나 누나가 길드에 등록하고 모험자로 활동한다는 사실은 알고 있었지만, 나는 그냥 사냥이 하고 싶었을 뿐이라고 생각했었다.

의뢰를 받아 랭크를 올리기 위해서가 아니라, 사냥한 사냥감의 소재를 판매하려는 것이 가장 큰 이유일 거라고…….

"이 근처의 사냥감은 대부분 다 잡아서 던전 쪽에 있는 여러 섬에 가곤 했거든. 그랬더니 그곳에는 무리에서 떨어져 나온 비룡이 나타나더라고. 길드가 의뢰하길래 쓰러뜨렸지. 랭크 업은 그때 알아서 된 거야."

"쓰러뜨렸다니……. 화살만으로?!"

아니, 신의 힘을 사용하지 않아도 활을 다루는 실력이 초일류라는 점은 알고 있었지만, 아무리 그래도 하늘을 나는 비룡을 쏴서 떨어뜨릴 수 있는 건가?!

"어려운 일도 아닌데 뭘. 화살로 날개의 힘줄을 끊어 버리면 못 날거든. 떨어지면 경동맥에 손도끼로 일격을 날려 저승길이지."

아니, 화살로 날개의 힘줄을 끊는다니……. 날고 있는 비룡에게 그런 일이 가능한 사람은 누나뿐이거든요?!

설마 이렇게 가까운 곳에 은색 랭크가 있었다니……. 세 번째 금색 랭크도 곧 나타나지 않을까?

"보아하니 이쪽의 아가씨는 공왕 폐하의 누님이려나?"

"앗, 아니요. 누나라고 부르긴 하지만 사촌이에요. 카리나 누나, 이 사람은 기사 왕국 레스티아의 전전대 왕인 갸렌 씨예요."

"흐~응. 잘 부탁해."

"허허허. 역시 공왕 폐하의 사촌 누님이시구먼. 틈이 없어."

손을 굼실거리면서 아쉽다는 듯이 그렇게 말하는 갸렌 씨. ……만지려고 한 건가? 이전에 카렌 누나에게도 손을 뻗으려고 하다가 넘어진 적이 있었지? 카리나 누나는 신체 능력이 훨씬 뛰어나니 만지기는 거의 불가능할 거라고 생각은 한다.

카리나 누나가 와서 한 번 더 랭크업 시험 내용에 관해 설명했다.

그런데 이 멤버면 시험을 받는 쪽도 고생이 많을 거라는 생각도 든다…….

"그래서 결국 어떻게 할 건가요?"

"전투 기술만으로는 안 된다지만, 전혀 안 볼 수도 없지. 녹색 랭크 정도까지는 그것만으로도 충분하다고 생각하네만."

그렇다. 랭크업 시험을 희망할 정도니, 그만큼 자신의 실력에 자신감이 있다는 말이다. 그게 진짜인지 아니면 단순한 착각인지, 그 정도라면 바로 알 수 있다.

모두 녹색 랭크 정도의 실력도 없다면 그것으로 시험은 종료다.

"녹색 랭크 수준의 실력자가 있으면 어떻게 할 거지?"

"어떤 의뢰를 맡게 해서 그 행동으로 판단하는 건 어떨까요? 어떤 점에 중점을 두는 인물인지 잘 알 수 있으리라 생각하는데요."

"그렇구먼. 그렇다면……."

우리는 서로 의견을 내면서 랭크업 시험의 내용을 가다듬어 갔다.

한 달 후. 모험자 길드가 주최하는 모험자 아카데미가 개교했다.

여기서는 모험자의 기초가 되는 지식과 기술을 배울 수 있다.

무기를 다루는 법부터, 마수의 특성, 생존 기술 등 기본적인 사항을 배운다. 어느 정도의 경험자라면 상식인 내용을 가르쳐 주는 것이다.

극단적으로 말해 완벽한 초보자를 단기간에 그럭저럭 괜찮은 초보 모험자로 만들어 주는 학교다.

반대로 말하면 모험자가 아니라도 원래 비슷한 일을 했던 사람들에게는 배울 게 별로 없는 학교이기도 하다.

그러니 옛 기사였거나 사냥꾼이라 어느 정도의 실력이 있어서 이 학교에서 새삼 배울 게 없다고 생각하는 사람들이 랭크업 시험을 치르는 것이다.

애초에 이 아카데미는 아무런 경험이 없는 젊은 사람들이 지식과 기술이 없어 희생되는 사태를 막기 위해 만들어졌으니, 모험자에 가까운 경험을 어느 정도 쌓은 사람이라면 필요 없는 곳이기는 하다.

그런 배경도 있어 아카데미에 입학을 희망하는 사람은 그다지 많지 않았다. 거의 소년 소녀 몇 명 정도에 불과했다. 그들은 2주간의 훈련을 마치면 자동적으로 검은색 랭크 모험자가 된다.

그리고 랭크업 시험 쪽인데, 첫 번째인 이번만 검은색 랭크 모험자도 수험 자격이 주어졌다. 이건 흰색 랭크가 제정되기 전에 검은색 랭크로 모험자 등록을 한 사람들을 구제하기 위한 장치라는 모양이다.

물론 다른 랭크인 사람들도 시험을 치르게 해 달라고 요구하는 목소리가 있었지만, 이 랭크업 시험은 '모험자로서 경험이 적은 사람'의 실력을 판정하는 시험이다.

이미 모험자로서 활동하여 길드의 평가를 받은 사람을 다시 판정할 필요는 없다는 게 길드의 대답이었다.

이러한 사정으로 랭크업 시험을 희망하는 사람은 모두 스물일곱 명이었다. 꽤 많다.

희망자는 아카데미 부지 내에 있는 훈련장에 모두 모인 뒤 길드 마스터인 레리샤 씨의 인사를 듣고 랭크업 시험에 임한다.

"그럼 랭크업 시험을 시작한다. 먼저 자기소개부터 시작할까. 나는 갸렌. 현역에서 은퇴했으나, 금색 랭크인 모험자지. 이쪽의 아가씨는 모치즈키 카리나. 은색 랭크 모험자네. 그리고 저기 있는 소년이 레긴 레이브. 빨간색 랭크의 모험자일세."

갸렌 씨는 내가 금색 랭크가 될 때까지 세계에서 유일하게 금색 랭크를 보유한 사람이자 레스티아 기사 왕국의 국왕(데릴사위)이 된 전설적인 영웅이다. 당연히 이름이 잘 알려져 있어 수험생의 시선은 거의 갸렌 씨에게만 집중되었다.

카리나 누나도 외모가 미인이라 나름대로 주목을 받았다.

반면에 나는 환영 마법【미라주】로 머리카락을 칙칙한 갈색으로 바꾼 데다, 얼굴을 조금 바꾸어 가능한 한 수수하고 인상에 남지 않는 소년으로 만들어 두었다.

수험생 중에는 노골적으로 카리나 누나와 나를 보고 의심스러워하는 자들도 있었다. 여자와 어린아이가 왜 은색 랭크, 빨간색 랭크인가, 하는 생각이 뻔히 다 보였다.

"그럼 간단히 자네들의 역량을 시험해 봄세. 레긴과 1분간 시합을 하게. 무기는 자신이 애용하는 것을 사용해도 되네."

갸렌 씨가 그렇게 알리자 수험생 중에서 손을 들고 발언을 하는 사람이 나타났다.

"실례지만 훈련용 무기를 사용하지 않는 건가요? 만약의 일이 일어나면 크게 다치는 정도로는 끝나지 않을 무기를 가진 사람도 있습니다."

손을 든 갈색의 장발인 형님이 힐끔 옆에 있는 남자를 바라보았다. 그곳에는 팔짱을 낀 스킨헤드의 거한이 대담한 웃음을 지으며 서 있었다.

호랑이 무늬 조끼를 거뭇한 맨살 위에 입어 마치 산적 같은 풍모인 남자의 허리에는 배틀 액스가 걸려 있었다.

확실히 저런 거에 맞았다간 뼈도 못 추린다. 그걸 알고 있기 때문인지 거한의 웃음은 사라질 줄 몰랐다.

갸렌 씨가 이쪽으로 시선을 돌렸다. 그 말을 듣고 나는 한 걸음 앞으로 나섰다.

"여러분은 어떤 무기를 써도 상관없습니다. 마법을 써도 좋고요. 저은 시합 종료 5초 전까지 공격을 하지 않을 테니 안심해 주십시오. 참고로 저는 이 무기를 사용할 겁니다."

그렇게 말하며 내가 손에 든 무기는 70센티미터도 되지 않는 목제(木製) 막대기였다. 재질은 노송나무다. 이른바 드래곤퀘스트에 나오는 '노송나무 봉' 이다.

그걸 보고 수험생의 표정은 두 가지로 나뉘었다. 안도하여 표정을 누그러뜨리는 사람과 분노하여 표정이 굳은 사람들이었다.

전자는 자신들이 크게 다칠 가능성이 작다고 생각했기 때문이고, 후자는 자신들을 깔봤다고 생각했기 때문이겠지.

특히 배틀 액스를 가지고 있던 산적 같은 남자는 험악한 표정을 지으며 나를 노려보았다.

"자, 누구부터 시작하실 건가요?"

"재미있군. 내가 가장 먼저 나서지."

가장 먼저 나선 사람은 예상대로 나를 노려보던 산적남이었다. 누가 먼저 나서든 아무런 상관도 없었기 때문에 나는 그 산적남을 상대하기로 했다.

나와 대치하자 산적남은 배틀 액스를 양손으로 붙잡고 히죽거리는 표정을 지으며 말았다.

"즉, 너를 때려눕히면 이 몸이 빨간색 랭크의 실력이라고 증명되는 거렸다?"

"음, 그것만이 전부는 아니지만, 전투 기술은 빨간색 랭크 수준이라고 인정할 수 있겠죠. 그것보다 무기는 그거면 되나요? 지금이라면 아직 교환이 가능한데요…….”
“쳇. 무슨 소릴. 이제 와서 쫀 건가? 시험관님?”
하아, 이 녀석은 안 되겠어. 아무것도 몰라.
카리나 누나도 그렇게 생각했는지 작게 한숨을 내쉬더니, 의욕이 없다는 듯한 목소리로 시합 개시를 알렸다.
“으랴아!”
시합이 시작되자마자 산적남이 자신의 자랑인 배틀 액스를 나에게 휘둘렀다. 주저하는 모습이 전혀 없는 게 오히려 무서운걸?
내가 슬쩍 옆으로 피하자 배틀 액스는 지면을 깊숙하게 파냈다. 힘 하나는 남아도는 모양이다.
“이 자식!”
산적남은 붕붕 배틀 액스를 마구 휘둘렀지만, 동작이 너무 커서 전혀 맞지 않았다. 어디에서 공격이 시작되는지 뻔히 다 보였다. 게다가 조금 휘둘렀을 뿐인데 벌써 숨이 차올랐다. 전형적인 무기에 휘둘리는 타입이었다.
“30초 경과.”
아무런 감정도 담기지 않은 카리나 누나의 목소리가 들렸다. 시선마저도 이쪽이 아니라 가지고 있는 양산형 스마트폰을 향해 있었다. 물론 스톱워치 화면을 보고 있는 거겠지만.
“쳇. 쫄랑쫄랑 도망 다니다니……!”
“이렇게 될 거라고 예상하지 못하셨나요? 저는 복장도 가볍고 무기도 가볍습니다. 맞히기 어려울 거라고 생각하지 않았나요? 마수 중에는 재빠른 녀석도 있습니다. 그 상황에 알맞은 무기를 사용하지 않으면 죽을 수도 있어요."

배틀 액스가 나쁜 무기라고 말하는 게 아니다. 서브 무기로 손도끼 같은 무기를 준비해 뒀어야 한다는 이야기였다.

내가 에둘러 지시를 해 주었지만, 산적남은 그걸 깨닫지 못하고 덤벼들었다. 힘을 믿고 생각 없이 마구 무기를 휘두를 뿐, '어떻게든 때리면 그만' 이라며 모든 것을 운에 맡기고 공격을 했다. '어떻게 하면 맞힐 수 있을까' 를 생각하지 않았다.

"웃기지, 마라, 이 자식……!"

"앞으로 5초."

"그럼 수고하셨습니다."

카리나 누나의 목소리와 동시에 나는 노송나무 봉으로 산적남의 명치를 찔렀다.

"크오억?!"

나보다 몸무게가 두 배는 되어 보이는 산적남이 뒤로 날아가 버렸다.

뒤로 쓰러진 남자는 공중제비를 하듯 구르더니 이윽고 흰자위를 드러내며 멈추었다.

별로 힘을 쓰지 않았는데. 아무래도 그다지 단련을 하지 않은 모양이다. 완전히 겉모습만 그럴듯한 사람이었나?

"보라색이려나?"

"보라색이네."
"보라색이구먼."
세 사람의 의견이 일치했다. 나름대로 힘은 있으니 검은색 랭크 정도는 아니다. 하지만 녹색으로 올릴 정도의 실력은 아니었다. 저 상태로 자칫 세 마리 이상의 일각 늑대의 공격을 받으면 쉽게 당하고 만다. 그래서 검은색 바로 위의 보라색.
저 남자는 더는 시험을 볼 필요가 없었다.
길드의 직원이 쓰러진 남자를 구호실로 옮겼다.
"그럼 다음 사람."
나는 심기일전하고 다시 수험생들에게 말을 걸었다.

"어? 이제 모두 끝난 건가?"
나는 스물일곱 명의 랭크업 시험 희망자 모두와 1분간의 모의전을 끝냈다. 모두 나를 건들지도 못했지만. 즉, 금색 랭크 모험자는 이 안에 없었다는 말이다.
결과는 스물일곱 명 중 녹색 랭크에 해당한다고 보이는 실력자는 일곱 명. 나머지 스무 명은 녹색 랭크에 도달하지 못했다고 판단했다. 내역을 보면 검은색 랭크가 열세 명, 보라색 랭크가 일곱 명이었다.

그 스무 명은 이 시점에서 시험이 종료되었다. 각각 길드 직원에게 카드를 제출하여 랭크업을 끝마치면 그만 돌아가도 된다.

나머지 일곱 명에게 갸렌 씨가 말을 걸었다.

"자, 남은 일곱 명의 제군은 적어도 녹색 랭크의 실력이 있다고 판단되었다. 하나, 그건 최소한의 전투 기술이 있다고 평가를 받은 것에 지나지 않아. 모험자라는 직업을 가진 자들은 다양한 의뢰를 받게 되지. 의뢰의 종류에 따라서는 각각 잘하고 못하는 일이 있기 마련이네."

모두 모험자라고 한데 묶어 말하지만 어디에 중점을 두는가에 따라 그 스타일이 바뀐다. 나는 호위 의뢰가 껄끄러웠다.

모르는 사람과는 충돌하지 않고 일을 진행하기가 어렵거든. 개중에는 '우리가 고용해 줬으니 불만을 터뜨리지 마라. 명령에 따라라.' 같은 의뢰인도 있으니……. 그리고 다른 모험자와 같이 호위하기도 하는데, 그들과 트러블이 생기기도 해서 성가셨다. 스우 때처럼 잘 진행되지만은 않았다.

"예를 들어 마수가 있다고 하지. 기사나 전사라면 이 마수를 효율적으로 제압하기 위해 효과적인 공격을 할 테지. 급소인 심장을 노리거나, 머리를 뭉개거나 말이야. 그런데 모험자라면 그게 오히려 악수가 될 때도 있네. 왜인지 아는가?"

갸렌 씨가 질문하자 일곱 명 중 몸집이 작은 소녀가 저요! 하고 손을 들었다.

"호오. 꼬마 아가씨, 알겠는가?"

"네. 소재가 될 부분에 상처가 날지도 모르기 때문입니다!"

"허허허, 그렇네. 이를테면 그 마수의 가죽이 비싸게 팔리는데 마법으로 태워 버려서는 쓸모가 없어지지. 그 뿔이 공예품의 소재로 귀중하게 쓰이는데 부러뜨려 버리면 가치가 떨어져. 그러한 점도 생각해서 쓰러뜨려야 하네. 물론 목숨이 달려 있을 때는 별개지만 말이지."

맞혔다! 라고 하듯 생글거리는 미소를 짓는 소녀를 나는 빤히 노려보았다. ……눈에 띄지 말라고 말했잖아.

그걸 눈치챘는지 소녀는 시선을 옆으로 돌리며 휘파람을 불기 시작했다. 이 녀석…….

조금 곱슬머리인 쇼트커트 머리카락. 짧은 목도리를 하고 움직이기 편한 모험자풍 옷을 입은 소녀의 이름은 사루토비 호무라. 브륀힐드 기사단, 은밀 부대 소속의 엄연한 기사다.

이번 랭크업 시험을 치르는 동안의 내부 정보가 필요해 참가자에 섞어 놓았다. 은밀 부대의 대장인 츠바키 씨에게도 당연히 허가를 받아두었다니까.

즉, 내부 스파이이니 눈에 띄지 말라고 명령해 둔 것인데. 원래 성격인지 저 녀석은 조금 침착성이 부족하다. 닌자가 은밀하지 않아도 되는 건가?

그 모습을 보고 내 옆에 있던 카리나 누나가 쓴웃음을 지었다. 일단 카리나 누나와 갸렌 씨에게도 호무라의 정체는 이야기해 두었으니 알고 있다.

"자, 이곳에 있는 제군은 이제부터 의뢰를 하나 맡게 될 게야. 이것도 랭크업 시험 중 하나지. 의뢰주는 모험자 길드. 정식 절차를 밟은 의뢰이니 성공하면 보수도 나오네. 물론 실패하면 의뢰 실패로 기록되니, 아무쪼록 주의하길 바라네."

모험자에게 의뢰 실패란 신뢰를 잃을 뿐만 아니라, 부정적 평가도 받게 된다. 당연하지만 같은 랭크인데 한쪽은 빈번히 실패하고 한쪽은 지금까지 실패한 적이 없다고 해 보자. 어느 쪽을 길드가 의뢰인에게 추천할지는 불을 보듯 뻔하다.

그 발언을 듣고 일곱 명의 수험생 중 청년 한 명이 손을 들었다. 어? 갈색 장발 형님이다. 저 사람, 전에도 질문했었지? 신중한 사람인가?

"그 의뢰는 '우리 개인에게 하는 의뢰' 가 아닌 겁니까?"

"아니네. 자네들 일곱 명 파티에게 주는 의뢰이지. 즉, 의뢰가 성공하든 실패하든 한배를 타게 되었다는 말이야."

갸렌 씨의 말을 듣고 수험생들이 조금 술렁였다. 변화가 없는 사람은 호무라 정도라고 생각했는데, 그 외에 또 한 명, 표정이 변하지 않은 사람이 있었다.

고양이 귀 수인 여성이었다. 미스미드 출생인가? 나이는 20대 초반, 검은 머리카락 위로 검은 귀가 쫑긋 튀어나와 있었다.

가벼운 가죽 갑옷을 입고, 허리에는 커다란 나이프를 찬 모

습이다. 퀼로트 뒤쪽으로는 고양이 꼬리가 뻗어 있는데, 끝만 살짝 하얗다. 속도를 중시하는 장비다. 모의전 때도 저 여성은 재빠른 움직임을 살려 싸웠었다.

수험생 중에서 한 남성이 항의했다.

"잠깐. 그럼 이 녀석들이 걸리적거려 의뢰를 실패하면, 나도 말려든다는 말인가?"

"그렇네. 한배를 탄 셈이라고 말했지 않나."

"칫……. 그게 뭐야."

불만스럽다는 듯이 혀를 차는 남자. 2미터에 가까운 키에 튼실한 몸을 지닌 남자였다. 20대 후반 정도인가? 남자는 붉고 짧은 머리카락을 박박 긁었다. 남자는 가슴과 어깨, 팔과 정강이 부분을 갑옷으로 감싸고, 허리에는 브로드소드를 장비한 모습이었다.

모의전 때는 상당히 강했다. 일곱 명 중에서는 가장 강하거나 두 번째 정도가 아닐까. 대인전에 상당히 익숙한 듯했으니, 다른 나라 기사단이나 용병단에 속해 있던 사람일지도 모른다.

"과연 누가 걸리적거릴까. 의뢰 내용에 따라서는 멍청하게 도움이 되지 않는 짓을 하면 오히려 민폐일 뿐이야."

"뭐라고?!"

전사풍의 남자에게 도발적으로 말을 건 사람은 여성이었다.

여성은 민소매 셔츠와 조끼를 입고 커다란 벨트가 달린 쇼트팬츠를 입은 모습이었다. 그리고 벨트에는 둥글게 말린 채찍처럼 보이는 물건이 걸려 있었고, 오른쪽 어깨에는 뱀으로 보이는 문신이 새겨져 있었다.

나이는 20대 초반. 짙은 은발을 방해가 되지 않게 위로 올려 정리한 모습이다.

여성은 붉은 머리 남자를 팔짱을 낀 채 곁눈질로 바라보았다. 팔이 들어 올리고 있는 가슴이 셔츠를 찢을 것처럼 그 존재를 강하게 어필했다. 저어, 크시네요. 으음.

갸렌 씨는 허허허, 하며 웃고 있었지만, 눈은 사냥꾼처럼 날카롭게 그곳만 바라보고 있었다. 최소한 눈은 좀 깜빡여요.

"이 몸이 걸리적거릴 거란 말인가?!"

"당신, 대인전은 그럭저럭 괜찮은 모양이지만, 마수를 상대로도 그게 통할까? 부디 독에 당해서 푸념을 늘어놓지 않게 해독제를 잔뜩 사 두는 게 좋아."

아무래도 붉은 머리 남자는 독까지는 생각해 두지 못한 듯했다.

당연한가. 독을 지닌 마수 토벌은 랭크가 낮은 사람에게 의뢰하지 않으니까. 일단 길드 접수처에서 가르쳐는 주지만.

"워워. 같은 파티가 될 사이잖아요. 벌써 다투지 말아 주세요."

한숨을 쉬며 두 사람을 중재한 사람은 갸렌 씨에게 질문을 했던 갈색 장발 청년이었다.

얼핏 부드러워 보이지만 상당히 검을 잘 다루었다. 붉은 머리 남자와 비슷할 정도의 실력이다. 행동도 온화하니, 귀족 태생일지도 모른다. 그런 것치고는 낡고 지저분한 갑옷과 튼튼함만이 장점인 검을 들고 있는 등, 장비가 시원치 않았지만. 몰락 귀족인가?

“아앙? 왜 너한테 그런 소리를 들어야…….”

“조금 전에 한배를 탔다는 말을 들었잖아요? 당신 한 사람의 문제가 아닙니다. 더는.”

“덧붙이자면 여기서 물러나도 괜찮아. 녹색 랭크 승인을 받아 내일부터 모험자로 생업을 시작하면 그만이니까.”

카리나 누나의 목소리를 듣고 수험생들이 조용해졌다. 일곱 명은 녹색 랭크 정도의 실력이 있다고 인정받았다. 여기서 그만두고 길드에서 의뢰를 받아도 상관없었다.

“나는 그만둘 생각이 없다. 그만두고 싶은 녀석이 있으면 얼른 그만둬라. 시끄러워서 못 참겠으니.”

어떻게 되든 좋다는 듯이 그렇게 말을 내뱉은 사람은 드워프 남자였다.

드워프 특유의 작은 키와 근육과 뼈가 울퉁불퉁한 몸매. 그리고 얼굴의 대부분을 메우고 있는 수염. 나이는 알 수 없었다. 드워프는 젊어도 털이 덥수룩한 데다, 나이를 먹었다 치면 가볍게 100살은 넘어가니까.

드워프 남자는 등에 배틀 액스를, 허리에는 다루기 쉬운 소형 손도끼, 해칫(hatchet)을 장비하고 있었다. 모의전에서는 그것들을 사용해 도전했었다.

추측이지만, 이 드워프는 라일 왕국에서 흘러들어오지 않았을까? 그렇다면 토목 작업 기체인 드베르그를 만든 드워프단의 리더와 어떤 관련이 있을지도 모른다.

"나도 지금 단계에서 그만둘 생각은 없지만, 의뢰 내용을 듣고 판단하고 싶군. 내용에 따라서는 그만둘 수도 있어."

드워프에 이어 손을 든 사람은 진지해 보이는 20대 후반의 남자였다. 중간 정도의 몸에 중간 정도의 키. 특별한 특징은 없지만, 연갈색 코트를 입었고, 손에는 지팡이를 들고 있었다. 지팡이라고는 해도 갸렌 씨가 들고 있는 그런 종류가 아니라 마법사의 지팡이였다.

울퉁불퉁한 그 지팡이의 끝에는 두 가지 색의 마석이 박혀 있었다. 노란색과 갈색. 빛 속성과 흙 속성. 두 가지 속성을 지닌 사람이다.

저 사람은 모의전 때도 마법을 사용해 승부해 왔다. 【어스바인드】에서 시작해 【라이트 애로우】까지 상당히 좋은 콤보였지만, 워낙 집중 시간이 길어 발동과 발동 사이의 틈이 길었다. 그래서는 어느 정도 마법에 익숙한 사람에게는 통하지 않는다. 쉽게 【어스바인드】에서 도망칠 테고, 【라이트 애로우】는 피하면 된다.

마수가 상대라면 상당히 유리해질지도 모르지만, 대인전이나 집단전이면 반대로 불리해진다. 붉은 머리 남자와는 정반대구나.

"그래, 의뢰 내용을 듣지 않고 판단하기는 어려울 테지. 장소는 전이문을 지난 곳에 있는 던전 제도. 그 섬 중 하나로 들어가 섬의 북부에 있는 산 중턱에서 '화차초(火車草)'를 가지고 오는 것이네. 이 풀이지."

갸렌 씨가 정밀한 그림 하나를 보여 주었다. 붉은 잎이 불꽃처럼 소용돌이치며 뻗어 있는 풀이었다.

"기한은 사흘. 물론 위험한 마수도 많으니 보수는 한 사람당 백금화 두 닢이네."

몇몇 수험생의 눈빛이 바뀌었다. 백금화 두 닢. 약 200만 엔을 3일 일하고 받을 수 있을지도 모른다. 당연히 그렇게 될 수밖에.

원래는 녹색 랭크라도 어렵지 않을까? 싶은 의뢰다. 다만 우리의 닌자 소녀도 있고, 죽게 두지는 않을 거지만.

보수는 랭크업을 하든 안 하든 상관없이 성공 보수로 지급된다. 이 일곱 명(실질적으로 여섯 명이지만)이 모두 녹색 랭크라고 판단되어도 의뢰 자체를 성공시킨다면 보수를 손에 넣을 수 있다는 말이다.

물론 실패하면 이력에 남고, 랭크업 판정도 그것을 고려하여 판단하지만.

결국 수험생 일곱 명은 아무도 중간에 그만두지 않았다. 불만은 있지만 일곱 명 파티로 의뢰를 받겠다고 승낙한 셈이다.

길드 직원이 모두의 서명을 받아 길드 마스터인 레리샤 씨의 승인을 받았다. 이것으로 의뢰는 문제없이 받아들여졌다.

닌자 소녀, 사루토비 호무라.

과묵한 고양이 귀 소녀, 미우.

붉은 머리 전사남, 가론.

왕가슴 문신녀, 로즈.

갈색 장발, 아베르트.

투박한 드워프 돔.

진지한 마법사 서제스 파르테스.

호무라와 마법사 서제스 이외에는 이름뿐인가.

모험자는 가문의 이름 없이 자신의 이름만 사용하는 사람도 많았다. 원래 출생 신분이 높지 않아 가문의 이름이 처음부터 없는 사람도 있고, 여러 이유가 있어 가문의 이름을 내세우길 꺼리는 사람도 있다.

수인(獸人)이나 아인(亞人)도 그런 사람이 많다. 그런 경우에는 부족이나 출신지의 이름을 내세우는 경우도 있는 모양이지만.

"던전 제도로 가는 통행료는 길드가 부담하지. 하지만 그 외의 여러 비용은 각자 부담해야 하네."

"뭐야뭐야. 3일 치 식량도 안 주는 건가?"

"말했지 않나. 이건 정식 절차를 밟은 의뢰네. 의뢰인이 그렇게 극진히 대접해 주겠나?"

"쳇."

갸렌 씨의 말을 듣고 가론이 혀를 찼다. 이런 일은 의뢰인이 누구인지에 따라 달라진다. 돈을 내주는 사람도 있고, 안 내주는 사람도 있다. 교섭을 어떻게 하느냐에 따라서는 지원해 주기도 하겠지만. 결국 싫으면 의뢰를 받지 마라, 정도로 마무리된다.

앗, 그렇지. 하나 더 말해 둬야 했어.

"그리고 여러분에게는 길드의 감시원이 따라다닐 겁니다."

"뭐어?! 감시라니 무슨 소리지?!"

"이것도 랭크업 시험의 하나입니다. 여러분의 실력을 판단하기 위해서예요. 그렇다고 멋진 모습을 보이기 위해 무리를 하실 필요는 없습니다. 그 탓에 의뢰가 실패하면 그거야말로 마이너스 평가로 연결되니까요."

내 말에 반응한 로즈에게 그런 말을 해 두었다. 원래 그게 메인이니 당연하다면 당연한 이야기다.

최악의 상황이 될 듯하면 그 사람들이 도와주게 되어 있었다. 이건 의뢰이기도 하지만 시험이기도 하다. 시험을 보다가 죽으면 곤란하니까.

"다른 질문은 없나요?"

내가 일곱 명에게 질문하자, 계속 아무 말 없던 고양이 귀인 미우가 손을 들었다.

"우리가 구하러 가는 그 풀에 관해 알고 싶어."

몇 명의 수험생이 무슨 소리야? 같은 표정을 지었지만, 우리 시험관 세 사람은 서로 얼굴을 마주 보며 가볍게 웃음을 지었다. 그 사실을 눈치챘구나.

"화차초는 산악 지대에 군생하는 식물로, 1년 중 여름에서 가을에 걸쳐 피어나는 풀입니다. 그 잎은 향기가 강해 향신료로 사용하기도 합니다. 또 마수인 파이어 리자드가 이걸 좋아해 화차초 군생지는 파이어 리자드의 서식지인 경우도 많습니다."

내 말을 듣고 수험생 몇 명이 마른침을 삼켰다.

■ ■ ■ ■ ■ ■ ■ ■ ■ ■

■ 사루토비 호무라

아~. 역시나~. 폐하가 간단한 시험을 준비할 리 없다고 생각했지만, 이렇게 나왔구나~.

다른 수험생들을 슬쩍 봤지만, 그다지 놀라지 않은 것 같았어.

파이어 리자드는 온몸이 붉은 철 같은 색인 큰 도마뱀이다. 화나면 몸에서 불을 내뿜지. 그 상태에서 몸통 박치기를 시도할 때가 가장 무섭다는 모양이다.

이셴에도 있지만(이름은 큰불 도마뱀이었던가?) 나는 본 적이 없다. 코카(甲賀) 마을에는 없었으니까.

어려운 임무는 아니라고 했으면서~. 속았어~. 시즈쿠나 나기랑 바꾸는 게 좋았을지도?

그래도그래도! 성공 보수 백금화 두 닢은 내가 받아도 되는 거겠지?! 백금화 두 닢이면…… 우후후후후후후. 이것도 저것도 마음껏 먹을 수 있잖아~! 나쁘지 않을지도? 오히려 러키~!

앗, 히죽거렸더니 폐하가 이쪽을 째려봤어. 모습을 바꿔도 이런 반응은 똑같네~. 알았어요~. 일은 잘할게요~.

길드는 브륀힐드와 별로 관련이 없지만, 브륀힐드 기사단은 폐하 개인의 기사단이니 우리는 명령에 절대복종, 할게요!

물론 폐하는 터무니없는 명령을 내린 적이 거의 없지만.

굳이 따지면 츠바키 대장이 터무니없는 명령을 하는 편이려나? 사람을 거칠게 다루고. 그래서는 시집도…… 윽, 살기가?!

오한이 들어 주변을 돌아보았다. 어디에 있는지는 모르지만 분명히 있다! 히익, 대장 무서워! 이런 악마 같은 신부, 점점 더 데려갈 사람이…… 살기가 더 강해졌어어어어?!

"……괜찮아?"

식은땀을 흘리기 시작한 나를 보고 고양이 귀 언니가 말을 걸어 주었다.

"앗, 아하하하. 괜찮아요, 네, 괜찮아요."

"……그래?"

고양이 귀 언니는 다시 단상의 시험관 세 사람을 바라보았다. 어느새 살기는 가라앉았다. 협박하기 없기예요, 대장……. 우리를 감시하는 감시원은 대장을 말하는 거겠지……?

그런데 고양이 귀 언니, 미우 씨는 나를 걱정해 줬던 걸까? 내 행동이 수상했기 때문인지도 모르지만. 어느 쪽이든 나쁜 사람은 아닌 것 같아.

나는 마음속 채점표에 '미우 +1' 이라고 적어 두었다. 하지만 그건 모험자 능력과는 별로 관계없지?

"그럼 3일 후 저녁까지 일곱 명 모두 같이 길드에 와서 '화차초' 를 전달하세요. 그렇게 하면 의뢰가 완료된 것으로 간주하겠습니다. 이상."

폐하를 포함한 시험관 세 명과 길드 마스터가 떠나갔다. 자, 일을 시작할까.

폐하 일행도 떠나가 남은 우리 일곱 명은 앞으로 어떻게 할

지를 서로 이야기했다.

"그럼 각자 준비한 뒤, 한 시간 후에 전이문 앞에서 집합하는 거로 하려는데 괜찮나요?"

"잠깐. 왜 네놈이 지시하지?"

갈색 장발——아베르트에게 전사풍의 빨간 머리 가론인가 하는 남자가 트집을 잡았다. 나는 이런 타입이 싫더라~. 성가실 것 같아서.

"별로 그럴 생각은 없었습니다만. 그럼 당신이 이 파티의 방침을 정해 주실 건지요?"

"방침 따윈 없다. 얼른 섬으로 건너가 화차초인가를 따오면 되는 거잖아? 나 혼자 갈 테니 너희는 여기서 기다리면 돼. 걸리적거리는 사람들은 필요 없으니까."

이 사람, 좀 이상한 소릴 하네.

"당신 바보 아냐? 당신이 실패하면 우리도 실패한 셈이 되는 거잖아. 멍청한 녀석에게 백금화 두 닢을 맡길 수는 없어."

진심으로 어처구니없다는 듯한 말투로 왕가슴 문신 언니——로즈가 가론에게 따끔하게 말했다. 말투는 거칠지만, 나도 그렇게 생각한다. 왜 생면부지인 사람에게 거금을 손에 넣을 기회를 맡겨야 하는 건지.

서로 노려보는 가론과 로즈를 무시한 채 지팡이를 든 마법사 서제스 씨가 어딘가로 걸어가기 시작했다. 어라라?

"그럼 한 시간 후에 전이문 앞에서 만나시죠. 이만 실례."

그 말만 남기고 타박타박 그냥 가 버렸다. 으음, 가론과는 방향은 다르지만 제멋대로인 사람이야.

이어서 드워프인 돔 씨도 험한 표정을 유지한 채 성큼성큼 떠나 버렸다. 이어서 고양이 귀 수인인 미우 씨도 걸어가기 시작했다.

"그럼 한 시간 뒤에."

"켁."

"흥."

이대로 있어 봐야 별 볼 일 없다고 생각했는지, 아베르트, 가론, 로즈, 이 세 사람도 아카데미 밖으로 나갔다.

그 모습을 바라보면서 나는 허리에 손을 올리고 한숨을 내쉬었다.

"전부 어딘가 성가신 사람들 같아."

"모험자는 다들 한두 성질 하는 사람들이니까. 특히 랭크가 높아지면 그런 경향이 강해져."

"그렇구나~. 이해가 돼. 그래서 폐하는 금색 랭크인 거구나."

"이해하면 안 되지. 카리나 누나도 아무렇게나 말하지 마요."

"우왓, 폐하?! 하고, 카리나 님?!"

돌아보니 어느새 등 뒤에 폐하와 폐하의 사촌인 카리나 님이 서 있었다. 폐하는 환영을 풀어 평소의 모습이다.

나는 사사사삭, 하고 물러나 무릎을 꿇고 고개를 숙였다.

"무, 무, 무슨 일이신지요?!"

"아니, 힘내라고 응원을 하려고. 다시 말해 두지만 호무라의 첫 번째 임무는 저 사람들의 행동을 감시하는 거야. 의뢰를 성공시키고 싶다고 해서 필요 이상으로 돕지는 말 것. 설사 사이가 좋아져도."

"네에."

어려운 지시를 하시네…….

"그런데 필요 이상이라면 어느 정도인지……."

"호무라가 파티의 메인이 되는 정도려나? 너무 활약하지 말라는 거야. 아무튼 눈에 띄지 마. 그늘에 있어. 은밀하게."

은밀하게. 어렵네……. 난 그걸 제일 못하는데.

"그리고 이거. 이 배낭 안에는 3일 치의 식량과 간단한 의약품, 그 외의 여러 가지가 들어가 있어. 【스토리지】를 부여해 두었으니 상당한 양이 들어가지."

폐하가 아무것도 없는 공간에 마법진을 생성하자, 그곳에서 연두색의 작은 배낭이 나왔다.

안에는 마법의 수납공간이 펼쳐져 있어, 배낭 크기의 수십 배나 되는 양이 들어간다고 한다. 거기에 무게도 느껴지지 않는다. 이거 참 좋다. 디자인도 귀엽다.

"이건 가져도 되나요?"

"그거야 의뢰를 완수하려면 음식도 필요할 테고, 다른 사람들과는 달리 호무라는 우리의 지시로 임무를 해야 하니……. 응? 배낭? 음~…… 그래, 가져도 돼."

"야호!"

헤헤헤. 다음에 시즈쿠랑 나기한테 자랑해야지~.

"정시 연락은 철저히 해 줘. 일단 스마트폰은 소리를 끄고 숨겨두고. 들키면 곤란하니까."

그건 이해가 된다. 이 나라에서 스마트폰을 가지고 있는 사람은 중요한 직무에 속한 분들과 일부 특수 임무를 맡은 사람, 그리고 폐하의 식구들뿐이다.

여기서 식구란, 일족뿐만 아니라 친한 사람이라는 의미다. 숙소 '은월'의 여주인도 가지고 있고, 메이드인 레네도 가지고 있으니까.

나는 특수 임무를 맡은 사람에 속한다. 원래 닌자란 그런 사람들이기도 하고 말이지.

스마트폰의 존재를 아는 사람은 안다. 반대로 말하면 이걸 가지고 있는 사람은 모두 폐하의 비호하에 있는 거니, 그걸 아는 녀석은 쉽사리 시비를 걸려고 하지 않는다.

레굴루스 제국의 반역자를 폐인으로 만들었다든가, 천제국 유론의 천제를 빛과 함께 지워 버렸다든가, 산드라 왕국의 노예왕에게 영원한 고통을 부여했다든가, 다양한 소문이 퍼져 있는 폐하에게 정면으로 대적하는 바보는 없다. 있다고 한다면 틀림없이 바보다.

"그럼 브륀힐드 기사단 은밀 부대 소속, 사루토비 호무라, 임무를 하러 돌아가겠습니다!"

"응, 잘 부탁해. 조심 또 조심하고."

폐하는 웃으면서 작게 고개를 끄덕여 주었다. 좋아, 힘내자~!

한 시간 후, 전이문 앞에 우리 일곱 명은 다시 모였다. 각자 필요한 장비와 짐을 들고 왔다. 가장 짐을 많이 들고 온 사람은 드워프인 돔 씨다. 반면에 가장 짐이 가벼운 사람은 나였다. 납작한 배낭 하나니까 그거야 그런가?

"나중에 먹을 걸 나눠 달라고 하면 안 된다? 스스로 책임져야 하는 법이니까."

"걱정하지 마세요~. 적어도 당신에게 신세 지지는 않을 거니까요~."

"쳇. 건방진 꼬마군."

흥, 군소리가 많은 남자야. 나는 나에게서 등을 돌리고 전이문을 지나는 가론을 향해 메롱 하고 혀를 내밀었다. 뭐가 잘났다고 커다란 방패를 짊어지고 말이야.

"그럼 우리도 가죠."

앞서가는 가론의 뒤를 이어 아베르트가 걸어갔다. 로즈와 돔 씨, 서제스 씨가 그 뒤를 이었고, 나와 미우 씨도 전이문을 향해 걷기 시작했다.

던전 제도로 가기 위한 전이문은 세 개다. 각각 던전에 있는 섬으로 연결되어 있는데, 이번에 우리가 사용할 문은 '아마테라스' 라는 던전이 있는 섬의 전이문이다.

"……정말로 식량을 사지 않아도 돼?"

"응? 아, 그럼그럼. 문제없어."

"그래?"

옆에서 걷던 미우 씨가 말을 걸어 주었다. 목소리는 무뚝뚝했지만 일단 걱정해 준 모양이었다.

길드에서 연락을 받은 듯, 우리의 이름과 길드 카드를 확인한 전이문의 문지기들은 문제없이 우리를 그대로 통과시켜 주었다.

문지기들도 브륀힐드의 기사라 나를 알고 있었다. 자주 식당에서 만나기도 하니까.

그 사람들은 모른 척 대처해 주었지만 나 이외의 모든 사람이 전이문을 통과하자, 문지기 모두가 엄지를 들며 '힘내라!' 며 말없이 신호를 보내 주었다.

나도 '힘낼게!' 라는 의미로 엄지를 들어 대답하고 아치형의 전이문을 통과했다.

문 너머는 바닷바람이 부는 해안 근처에 설치된 사당 같은 건물 안이었다. 건물이라고는 하지만 원형 기둥이 세워져 있을 뿐이라 바람에 다 노출되어 있었다.

바닷바람은 좋지만, 살풍경한 곳이네.

부끄럽지만 나는 던전 제도에 처음 와 본다. 지금까지 임무나 훈련 등으로 바빴고, 게다가, 그러니까, 수영을 못 해서…… 별로 바다에 오고 싶지 않았으니까.

그런데 덥네……. 들은 이야기로는 밤이 되면 상당히 추워진다고 한다. 정말일까? 상당히 일교차가 큰 모양이네.

"일단 화차초가 있다는 섬으로 건너가죠. 다리를 건너갈 수 있을 겁니다."

"말 안 해도 알아."

아베르트의 말을 듣고 작게 혀를 차면서 가론이 중얼거렸다. 확실히 들렸을 테지만 아베르트는 작게 어깨를 으쓱할 뿐이었다.

서제스 씨가 품에서 지도를 꺼내 확인했다.

"……여기서 북쪽으로 1킬로미터 떨어져 있구나. 그곳에 있는 다리를 건너 목적지인 섬으로 갈 수 있어."

던전 제도는 크고 작은 섬 일곱 개로 이루어져 있다.

그중 세 개에는 이름 그대로 던전이 존재하는데, 각각 '아마테라스', '츠쿠요미', '스사노오' 라는 이름이 붙어 있다.

하지만 그건 던전의 이름이고, 섬의 이름은 또 다르다.

일곱 개의 섬은 각각 선데이섬, 먼데이섬, 튜즈데이섬, 웬즈데이섬, 서스데이섬, 프라이데이섬, 새터데이섬이라고 이름 지어졌다. 이상한 이름이지만, 이름을 붙인 사람은 폐하다.

이중, '아마테라스' 는 선데이섬에, '츠쿠요미' 와 '스사노오' 는 먼데이섬과 웬즈데이섬에 있다.

우리가 지금 있는 곳은 선데이섬. 목적지는 튜즈데이섬이다.

일곱 개의 섬 중에서 두 번째로 큰 그 섬은 여기서 다리로 연결되어 있다.

해안선을 잠시 걷자 커다란 다리가 보이기 시작했다. 돌로 만들어진 다리가 바다 위에서 저편에 있는 섬까지 쭉 이어져 있었다.

"이거 참 굉장한걸?"

"듣자 하니 이것도 브륀힐드 공왕이 만들었다고 해요. 강화 마법이 부여되어 있어 웬만해선 무너지지 않는 다리라고 합니다."

"특수한 방어 결계도 펼쳐져 있다고 하더군. 마수들은 이 다리를 건너지 못한다나 봐. 정말 엄청나군……."

로즈와 아베르트, 서제스 씨가 다리를 보고 각자 감상을 말했다. 일곱 개의 섬은 모두 다리로 연결되어 있다는 모양이다. 즉, 시간은 걸리지만 걸어서 어느 섬이든 갈 수 있다.

전이문은 선데이섬, 먼데이섬, 웬즈데이섬으로만 연결되어 있으니, 돌아갈 때는 이 세 개의 어느 섬으로 이동을 해야 하지만.

"멍하니 있지 마라. 얼른 건너자."

"시끄럽네. 나도 알아!"

가론의 말을 듣고 로즈가 화를 내며 대답했다. 조금 더 신중하게 말을 할 수 없는 걸까? 저 사람은.

우리는 모두 다리를 건너기 시작했다. 너무 전망이 좋아서 그만 경치를 넋 놓고 바라보느라 모두와 거리가 벌어지기도 했다.

그런데 참 덥네. 다리 위가 더워서 흔들리는 것처럼 보여. 나는 배낭에서 물통을 꺼내 안에 들어 있던 물을 마셨다. 크으~. 차가워~. 아주 차고 맛있어~.

배낭 안은 시간이 멈춰 있어서 뜨거운 건 뜨거운 채로, 차가운 건 차가운 채로 꺼낼 수 있다고 한다. 음식도 썩지 않는다. 생물은 넣을 수 없지만 죽어 있으면 들어가는 듯했다.

배낭에 물통을 넣는데, 시야에 어떤 뭔가가 들어왔다. 우리가 향하는 튜즈데이섬 상공에서 뭔가가 보였다. 새……인가? 하지만 저건…….

나는 모두가 눈치채지 못하게 마안을 발동했다.

내가 지닌 마안은 '원견(遠見)' 이라는 마안이다. 즉, 천리안이다. 웬만한 장애물도 뛰어넘어 먼 곳을 볼 수 있다.

오른쪽 눈으로 확대된 시야가 날아들었다……. 우엑?!

그곳에서 보인 생물은 용이었다. 둔탁한 광택을 내뿜는 비늘, 긴 꼬리와 커다란 날개. 앞다리가 날개와 동화되어 있는 걸 보면 비룡(飛龍) 종류인 듯했다.

이 섬에는 용까지 있단 말이야?! 어, 어, 어쩌지?!

하급이라고는 하지만 용은 용이다. 우리 파티만으로 대처할 수 있을 거라고는 생각하기 힘들다. 기사단 장비와 시즈쿠,

나기가 있다면 어떻게든 상대할 수 있을 거란 생각도 들지만.
내가 입단하기 전의 일이지만, 기사단 선배들이 100마리가 넘는 용을 상대로 싸웠다고 들었다. 장비와 폐하 일행의 서포트가 있었다고 들었는데, 나도 가능할까?
일단 감시 역할인 대장에게 비룡이 있다는 사실을 전달해 두자.
나는 타월로 땀을 닦는 척을 하면서 타월에 숨겨 둔 스마트폰을 조작해 대장에게 메시지를 보냈다.

삑.
▶비룡 확인. 지시를 바람.

곧장 대장에게서 대답이 왔다.

삑.
▷문제없음. 임무를 계속 수행 바람.

으윽. 이건 스스로 어떻게든 해 보라는 말인가?!
아니, 그런 갑작스러운 트러블이야말로 모험자의 능력을 평가할 요소인지도 모르지만…….
"이봐. 어디 아픈가?"
"네? 앗, 괜찮아. 응."

"그럼 괜찮다만, 힘들면 말해라. 쓰러지면 민폐니까."

얼굴이 굳어 있던 나에게 드워프인 돔 씨가 말을 걸었다. 말투는 차갑지만 날 걱정해 준 걸까?

수인인 미우 씨도 그렇고, 이 안에서는 내가 아무리 봐도 가장 어리니 신경을 써 주고 있는 것인지도 모른다.

고개를 들어 보니 비룡의 모습은 어디론가 사라지고 없었다. 응, 그냥 지나가던 용이었을지도…….

긴 다리를 다 건너 우리는 선데이섬에서 튜즈데이섬에 도착했다.

다리의 결계를 빠져나왔으니 여기서부터는 방심할 수 없다. 어디에서 마수가 습격해 올지 모른다.

서제스 씨가 멈춰 서더니 자석으로 방향을 확인했다. 앗, 저건 스트랜드 상회에서 팔던 물건이다. 더 성능이 좋은 게 내 스마트폰에 포함되어 있지만.

"이쪽이다. 아마 저 산 부근에 화차초가 있겠지."

지팡이로 가리킨 곳에서 붉은 바위가 드러난 산이 보였다. 우와, 머네. 오늘 중에는 도착하지 못하겠어. ……응?

"……뭔가가 온다."

내가 기척을 눈치챘을 때와 거의 동시에 미우 씨가 말했다.

그 목소리를 듣고 모두가 몸을 웅크리며 주변을 살폈다. 바로 앞의 숲에서 바스락바스락하며 나뭇잎이 쓸리는 듯한 소리가 들렸다.

깡총, 하고 우리 앞에 뭔가가 튀어나왔는데 작은 아기 사슴이었다. 그러자 모두 긴장을 풀고 크게 숨을 내쉬었다.

"괜히 겁을 주고, 이 자식……."

"흥, 쫄았나? 한심하군."

"뭐라고?!"

또 가론과 로즈가 말다툼을 시작하려고 했을 때, 동글동글한 눈이 귀여웠던 새끼 사슴이 옆에서 튀어나온 커다란 마수에게 덥석 잡아먹혔다.

갑작스러운 일이라 멍하니 서 있는 우리 앞에서 우득우득, 하고 뼈가 부서지는 소리와 푸쉬잇, 하고 선혈이 흩날리는 소리가 유난히 생생하게 들렸다. 투욱, 하고 새끼 사슴의 머리가 그 입에서 찢어져 아래로 떨어졌다.

피투성이의 입을 우물거리면서, 그 마수의 시선이 우리를 포착했다.

사자 머리에 긴 엄니를 지닌 마수로, 호랑이 무늬가 있는 네 다리와 갈기는 피처럼 붉었고, 그 눈동자는 황금색으로 반짝였다.

"블러드 라이거……!"

로즈의 입에서 마수의 이름이 새어 나왔다.

블러드 라이거……. 분명히 산악 지대에 서식하는 마수였다. 그리고 어~ 어~…… 뭐였더라?! 전에 대장이 이 마수 이야기를 해 줬는데! 그냥 흘려듣지 말 걸 그랬어!!

"크아아아아아아아!"

우리를 향해 블러드 라이거가 사납게 포효했다. 큰일이야!

묶여 있다가 풀려난 사람들처럼 우리는 각자 무기를 손에 들었다.

"거리를 벌려라! 저 녀석은……!"

"으랴아아아!"

로즈가 뭔가를 말하려고 했지만, 들은 척도 안 하고 가론이 마수에게 달려들었다.

가론이 블러드 라이거를 향해 검을 내리쳤지만, 마수는 슬쩍 피해 버렸다. 그리고 반격이라는 듯이 이번엔 라이거가 가론을 향해 일격을 날렸다.

"흥, 이 정도는……!"

가론은 가지고 있던 큰 방패로 라이거의 앞발을 막았다. 나라면 저 멀리 날아가 버릴 듯한 일격을 가론은 막아 냈다. 오오.

"멀리 떨어져, 이 바보야!"

"앙?!"

로즈가 그렇게 외치자마자 블러드 라이거가 입에서 불꽃을 내뱉었다.

"크아아아아?!"

불꽃을 맞은 가론이 뒤로 넘어졌다. 그대로 단숨에 덮치려고 하는 라이거를 향해 돔 씨가 던진 해칫이 날아갔다.

해칫을 눈치채고 크게 뒤로 물러선 라이거가 이쪽을 돌아보았다.

“조심해! 저 녀석은 불을 뿜어! 가까이 가면 위험해!”

그래! 생각났다! 로즈의 말대로 불을 내뿜었어! 저 녀석은!

“【바위여 오너라, 거암(巨巖)의 분쇄, 록크래시】!”

서제스 씨가 마법 주문을 외우자, 블러드 라이거의 머리 위로 큰 나무통 정도의 바위가 출현했다. 하지만 타이밍이 늦어 라이거가 휘익 피해 버렸다. 결국 지면에 떨어진 바위는 산산조각으로 부서져 버렸다.

“늦어! 조금 더 빠르게 안 되나요?”

“마력을 집중하기가 어려워서 그래! 이런 상황에 힘든 요구를 해 봐야 아무 소용도 없어!”

라이거를 향해 검을 찌르려고 하는 아베르트. 그 목소리에 짜증이 난 것처럼 서제스 씨가 소리치며 대답했다.

로즈가 채찍을 휘두르며 라이거의 시선을 끌었다.

“이쪽은 됐으니 마법사 나리는 거기서 뒹굴고 있는 녀석을 어떻게든 해 봐!”

그 말대로 서제스 씨가 무릎을 꿇고 있는 가론에게 회복 마법을 걸기 시작했다.

“이 계집아이가! 이쪽을 향해 채찍을 휘두르면 어쩌나! 그냥 잘라 버리는 수가 있다!”

돔 씨가 라이거를 향해 배틀 액스로 일격을 날리려고 했는데, 타이밍 나쁘게도 로즈의 채찍이 눈앞으로 날아들었다.

안 되겠어. 전부 다 따로 놀아.

나는 품에서 봉(棒)수리검을 몇 개 정도 꺼내 라이거 얼굴을 향해 투척했다. 그중 하나가 멋지게 라이거의 눈에 꽂혔다. 노리고 던진 것처럼 보이지만 우연이에요!

"크아아아아아!"

눈이 망가지자 이쪽으로 목표를 바꾼 라이거가 나를 쫓아오기 시작했다. 으앗, 절대 안 잡히지롱~.

나는 나뭇가지를 붙잡고 몸을 한 번 회전시킨 뒤, 그 기세를 이용해 다른 나뭇가지로 뛰어 이동했다. 나는 잇달아 나무 사이를 뛰어서 도망쳤다. 이것이야말로 원숭이가 뛰어다니는 듯한 '사루토비(猿飛)' 술법.

모두에게서 충분히 거리가 멀어졌을 즈음 지상으로 내려와 나는 허리에서 닌자도를 빼냈다.

라이거의 움직임 자체는 빠르지 않았다. 기사단 훈련에서 봤던 모로하 님의 검술에 비하면 하늘과 땅 차이이다. 뱉어내는 불꽃만 조심하면 나 혼자서도 죽일 수 있을지 모른다.

아~……. 근데 내가 혼자 쓰러뜨리면 안 되는 거, 려나? 눈에 띄지 말라고 했으니까.

으~음…… 어쩌지?

내가 던진 봉수리검에 한쪽 눈이 망가져 미칠 듯이 분노한 블러드 라이거가 나를 향해 폭주해 왔다.

"역시 나 혼자서 쓰러뜨리면 안 되는 건가~……?"

그렇다면 모두가 같이 쓰러뜨린 셈이 되도록 밥상을 차려 놓는 게 나의 역할.

나는 품에서 엄지 정도의 작은 병을 꺼내 안에 있는 소량의 점액질 액체를 닌자도에 아주 살짝 흘렸다.

"쿠오아아아아아아아아!"

"이영, 차."

나는 돌진해 온 블러드 라이거의 일격을 피하면서 스쳐 가는 어깻죽지를 살짝 베었다.

이것으로 임무 완료. 이제는 독이 퍼지기를 기다리면 된다.

블러드 라이거에게 주입한 액체는 이센에 서식하는 저주개구리에서 채취한 마비독이었다.

이건 호흡 곤란과 몸의 마비를 일으키는 독으로, 당연히 격렬하게 움직이면 움직일수록 독이 빨리 퍼진다. 겉보기에는 지쳐서 그런 것으로밖에 안 보이리라 생각한다.

약해졌을 때 나 이외의 누군가가 결정타를 날리면 된다.

그런 생각을 하는 중에 고양이 귀 수인인 미우 씨가 가장 먼저 나에게 다가와 손에 들고 있던 두꺼운 나이프로 블러드 라이거의 꼬리를 잘라 버렸다.

"캬아아아아아아아아아아?!"

라이거가 몸을 돌리며 미우 씨에게 불을 뿜었다. 그걸 예상하고 있었는지 미우 씨의 뒤쪽에서 달려온 아베르트가 앞으로 나와 그걸 방패로 막았다.

아니, 그건 정말 그랬다고 할 수 있을까?

"……! 으아앗, 뜨거워?!"

잠시 버티긴 했지만 아베르트가 방배를 내던지며 도망쳤다. 그거야 당연하다. 금속제 방배로 화염방사를 막으면 그렇게 될 수밖에 없다.

"【빛이여 오너라, 반짝이는 연탄(連彈), 라이트 애로우】."

아베르트의 뒤에서 이번엔 서제스 씨가 빛의 화살을 날렸다. 날아온 세 개의 화살 중 두 개는 라이거가 쉽게 피했지만, 하나가 라이거의 측두부를 스치고 지나갔다.

라이거가 휘청휘청 비틀거렸다. 과연 그게 빛의 화살 덕분인지, 독 때문인지 나도 잘 알기 힘들었다. 다만 이제 약해졌다는 것만큼은 확실했다.

"으랏!"

"흐읍!"

로즈의 채찍이 라이거의 앞다리를 휘감았고, 돔 씨의 배틀액스가 그 반대편의 앞다리를 깊숙하게 베어 버렸다.

"크갸아아아아?!"

지면에 쓰러져 버둥거리며 발버둥 치기만 하는 블러드 라이거의 눈에는 살의와 분노가 떠올라 있었다.

그 라이거를 향해 아베르트의 검이, 미우 씨의 나이프가, 돔 씨의 배틀 액스가 작렬했다. 나는 완전히 방관자다.

"비켜라! 으랴앗!"

그런 나를 추월해 부활한 가론이 바스타드 소드를 블러드 라이거의 미간에 내리꽂았다.

엄청난 힘으로 내리꽂힌 검은 블러드 라이거의 두개골을 깨뜨리며 코와 입까지 흐느적거릴 만큼 망가뜨렸다.

그 이름대로 선혈에 젖은 블러드 라이거는 더는 움직이지 않았다.

"흥, 꼴좋군."

아~아. 이 사람이 제일 편할 때 끼어들었어. 거의 도움이 되지도 않았으면서.

그렇지만 이건 좀~…….

"참 나, 뭐 하는 거야?!"

"아앙?! 너에게 불평을 들을 이유는 없다만?!"

로즈의 말을 듣고 가론이 화를 냈다. 이 패턴은 이미 질릴 정도로 많아 봤지만, 이 남자에게 강하게 말을 해 줄 수 있는 사람은 이 언니밖에 없으니.

"블러드 라이거의 엄니는 비싸게 팔리거든?! 그걸 이렇게 상하게 만들어 놓다니, 가치가 확 내려갔잖아! 더 생각하고 검을 휘둘러!"

"크……!"

그렇다. 블러드 라이거뿐만이 아니라, 이런 엄니는 꽤 비싼 값에 팔 수 있다. 그런데 눈앞의 블러드 라이거의 엄니는 가론의 일격을 받아 양쪽 모두 중간쯤에서 뚝 부러지고 말았다.

세공품을 만드는 데 사용되는 이런 엄니는 당연하지만 크기가 크면 클수록 가격이 많이 나간다. 중간에 부러지면 가격이 뚝 떨어진다.

그래서 쓰러뜨릴 때는 보통 그런 점을 고려한다.

미우 씨가 부러진 엄니를 블러드 라이거에게서 채취했다. 그리고 익숙한 손놀림으로 네 다리의 발톱도 나이프로 잘라 냈다.

"원래는 털가죽도 벗겨 내야 하지만, 지금은 힘들어."

"……? 왜죠? 돈이 된다면 우리도 해체 작업을 돕겠습니다만……."

"한 마리 분량의 털가죽을 가지고 다니면 짐이 되는 데다 피 냄새가 너무 심하니까. 다른 마수를 불러들일 수도 있어."

아베르트의 그런 의문에 대답한 사람은 로즈였다.

아무래도 이 문신을 한 왕가슴 언니는 마수를 취급하는 법이나 지식이 많은 듯했다. 사냥꾼이었을지도 모른다.

하지만 사실, 폐하에게 받은 내 배낭에 넣어 두면 냄새도 안 나고 운반도 문제없지만.

"그럼 벗긴 털가죽을 이곳에서 멀리 떨어진 곳에 묻어 둬라. 돌아가는 길에 회수하면 되지 않나."

드워프인 돔 씨가 퉁명스럽게 말하자, 로즈와 미우 씨가 얼굴을 마주 보더니 고개를 끄덕이고는 블러드 라이거를 해체하기 시작했다.

두 사람의 작업을 도와줘 봐야 오히려 방해만 될 것 같아 우리는 그걸 가만히 지켜보기만 했다.

"고기는 먹을 수 있나요?"

"고무로 된 신발 밑창의 맛을 좋아한다면 먹어도 돼."

흥미롭게 해체 작업을 보도 아베르트의 질문을 듣고 로즈가 시선을 마주치지 않은 채 대답했다.

육식 동물은 대부분 근육 질겨서 맛없으니까. 개중에는 그럭저럭 먹을 만한 동물도 있지만. 용고기는 굉장히 맛있고 말이야. 좀처럼 먹을 기회가 없을 뿐.

나와 아베르트는 두 사람의 해체 작업을 지켜봤지만, 나머지 세 사람, 돔 씨와 서제스 씨, 그리고 가론은 조금 떨어진 곳에서 휴식을 취했다.

두 사람이 해체 작업을 끝낸 뒤, 우리는 그 털가죽을 라이거의 시체에서 상당히 멀리 떨어진 커다란 나무 밑에 묻었다.

엄니와 발톱은 돔 씨가 들고 다니기로 했다. 시험이 끝나면 털가죽을 포함해 모두 길드에 팔아 돈을 7등분 할 예정이다.

"그럼 가죠. 어두워지기 전에 어떻게든 저 산기슭에는 도착해야 합니다."

아베르트의 말대로 어두워진 후에 움직이는 건 위험하다. 일행을 잃을 위험도 있고, 마수에게 습격당할 확률도 높아진다.

묵묵히 산을 향해 나아가는 우리.

도중에 소형 마수를 만났지만 그걸 어떻게든 제압하면서 길을 재촉했는데, 갑자기 엄청나게 큰 새 같은 울음소리가 주변에 울려 퍼져 모두는 무심코 걸음을 멈췄다.

"방금 그건 뭐지?! 마수인가?!"

"호로로 새. 마수지만 그다지 위험하지 않은 녀석이야. 큰 소리로 위협하는 게 특기지."

모두가 주변을 경계하는데, 미우 씨만은 그렇게 말하며 타박타박 계속 걸었다.

그 모습을 보고 걱정을 던 일동은 다시 숲속을 걸었다. 앞서 가던 미우 씨를 따라잡은 로즈가 말을 걸었다.

"당신, 마수에 대해 잘 아는 모양이네?"

"나는 미스미드의 대수해 근처 지역에서 태어났으니까."

"아, 어쩐지. 나도 제국에서 수렵단에 속해 있었거든. 그래서 어느 정도 마수는 알고 있지만 북쪽이어서. 남쪽의 마수는 그다지 잘 몰라."

흐~응. 로즈 언니는 제국의 수렵단원이었구나. 어쩐지 마수를 잘 알더라니. 원래 사냥꾼이었구나.

"너는 모습을 보니 동쪽 출신인가 보지?"

"헹?"

로즈가 돌아보며 나에게 말을 걸었다. 여성은 우리 세 사람뿐이니, 말을 걸기 편한 건지도 모른다.

"그, 그렇지 뭐. 이셴에서 태어났어."

"이센이라. 꽤 먼 곳에서 왔네. 아, 브륀힐드의 임금님도 이센 출신이라고 했던가? 그래서 온 거야?"

"아, 으응. 응, 맞아."

로즈에게 대답을 하긴 했지만 더듬거리며 말을 하고 말았다. 으~음. 난 거짓말을 잘 못 하는데.

폐하는 이센 출신이 아니다. 하지만 세상 사람들에게는 그렇게 알려진 듯했다.

애초에 벨파스트와 레굴루스로부터 토지를 양도받은 폐하에게 우리 대장이 이끄는 닌자 일족이 찾아가 브륀힐드가 시작되었다.

그 이후에 타케다 사천왕과 사천왕을 따르는 사람들이 추가로 찾아와 처음에는 주민 대부분이 이센 사람들이었다고 한다.

거리에 있는 음식도 이센풍이 많으니, 그런 오해를 받아도 어쩔 수 없는 건가?

그런데 이센이 아니라면 폐하는 어디 출신인 거지? 유론? 설마 그건 아니려나? 다정한 폐하가 자신이 태어난 나라를 그렇게까지 내버려 둘 리가 없잖아.

"아."

"왜 그러지?"

문득 앞서 걷던 미우 씨가 멈춰 서, 로즈도 걸음을 멈췄다. 쫑긋쫑긋, 하고 미우 씨 머리 위의 고양이 귀가 작게 움직였다.

"물소리. 강이 근처에 있어."

"강이?"

로즈는 뒤에서 따라오는 서제스 씨를 불러 지도를 확인했다.

"확실히 강이 있어. 이걸 따라 거슬러 올라가면 산기슭에 헤매지 않고 갈 수 있겠어."

지도와 방향을 맞춰 보며 서제스 씨가 로즈에게 대답했다. 일단 모두 이 섬의 지도를 가지고 있었지만, 서제스 씨가 가지고 있는 지도가 가장 세세하고 정확했다. 지도는 가격에 따라 정확성이 달라지니까.

그래 봐야 내가 가지고 있는 스마트폰의 지도가 가장 정확하지만! 현재 위치도 나오고!

이윽고 강에 도착한 우리는 강을 따라 산기슭으로 걸어갔다.

이런 경우 강을 따라서 가는 것도 장단점이 있다. 당연하지만 마수도 살아 있는 이상 물을 마시러 오잖아? 그때 따악 마주칠 가능성도 있는 법이니까.

다행히 전망이 좋아서 멀리서라도 마수가 있으면 금방 알아채니 바로 도망갈 수도 있지만.

운이 좋았던 건지 강을 따라 걷는 우리 앞에는 마수가 한 마리도 나타나지 않았다.

얼마 안 있어 날이 저물었다. 아무래도 더 나아가면 위험하다고 판단해 우리는 강에서 가깝고 트여 있는 장소를 오늘의

캠프지로 결정했다.

마른 나뭇가지를 모아 불을 피우고 각자 자신이 가지고 온 음식을 먹기 시작했다.

"어디 가? 너무 멀리 가면 위험해."

모닥불 주변을 둘러싼 모두에게서 살짝 멀어지려고 하는 나를 눈치 빠르게 발견하고 로즈가 말을 걸었다.

"자, 잠깐 용무를……."

"아……. 미안. 천천히 다녀와."

쓴웃음을 짓는 로즈에게서 떨어져 나는 숲 안으로 들어갔다.

사실은 나도 식사를 하려고 했을 뿐이지만, 배낭 안에서 나오는 식량을 보여 주면 사람들 앞에서는 먹을 수 없다고 판단했다.

대충 높은 나무 위로 올라가 나는 배낭에서 '그것'을 꺼냈다.

"역시 이걸 사람들 앞에서 먹으면 수상하게 생각할 거예요, 폐하~……."

큰 접시 오른쪽에는 흰쌀밥. 왼쪽에는 향기로운 향신료 향기가 나는 카라에. 그리고 선명하게 반짝이는 복신지 장아찌. 이건 틀림없이 카라에 라이스였다.

어딘가 얼빠진 면이 있다니까, 우리 폐하는.

"그렇지만…… 아아암, 너무 맛있어~!"

카라에 라이스는 일품이었다. 용무를 보러 간다며 빠져나온 이상은 너무 오래 시간을 끌며 먹을 수는 없었다.

하지만 그런 것과는 상관없이 나는 단숨에 와구와구 다 먹어치우고 말았다. 이건 정말 맛있어.

다 먹고 물통의 물을 마시면서 스마트폰으로 폐하와 대장에게 정시 연락 메시지를 보냈다. 이쪽은 아무런 문제 없음…….

아무 문제가 없지는 않지만 말이지. 솔직히 블러드 라이거와 싸우는 모습을 보고 엉망진창이라고 생각했다. 서로서로 방해하는 느낌이었으니까.

즉석 파티니까 능숙하게 연계된 움직임까지는 기대하지 않았지만 그래도 대처할 수 있어야 모험자다. 초보이지만 그런 생각이 들었다.

너무 오래 있으면 자칫 오해를 살지도 모르니, 얼른 모닥불이 있는 곳으로 돌아가기로 했다.

배가 부른 나는 모닥불에서 조금 떨어진 곳으로 가서 주변에 있는 풀숲에 벌렁 드러누웠다.

모두는 각자가 준비한 식량을 먹었다. 보통 이동식이라고 하면 대부분이 말린 고기나 말린 물고기, 콩 종류, 말린 과일 같은 종류이지만, 이번처럼 단지 여행이라면 보통 빵이나 과일을 가지고 온다.

"……? 카라에 냄새가 나……."

"무슨 소리야. 이런 빵보다 고향의 맛이 그리운 마음은 알겠지만."

킁킁, 코를 벌렁이던 미우 씨가 고개를 갸웃하자, 로즈가 웃으면서 어깨를 두드렸다.

미우 씨는 내가 있는 쪽으로 시선을 던졌지만, 나는 모른 척했다. 수인의 후각은 날카로워……. 들켰을까?

다른 사람을 보니, 돔 씨는 냄비를 가지고 왔는지 고기와 야채가 들어간 국으로 보이는 뭔가를 만들었다. 술까지 가지고 온 모양이었다.

그 모습을 본 아베르트가 안 되겠다는 듯이 한마디 했다.

"마수에게 야습을 당할지도 모르는데 술을 마시다니 괜찮은 건가요?"

"바보 같은 소릴. 드워프에게 이 정도의 술은 그냥 물이나 마찬가지야. 밥을 먹는데 술이 없다니 말도 안 되지."

그렇게까지 말하니 아베르트도 더는 참견할 수 없었다. 드워프가 얼마나 대주가인지는 유명하니까. 나는 드워프보다도 대주가인 사람을 알고 있지만…….

그분은 헤롱헤롱 취해 있는 것 같지만 취하지 않는다. 아니, 취하는 것도 취하지 않는 것도 자유자재처럼 보인다. 드워프의 대장장이 직인들과 술 대결을 해서 모두 이겼었지?

겉보기는 나보다도 어린 여자아이인데……. 폐하의 친척은 모두 별난 사람들뿐이다.

술을 계속 마시는 돔 씨를 내버려 두고 아베르트가 모두에게 말했다.

"불 당번을 세워야 하는데, 순번은 어떻게 하실 건가요?"

조금 전에 스마트폰으로 확인했는데, 지금은 대략 오후 8시. 지금부터 아침까지라고 치면 약 아홉 시간이려나?

2 · 2 · 3으로 나눠 3교대제로 순번을 정하고 잠을 자기로 했다. 한 사람씩이 아닌 이유는 누군가가 잠이 들어 버리면 불당번도 마수 경계도 무의미해지기 때문이다. 하지만 둘이 있으면 서로 상대를 감시할 수도 있다.

하지만 이렇게 되면 누구와 한 조가 되는지가 중요해진다. 그런데 로즈가 재빨리 나를 포함해 여자끼리만 모아 3인조를 만들었다. ……나야 좋지만.

그렇게 되면 나머지 남자 네 명인데, 아베르트와 가론은 같이 있으면 어떤 문제가 일어날 것 같아서, 아베르트와 서제스, 가론과 돔이 한 조가 되었다.

순서는 조금 다툼이 있었지만, 처음에는 우리, 다음은 아베르트와 사제스 조, 마지막으로 가론과 돔 조로 결정되었다. 도중에 일어나야 하는 아베르트와 사제스 조가 꽝을 뽑은 형태가 되었다.

밤이 되면서 점차 추위가 심해졌다. 우리 여성진 이외에는 내한성(耐寒性)이 높은 망토를 꺼내, 그것을 몸에 둘둘 말고 잤다.

물론 우리도 추위를 막기 위해 망토 종류를 몸에 두르고 불당번을 맡았다.

내일이 되면 화차초가 있는 곳에 도착한다. 파이어 리자드가 없으면 좋겠는데~. 성장한 파이어 리자드는 상당히 크기도 하고, 기본적으로 무리 지어 행동한다고 하니…….

문득 시선을 들어 보니 로즈가 주변을 힐끔힐끔 살피고 있었다.

"……? 왜 그래?"

"아니, 길드의 감시원이 지금도 있는가 싶어서. 인기척도 없는데, 정말로 우리의 행동을 보고 있나 싶잖아?"

있어~. 적어도 눈앞에 한 사람. 나지만.

초보 모험자에게 기척을 들킬 정도로 미숙한 사람을 이런 일의 감시원으로는 사용하지 않아. 우리 대장은.

"분명히 있어. 아마 브륀힐드의 첩보 부대겠지. 우리보다는 훨씬 상위의 사람들."

로즈의 말을 듣고, 미우 씨가 그렇게 단언했다. 오오, 맞혔어. 그렇지만 로즈는 한쪽 눈썹을 들어 올리며 의아하다는 표정을 지었다.

"왜 브륀힐드의 첩보 부대가 나오는 거야. 이건 길드가 하는 일이잖아?"

"시험관 중 한 명이 브륀힐드 공왕의 친족이었거든. 그렇다면 그쪽 사람들을 써도 이상하지 않아. 아마 우리의 행동 감시와 무슨 문제가 있었을 때 구조하는 일을 맡았겠지."

상당히 날카롭다. 미우 씨의 설명을 듣고 로즈는 더욱 두리번거리며 주변을 살폈지만, 아무것도 발견하지 못했는지 다시 미우 씨에게 말을 걸었다.

"그럼 우리가 위험한 상태에 빠지면 구해 주러 온다는 거야?"

"아마도. 하지만 그렇게 되면 거기서 시험은 끝. 임무 실패로 랭크업도 못 하고, 보수도 못 받아."

"그건 곤란한데……. 그렇지만 그게 사실이라면 안심이 돼. 무슨 일이 있어도 안전하다는 말이잖아?"

"너무 의지하지 않는 게 좋아~."

두 사람의 이야기에 내가 무심코 끼어들고 말았다.

"그쪽의 임무는 어디까지나 우리를 감시하는 거니, 이쪽이 상당히 위험한 상태가 아니면 움직이지 않을 거야. 팔 하나를 잃을 정도의 위기가 아니면 도우러 오지 않을지도 몰라. 물론 우리가 절대로 상대하지 못할 만큼 높은 랭크의 마수가 나오면 바로 도와주러 오겠지만."

"응. 우리에게 무슨 일이 벌어진 다음에 그쪽이 움직인다고 해도 늦지 않을 거란 보장이 없어. 너무 의지하지 않는 편이 좋아."

미우 씨의 말대로 이쪽에 피해가 발생한 후에 대장 일행이 움직일 테니, 제시간에 도우러 오지 못할 수도 있다.

그걸 방지하려고 내가 있는 거지만. 대장 일행이 올 때까지 시간을 버는 것 정도는 가능하리라 생각한다.

"쳇. 역시 모험자와 위험한 상황은 떼려야 뗄 수 없는 관계인가."

"하지만 그만큼 벌이가 되는 일. 이번 일도 성공하면 백금화 두 닢."

"굉장하지? 뭘 사면 좋을까?"

보수를 생각하면 무심코 뺨이 누그러졌다.

기사단의 월급은 그다지 높지 않다. 그 대신 이런저런 특권이 있긴 하지만. 유희실을 사용할 수 있다든가, 일정 금액만 내면 식당에서 마음껏 먹을 수 있다든가. 생활에 필요한 대부분의 돈은 폐하가 내주니, 돈이 별로 없어도 곤란할 일이 없기도 하다.

또, 가끔 '보너스' 라고 해서, 폐하가 특별 수당을 주기도 한다.

이번의 일도 '보너스' 에 가까운 것인가?

"수지맞는 일이라, 뭔가 이면이 있는 게 아닐까 하는 의심이 들 것만 같아."

"아마 좋은 무기나 방어구를 갖추라는 의미가 아닐까? 랭크업하면 그만큼 레벨이 높은 의뢰를 받을 수 있을 테니———."

"이 계집애들이! 시끄럽다! 잠을 못 자겠잖냐!"

로즈의 목소리를 끊으며 등 뒤에서 돔 씨가 마구 고함을 쳤다. 우리는 목을 움츠리며 겸연쩍은 표정으로 서로를 바라보았다. 확실히 너무 떠들었다.

그 후, 우리는 한동안 아무 말 없이 불 당번을 맡았지만, 금세 또 작은 목소리로 교대할 때까지 이런저런 이야기를 나누었다.

"이제 아침이야. 일어나."

"으응? ……?"

미우 씨가 흔들어서 나는 눈을 떴다.

어제는 아베르트, 서제스 조와 불 당번을 교대하고 곧장 누웠지만, 좀처럼 잠이 들지 못했다. 그 탓에 아직 조금 졸리다.

캠프한 곳 근처의 강에서 세수하고 완벽하게 잠을 깼다. 이미 하늘은 서서히 밝아지기 시작한 상태였다.

아베르트가 모두에게 다가가 말을 걸었다.

"그럼 가죠. 어떻게 해서든 오늘 중으로 화차초를 발견해야 해요."

"여기서부터는 최대한 주변을 주의해서 살피며 가는 게 좋겠어. 어디에 화차초가 피어 있을지 모르니까."

산악 지대에 피어 있다고 하는 화차초. 로즈의 말대로 이미 산악 지대라고 해도 좋을 위치였다.

어쩌면 근처에 피어 있을 가능성도 있었다. 잘 살피자.

우리는 주의 깊이 관찰하면서 산길을 걸었다.

이윽고 세 시간쯤 걷자 숲이 끝나고, 주변에서 울퉁불퉁한 바위가 보이기 시작했다. 아마 이 주변이라고 생각하는데.

주변에는 풀처럼 보이는 식물이 어느 정도 피어 있었지만, 화차초는 아닌 듯했다.

바위 더미에는 정말 엄청난 바위부터 가론의 키보다도 높은 바위가 흔하게 있어 시야가 상당히 나빴다. 찾으려면 꽤 고생하겠어.

"어떻게 할까요? 각자 흩어져서 찾아볼까요?"

"하지만 파이어 리자드가 있을지도 몰라. 단독 행동은 위험해."

"그래도 뭉쳐서 찾으면 시간을 잡아먹을 뿐이야. 나눠서 찾아야 더 빠르겠지. 이런 곳에서 어물거리다가는 내일 저녁 시간에 맞추지 못해."

아베르트의 제안을 듣고 돔 씨와 서제스 씨가 그렇게 대답했다. 확실히 화차초를 발견한다고 해도 시간에 맞추지 못하면 아무 소용이 없다.

"나는 알아서 찾지. 이렇게 어기적거리는 게 가장 큰 시간 낭비니까."

가론은 그렇게 말하더니 우리에게서 떨어져 주변을 찾기 시작했다. 응, 그건 그렇다.

"여전히 제멋대로인 녀석이야."

"그렇지만 저 사람 말도 맞아. 이러고 있는 사이에도 시간은 지나가고 있잖아."

가론에 이어 서제스 씨도 일행에서 떨어져 찾기 시작했다. 우리도 서로 얼굴을 마주 본 뒤, 각각 흩어져서 찾기로 결정했다.

나는 주변에서 가장 높은 바위 위에 기어 올라가 주변을 마안으로 살폈다. 새삼스럽지만 이걸 내가 발견해도 되는 걸까?

화차초를 찾는 것도 시험의 하나라고 하면, 대상이 아닌 내가 굳이 찾아봐야……. 어~. 으으음. 잘 모르겠다.

잘 모르겠으면 물어보자!

대장에게 메시지를 보냈다.

삑.

▶화차초, 제가 발견해도 문제없나요?

대장의 답변.

삑.

▷문제없음. 임무를 계속하기 바람.

응, 괜찮은가 보다. 좋아, 그럼 진심으로 찾아보자~.

없어…….

그 이후로 몇 시간이나 찾았는데 전혀 발견하지 못했다. 정말로 이 섬에 있는 거야~?

원래 의뢰를 받은 이후의 행동으로 시험 판정을 하는 게 목적이니, 처음부터 의뢰 내용은 아무 상관이 없는 거고, 따라서 화차초는 처음부터 없었던 게 아닐까?

……아니, 다름 아닌 그 폐하잖아. 전날에 이 주변의 화차초를 마구 찾아서 발견하기 힘든 것만 남겨 뒀을 가능성도 있어. 성격이 나쁘니까~.

그런데 성격은 나빠도 없는 물건을 찾아오라고 할 사람은 아니다. 폐하가 있다고 했으니 아마 있겠지.

"아야야야. 계속 아래만 봐서 허리가 아파졌어."

나는 고개를 들고 허리를 폈다. 숙인 채 땅을 봐서 그런지 허리가 아팠다. 나는 허리에 손을 대고 크게 뒤로 몸을 젖혔다.

천지가 역전됐다. 나는 몸이 유연해서 완전히 이렇게 뒤로 젖혀서도 볼 수……. 어?

거꾸로 보이는 내 뒤쪽의 바위 더미 위에 그 녀석이 있었다.

커다란 도마뱀 몸통에 울퉁불퉁한 적동색 비늘. 굵은 꼬리와 날카로워 보이는 갈고리발톱. 파충류 특유의 세로로 긴 눈동자가 이쪽을 가만히 바라보았다.

나는 눈을 돌리지 않게 몸을 그 녀석의 정면으로 반쯤 회전시켜 돌아섰다.

천지가 되돌아오는 동시에 그 녀석은 이쪽으로 달려들었다.

"우와아앗!"

나는 옆으로 돌면서 몸통 박치기를 피했다. 그리고 품에서 꺼낸 봉수리검을 던졌지만, 붉은 비늘은 그걸 가볍게 튕겨 냈다. 단단해?!

공격을 당해서 화가 났는지 그 녀석은 온몸에서 불꽃을 분출했다. 틀림없다. 파이어 리자드다!

"화차초보다 먼저 이걸 발견하다니 운이 없어……."

나는 허리의 닌자도를 뽑아 날이 아래를 향하게 잡았다. 어떻게 하지? 독을 칼날에 발라도 저 불 탓에 증발될 테고, 그 이전에 꽂을 수 있을지 의심스러운데.

시즈쿠라면~. 그 아이는 수둔(水遁) 술법이 특기이니 물로 이렇게 좌악, 하고 끌 수 있을지도? 내 특기는 화둔(火遁) 술법이니~.

"그렇다고 도망갈 수도 없고. 다른 보는 사람도 없으니 마음껏 싸워 볼까?"

일단은 바람이 불어오는 쪽으로 돌아가 소매에 넣어 둔 암암접(暗闇蝶)의 인분(鱗粉)이 들어 있는 작은 자루를 던졌다.

"크하아?!"

시각을 빼앗는 인분을 얼굴에 맞고 파이어 리저드는 미친 듯이 날뛰었다. 아무리 불도마뱀이라도 눈에서 불이 나오지는 않으니 못 지키는구나.

주변이 보이지 않는 지금이 절호의 기회.

나는 주변에 흔히 굴러다니는 커다란 바위를 들어 올려 잇달아 파이어 리자드에게 던졌다. 단단한 상대에게는 타격 계열. 이건 상식이다.

“쿠엑! 쿠케엑!”

수박 정도의 바위를 몇 개인가 머리에 던졌더니, 파이어 리자드는 확실히 약해졌다.

자랑은 아니지만 나는 힘이 세다. 이 정도 바위라면 아무렇지도 않게 던질 수 있다. 여자아이가 그러면 어쩌나 하는 소리를 들을 거 같지만, 어쩔 수 없잖아? 여러모로 편리하기도 하고.

“크갸아아아아아아아아아!”

“앗, 위험해!”

파이어 리자드가 입에서 불을 내뿜었다. 어제 싸웠던 블러드 라이거와 비슷한 화염 방사다.

“이 녀석!”

“캬풋?!”

나는 잇달아 더욱 큰 바위를 눈이 보이지 않는 파이어 리자드를 향해 집어 던졌다.

이윽고 온몸에서 나오던 불이 사라지고 파이어 리자드는 더 이상 움직이지 않았다. 커다란 바위에 묻혀 혀를 흐늘거리게 내놓은 상태로 불도마뱀은 숨을 거두었다.

좋아! 완 · 전 · 승리! 어? 닌자답지 않다고? 아니아니, 이기면 된 거예요! 닌자는 목적을 위해서라면 수단을 가리지 않는다. 대박 합리주의자들이니까!

죽은 파이어 리자드를 쿡쿡 찔러 보았다. 이제 안 뜨겁다. 굳이 따지자면 차가울 정도다. 이상해.

이 파이어 리자드도 뭔가 소재가 될 텐데, 나는 잘 모른다. 가죽이려나? 그렇다면 바위로 너무 많이 상처를 낸 걸지도?

미우 씨나 로즈라면 알고 있을지도 모른다. 물어볼까……? 아니, 지금은 그것보다도 먼저 화차초를 찾아야 해.

파이어 리자드가 있었으니, 이 근처에 역시 화차초가 있다는 건데…….

내가 그렇게 생각하며 화차초를 찾으러 가려고 했을 때, 하늘에서 빛의 폭발이 일어났다.

폭발이라고는 해도 빛이 보였을 뿐이다. 대낮인데 눈부신 섬광이 북쪽으로 몇 발인가 발사되었다.

저건 빛 마법?【플래시】인가? ……그렇다면 서제스 씨?

무슨 신호……. 화차초를 발견했든가, 아니면……. 나는 쓰러져 있는 파이어 리자드의 사체를 슬쩍 본 다음, 섬광이 발사된 장소를 향해 달리기 시작했다.

내가 달려가 보니, 바위 더미가 마치 계곡처럼 파인 장소에서 서제스 씨와 가론, 그리고 돔 씨가 많은 파이어 리자드들에게 둘러싸여 있었다.

정확하게는 골짜기 같은 곳으로 쫓겨가 앞뒤로 습격을 당한 상태다.

파이어 리자드들은 몸에서 불꽃을 내뿜었고, 그 공격을 앞뒤의 가론과 돔 씨가 막는 중이었다.

"【빛이여 오너라, 반짝이는 연탄(連彈), 라이트 애로우】."

가론의 방패 뒤에서 서제스 씨가 빛의 화살을 날렸다.

빛의 화살 세 개가 연속으로 몇 마리의 파이어 리자드에게 맞았지만, 크게 뒤쪽으로 날려 버렸을 뿐, 큰 효과는 없는 듯했다.

마법의 강도는 술자가 모으는 마력과 숙련도에 비례한다. 이렇게 말하긴 뭐하지만, 서제스 씨는 그렇게까지 강한 마법을 사용하지 못하는 듯했다.

아니, 모든 마력을 다 쓰면 몇 마리 정도는 쓰러뜨릴 수 있을 테지만, 그렇게 했다가 마력을 다 써서 쓰러지면 아무 의미가 없다.

나는 몇 개의 봉수리검을 돔 씨 쪽에 있는 집단에 강하게 던졌다.

단단한 비늘 탓에 봉수리검이 꽂히지는 않았지만, 관심을 돌리는 데는 성공한 듯했다. 이쪽을 돌아보며 틈을 보인 파이어 리자드에게 돔 씨의 배틀 액스가 작렬했다.

그리고 선혈이 그득한 도끼를 옆으로 크게 휘둘러 다른 파이어 리자드들을 견제한 뒤, 방패를 내밀어 다시 가드를 굳혔다.

그러는 사이에 미우 씨와 로즈, 아베르트도 참가해, 우리 일곱 명과 파이어 리자드의 집단전이 시작되었다.

그렇지만 계곡에 있는 세 사람이 파이어 리자드에 둘러싸여 있는 이상, 어떻게 하면 좋을지…….

방법이 없는 건 아니지만~. 으~음. 눈에 띄지 말라고 그랬으니……. 에에잇, 모르겠다! 이런 상황에서는 어쩔 수 없어!

"돔 씨, 방패를 들고 버티고 있어!"

돔 씨는 무슨 말인지 잘 이해를 못 한 듯했지만, 일단 하라는 대로 방패를 정면으로 들고 자세를 잡았다.

나는 허리의 파우치에서 비장의 무기를 꺼낸 다음, 돔 씨 일행 앞에 있던 파이어 리자드 집단을 향해 투척했다.

다음 순간, 큰 폭발음과 함께 그곳에 있던 파이어 리자드 몇 마리가 공중으로 튀어 올랐다. 산산조각이 난 바위 조각도 주변으로 튀어, 돔 씨가 자세를 잡고 내민 방패에 캉캉거리며 부딪쳤다.

엄청난 폭발음에 파이어 리자드들의 움직임이 멈췄다. 돔 씨와 가론, 다른 모두의 움직임도 멈췄지만.

"세 사람 모두 지금이야, 이쪽으로!"

"응?! 그, 그래!"

가론 일행이 쓰러져 있는 파이어 리자드 사이를 달려 우리가 있는 쪽으로 합류했다.

우리는 그대로 계곡 형태의 바위 더미를 빠져나가 출입구 부근에서 뒤쫓아 오는 파이어 리자드를 요격하기로 했다. 이곳이라면 파이어 리자드가 뒤로 돌아가서 공격해 올 걱정은 없다.

"이봐, 꼬맹이! 조금 전의 그건 이제 없는 건가?!"

"꼬맹이라고 하지 마! 몇 발 더 있긴 하지만……."

"그럼 어서 던져!"

"있잖아! 그 작렬탄은 만드는 데 돈이 꽤 든단 말이야!! 부여 마법도 걸어 달라고 해야 해서, 그거 한 발만 해도 굉장히 비싸! 은화 세 닢은 하거든?! 호화로운 식사 세 끼가 한 발에 사라진다고! 알겠어? 이 근육 바보야!"

가론이 멋대로 그런 소리를 내뱉어서 내가 무심코 그렇게 반격하자, 뒤에서 로즈가 내 어깨를 붙잡았다.

"잠깐 진정해! 비싸다는 건 알겠지만, 일단 살고 봐야지. 보수가 들어오면 우리도 조금은 보탤 테니……."

정말로? 나중에 못 내겠다 그러기 없기다? 이건 기사단 장비가 아니라 내 개인 물품이거든. 폐하가 돈을 내주는 게 아니란 말이야.

일단 모두의 확약을 얻은 나는 파우치에서 나머지 코카의 인장이 찍힌 작렬탄을 꺼냈다. 전부 세 발. 저 파이어 리자드를 다 쓰러뜨리긴 힘들지만, 폭발로 날아가 버린 파이어 리자드에게 결정타를 날리는 일은 간단할 거라 생각한다.

"날아가 버려라!"

나는 가능한 한 파이어 리자드가 밀집해 있는 곳에다 작렬탄을 던졌다.

콰앙! 콰앙! 콰앙! 하고 큰 폭발음과 함께 파이어 리자드가 날아갔고, 대미지를 받은 녀석은 지면에서 괴로워하며 뒹굴었다.

"지금이야! 상처를 입은 녀석부터 확실히 죽여라!"

가론의 목소리에 따라 모두가 더는 움직이지 못하게 된 파이어 리자드를 잇달아 죽였다. 가죽 등 소재가 될지도 모르지만, 지금은 그런 말을 할 상황이 아니었다.

나도 뒤집힌 파이어 리자드의 부드러운 목이나 배를 노리고 닌자도를 꽂았다.

작렬탄을 맞아 혼란을 일으킨 파이어 리자드 중에는 도망을 가는 등, 이미 싸울 상태가 아닌 녀석도 있었다.

이윽고 돔 씨의 일격으로 마지막 개체가 쓰러지자 우리는 그 자리에 주저앉고 말았다.

"바, 방금 그건 위험했어요……."

"정말 위험했다. 계집아이의 폭탄이 없었다면 우리는 당해 버렸을지도 몰라."

아베르트와 돔 씨가 거칠게 숨을 쉬며 그렇게 중얼거렸다. 그러니까, 계집아이라고 하지 마~!

"고마워. 덕분에 살았어."

"아뇨아뇨~……."

인사를 하는 미우 씨에게 드러누운 채 한쪽 손을 흔들었다.

큰일이야~……. 잔뜩 활약하고 말았어. 그런데 방금 그건 어쩔 수 없었다고 생각해. '이래선 시험 판정을 못 하잖아!' 같은 말을 듣진 않겠지? 그치?

대장이 나무라는 메시지를 보내지 않길 기도하면서, 나는 자리에서 일어섰다.

주변에는 많은 파이어 리자드의 사체가 겹겹이 쌓여 있었다.

"이거, 팔 수 있어?"

"파이어 리자드 말이야? 팔려면 팔 수야 있겠지만 별로 돈이 되지는 않아. 가죽이 제일 비싸게 팔리는데, 그건 같은 강도에 더 질이 좋은 마수가 있으니까. 푼돈밖에 안 되지."

로즈의 대답을 듣고 나는 실망했다. 고생만 하고 보람이 없구나.

"그런데 왜 이렇게 파이어 리자드가……. 여러분들, 뭘 한 거죠?"

"아무것도 안 했다! 저기 있는 바위 더미를 지나려고 했는데 파이어 리자드가 있어서, 그 녀석과 싸웠는데 계속 끝없이 나오더군!"

그러다 정신을 차려 보니 둘러싸여 있었다는 거구나. 안 되겠네. 주의력 산만이야. 이건 마이너스 포인트.

아베르트에게 반론하는 가론을 보면서 그런 생각을 하는데,

미우 씨가 무언가 눈치챘다는 듯이 코를 킁킁거리며 냄새를 맡았다.

"이건……!"

미우 씨가 계곡 형태의 바위 더미를 향해 걸어갔다. 자, 잠깐만, 위험해!! 아직 파이어 리자드가 있을지도 모르잖아.

내가 미우 씨를 쫓아가자 다른 사람들도 우리 뒤를 따라 걷기 시작했다.

바위 더미 계곡을 빠져나가 조금 높은 경사면을 올라가 보니, 그곳에는 새빨간 양탄자처럼 흐드러지게 피어 있는 화차초의 모습이 보였다.

"이건……."

"굉장해……."

멍하니 멈춰 선 아베르트와 가론. 서제스 씨는 발밑의 화차초를 뿌리 부근에서 뜯어 확인해 보았다.

"틀림없어. 화차초야."

"하하하, 성공이야! 발견했어!"

"응, 성공했어."

로즈가 옆에 있던 미우 씨를 껴안으며 환호했다.

주변이 높은 바위 더미에 둘러싸여 있어 마안으로는 보이지 않았던 거구나. 마치 비밀의 화원 같아.

"그렇군. 이게 파이어 리자드가 있었던 원인인가."

돔 씨의 말대로, 이곳은 파이어 리자드의 먹이터였을지도?

파이어 리자드로서는 이곳이 그 누구에게도 침범받고 싶지 않았던 장소였던 걸까?

"그럼 혹시 모르니 각자 두세 개씩 뜯어가죠."

아무도 아베르트의 의견에 반대하지 않고, 각자 화차초를 몇 개씩 뜯었다. 의뢰의 성격을 보자면 하나만 가져가도 충분했지만, 어떤 일이 벌어져 잃어버리거나 떨어뜨리는 일도 생각해 볼 수 있다.

게다가 비싸게 팔 수 있을지도 모른다. 모두 그렇게 생각했는지, 뜯을 수 있을 만큼 뜯고 있었다.

원하던 물건이 손에 들어와서 그런지 저마다 가볍게 한마디씩을 했다.

"어떻게 되려나 했는데 별것 아니었어."

"그런 말을 잘도 하시네요. 블러드 라이거 때는 상당히 위기였던 주제에."

"워워, 이제 백금화 두 닢도 받을 수 있잖아. 고마운 일이야."

"그런데 뭔가 개운하지가 않네……."

"이 정도로 백금화 두 닢을 얻다니…… 아직 뭔가 있으려나……?"

여섯 명이 이야기하는 사이에 나는 바위 더미 위쪽에서 기묘한 무언가를 발견했다.

나는 그 바위 위쪽으로 뛰어 올라갔다. 그곳은 바위의 위쪽인데 볏짚과 풀이 깔려 있었다. 그리고 커다란 무언가가 그 위에 있었던 것처럼 밥그릇 모양으로 움푹 파여 있었다.

잠깐만, 이건 무언가의 둥지 같은데……. ……!!!

……그 많던 파이어 리자드가 이곳의 화차초만큼은 먹지 않았다. 왜일까?

먹고 싶어도 먹을 수 없었던 이유가 있었던 거야. 파이어 리자드들은 '그 녀석' 이 없을 때만 몰래 먹으러 왔다. 왜냐하면 들통난다는 건 죽음을 의미하니까———.

"모두! 여기서 도망……."

"크아아아아아아아아아아아아아아아!!"

하늘을 찢는 듯한 포효와 함께 이 둥지의 주인이 우리의 머리 위 하늘에 나타났다.

광택을 발하는 비늘과 날카로운 엄니. 긴 목과 무시무시한 독침이 달린 꼬리. 앞발은 없고, 대신에 커다란 피막을 갖춘 날개가 되어 있었다.

비룡(와이번)이다.

그 붉은 두 눈동자가 우리를 비웃듯이 내려다보고 있었다.

큰일이야. 정말로, 큰일이야, 큰일!

비룡(와이번)은 역시 위험하다!

비장의 무기인 작렬탄은 이미 다 썼고, 기사단 장비는 놔두고 왔으니!

게다가 작렬탄이 있었다고 해도 나 혼자서 비룡을 상대하기는 불가능해! 지룡(地龍)이라면 어떻게든 될지 몰라도, 나는 녀석을 떨어뜨리다니, 쉽게 할 수 있을 리가 없어.

푸드덕푸드덕 날갯짓하면서 와이번은 우리를 계속 노려보았다.

나는 비룡을 자극하지 않으려고 둥지가 있던 바위 더미에서 내려와 모두가 있는 곳으로 천천히 돌아갔다.

"마, 말도 안 돼. 왜 와이번이……."

"와이번은 빨간색 랭크의 토벌 대상이다. 이길 수 있을 리가 없어……."

로즈와 서제스 씨가 뱀에게 포착된 개구리처럼 몸이 굳었다.

폐하도 막 모험자가 됐을 때, 흑룡을 퇴치해 드래곤 슬레이어라는 칭호를 얻었다고 하지만, 우리를 그 사람이랑 똑같이 취급해서는 안 된다.

흑룡도 와이번도 같은 빨간색 랭크 토벌 대상이긴 하지만 그 차이는 크다. 기본적으로 흑룡은 정말로 용이지만, 와이번은 아룡(亞龍)이라고 불리는 용의 권속에 지나지 않는다. 그래서 와이번을 쓰러뜨려도 드래곤 슬레이어라는 칭호는 받지 못한다.

물론 칭호를 받을 수 있다고 해도 진짜 용이 등장하면 곤란할 뿐이지만……. 확실히 죽을 테니까.

와이번이니까 아직 그나마 괜찮다고도 할 수 있다.

"모두 잘 들어줘. 천천히 이곳에서 도망치자. 당황하지 말고. 그리고 와이번에게 적대감을 보이지 마. 자극하면 안 돼. 조금이라도 이상한 행동을 하면――――――."

내 목소리를 차단하듯이 까라아아아아아아앙! 하고 갑자기 주변에 금속음이 울려 퍼졌다. 우아아아아아아아아악?!

뭔가 하고 시선을 돌려 보니, 가론 녀석이 바위에 방패를 떨어뜨린 거였다. 뭐야……!

"이, 이건! 방패의 손잡이가 갑자기 빠져서……!"

"크아아아아아아아아아아!"

와이번이 크게 포효하면서 우리를 향해 입에서 화염탄을 세 발이나 뱉어냈다.

"도망쳐!"

모두가 필사적으로 그 자리에서 달려 화구(火球)에서 도망쳤다. 지면에 작렬한 화구는 그곳에 있던 바위를 태우며, 우리 정도는 순식간에 숯으로 만들 수 있는 위력을 생생히 보여주었다.

어쩌지?! 이렇게 된 이상 할 수밖에 없는 건가?! 이미 대장은 이쪽의 이변을 눈치챘을 테지만, 대장 일행이 이곳에 오기까지 우리가 와이번에 대처할 수 있을까……?

"이, 이봐! 어떻게 할 거지?!"
"무슨 소리야?! 당신 탓이잖아!"
"두 사람 모두! 지금은 그런 소리를 하고 있을 때가 아니잖아?!"
……대처할 수 없겠어!
한계야. 마지막까지 임무를 완수하고 싶었지만, 여기까지구나. 나 혼자서 어떻게 해 보는 수밖에 없어.
"모두 틈을 봐서 도망쳐. 내가 저 녀석을 유인해 주의를 분산시킬 테니까."
"앗, 잠깐 기다려! 미끼가 되겠다는 거야?!"
"내가 이 중에서 제일 재빠르니까."
로즈의 말을 듣고 나는 웃으면서 대답했다.
"그건 안 돼. 나도 남겠어."
"미우 씨……. 고맙지만 나 혼자가 더 도망가기 편해. 미우 씨도 오면 반대로 도망가기 힘들어져. 미안하지만 방해돼."
조금 신랄하게 말해 주었다. 실제로 다른 사람이 같이 있으면 정신이 흐트러져서 방해되는 게 사실이었다.
"하지만 너 혼자 두고는……!"
"그럼 그런 셈 치고. 어서 도망쳐."
아베르트가 뭔가 말을 하려고 했지만, 그걸 무시하고 나는 와이번을 향해 뛰어갔다.
그리고 품에서 봉수리검을 꺼내 와이번의 눈을 노리고 투척

했지만 와이번은 스윽 피해 버렸다. 췟.

나는 멤버들과는 반대 방향으로 뛰어가면서 수리검과 돌을 던져 와이번의 주의를 끌었다.

힐끔 사람들을 보니 주저하고 있는지 아직 그 자리에서 움직이지 않았다. 얼른 도망가면 좋을 텐데.

나는 소맷부리에서 저주개구리의 독병을 꺼내 저공에 있던 와이번보다 높은 곳을 향해 포물선을 그리도록 던졌다.

그리고 곧장 이번엔 그 독병에 봉수리검을 던져 파괴했다. 빛을 받아 반짝거리는 마비 독이 와이번으로 쏟아졌다.

"크아아아아아아아아아아?!"

저 독은 기본적으로 몸의 내부에 들어가지 않으면 확실한 효과가 없다. 하지만 피부에 닿으면 조금 살이 타서 문드러진다.

물론 그 정도로 쓰러뜨릴 수 있을 거라고는 나도 생각하지 않아. 하지만 상대를 화나게 하는 정도라면 최고의 효과가 있다. 저것 봐.

"크가아아아아아아!"

"으아아악!"

피막이 조금 타 버린 와이번은 팡팡 화염탄을 내뱉으면서 나를 쫓아왔다.

멤버들이 있던 곳을 확인해 보니 겨우 도망갔는지 그곳에는 아무도 없었다. 좋아.

나는 일단 모두와 반대 방향으로 도망갔다. 바위 더미를 뛰어넘고, 급한 경사를 뛰어오르듯이 달려 도망쳤다.

그~러~면. 어떻게 이 녀석에게서 도망칠까. 대장 일행이 올 때까지 꽤 시간이 걸릴 텐데. 너무 빨리 뿌리치면 도망간 멤버들 쪽으로 갈지도 모른다.

작렬탄을 좀 남겨 뒀어야 했어. 그랬으면 어떻게든 저 바보 용을 땅바닥으로 떨어뜨릴 수 있었을 텐데.

카리나 님은 용을 퇴치할 때 먼저 날개의 힘줄을 노려서 쏜다고 했다. ……아니아니아니. 나한테는 무리야.

꼭 해야겠다면 날개에 들러붙어 힘줄을 직접 끊을 수밖에 없다. 그런 짓을 했다간 당연히 같이 떨어지겠지만!

"크아아아아아아아아!"

"………!"

와이번이 진행 방향으로 앞질러 가서, 나는 방향을 전환해 숲속으로 도망쳤다.

그리고 나뭇가지에서 나뭇가지로, 사루토비 술법으로 뛰어서 이동했다.

이제 다른 멤버들도 안전한 장소까지 도망치지 않았을까? 이제는 내가 어떻게든 이 녀석에게서 도망치면 되는데…….

그런 생각을 하는데, 등 뒤에서 쏜 화염탄이 내가 방금 뛰어서 이동하려고 했던 나무를 저 멀리 날려 버렸다. 위험해……!

날아오는 나무 파편을 최대한 몸을 작게 웅크려 최대한 부딪치지 않게 하며 방어했다. 곧장 지면에 떨어진 나는 회전으로 충격을 줄이며 데굴데굴 굴렀다.

"큭!"

그런 나를 더욱 다그치듯이 독침이 달린 꼬리가 날아왔다. 간신히 옆으로 뛰어 피했지만 오른쪽 발목에 이상한 통증이 엄습했다. 아무래도 조금 전에 떨어지면서 다친 듯했다.

이래선 끝까지 도망치기가 조금 힘들지도 모른다.

초조해하는 나에게 와이번이 상공에서 다시 화염탄을 내뿜으려고 했지만 갑자기 기침을 하면서 작은 불꽃만을 내뱉었다. 으응? 앗, 마력이 거의 다 떨어진 건가?

마수 중에는 대기 등에 포함된 마소를 흡수해 자신의 마력으로 변환하여 마법을 사용하는 종류도 많다. 번개곰의 번개나 킬러맨티스의 카마이타치가 그런 것에 해당한다. 와이번의 화염탄도 그런 종류라고 들은 적이 있다.

꼴좋다. 너무 팡팡 쏴서 그런 거야.

"그래도 여전히 핀치라는 점에는 변함이 없어……."

조금 더 있으면 또 마력은 회복된다. 반대로 말하면 화염탄을 내뿜지 못하는 지금이 기회인지도 모른다.

그렇지만 나에게는 저 녀석을 쓰러뜨릴 방법이 없으니……. 아니, 전혀 없는 건 아니지만…… 아마 힘들 거야.

"크가아아아아아아아아아!"

와이번은 지면에 내려와 그 커다란 엄니로 직접 나를 물어뜯으려고 했다. 누가 먹힐 줄 알고?!

나는 와이번의 공격을 간신히 피하면서, 와이번이 벌린 입 안으로 봉수리검을 던졌다.

"키아아아아아아아아아?!"

단단한 비늘에는 통하지 않아도 그곳이라면 꽂히겠지?

어푸어푸! 하고 와이번은 목에 꽂힌 봉수리검을 뱉어냈다. 쳇, 별로 대미지는 없나 봐. 조금은 상처를 낸 모양이지만.

혀를 차는 나를 향해 다시 꼬리 공격이 날아왔다. 몸을 회전시켜 원심력을 실은 일격이었다.

나는 지면을 미끄러지듯이 몸을 움직여 아슬아슬하게 그 일격을 피했다. 머리 바로 위를 빠져나간 꼬리가 잇달아 나무들을 쳐서 쓰러뜨렸다.

큰일이야. 점점 피하기 힘들어지고 있어. 발목이 아파~. 대장, 아직이에요~?!

"【뿌리여 휘감아라, 수령(樹靈)의 주박, 우드바인드】!"

내 마음속 목소리에 반응한 사람은 대장이 아니라 지면에서 쭉쭉 뻗어 나온 나무뿌리였다. 나무뿌리는 지면 근처에 있던 와이번의 다리를 확실하게 휘감았다.

잠깐만, 이건……!

고개를 들어 보니 이쪽으로 달려오는 미우 씨의 모습이 보였다. 뒤쪽에는 지팡이를 들고 마법을 날린 서제스 씨도 있었다.

"어어어어?!"

접근하는 미우 씨를 향해 독침 꼬리를 흔드는 와이번. 그걸 돔 씨와 아베르트가 방패를 내세워 막았지만, 와이번의 힘을 버티지 못하고 세 사람 모두 숲의 수풀 안으로 날아가 버렸다.

와이번은 투욱투욱 나무뿌리를 뜯어내 다시 하늘로 날아올랐다.

"괜찮아?! 다친 곳은?!"

어느새 내 옆으로 다가온 로즈가 나에게 말을 걸었다.

"괘, 괜찮지만……. 왜 돌아왔어?! 이래선 의미가 없잖아!!"

"나는 너를 믿고 도망치려고 했는데, 가론 그 녀석이 멋대로 되돌아왔어. 그냥 내버려 둘 수는 없으니, 그렇다면 아예 다 같이 가자고 하게 된 거지."

"뭐어?!"

하늘을 나는 와이번을 노려보며 가론은 검을 들고 자세를 잡았다. 조금 전처럼 잔뜩 겁을 먹지는 않은 것 같지만.

"……너 바보야?"

"시끄러! 내 실수로 네가 죽으면 찝찝하잖아! 꼬마를 그냥 죽게 내버려 뒀다고 손가락질받으면서 어떻게 사냐!"

실수라니……. 아, 방패를 떨어뜨린 거? 그건 정말 '뭐야~' 라고 생각했지만.

수풀 안에서 나머지 멤버가 이쪽으로 다가왔다. 휙 날아가 버렸지만 괜찮은 모양이었다.

"크가아아아아아아아아아아아아아!"

와이번이 포효했다. 고룡(古龍)이나 노룡(老龍)이라면 그것만으로 몸이 위축될 정도라지만, 어디까지나 권속에 지나지 않는 와이번의 포효에는 그 정도까지의 효과는 없었다.

하지만 자신들에게는 짐이 너무 무거운 적을 앞에 두고 움직임이 둔해지는 것은 어쩔 수 없는 일이라고 생각한다. 실제로 모두의 움직임도 어딘가 뻣뻣한 느낌이 들었다.

와이번이 급강하하여 발톱으로 아베르트와 돔 씨를 습격했다. 두 사람 모두 방패로 방어하는 게 고작으로, 공격으로 전환하지 못했다. 검을 휘두르면 최악의 경우 반대로 팔이 찢겨 나갈 수 있기 때문이었다.

"우오오오오오!"

두 사람에게 의식이 쏠려 있는 틈을 노려 등 뒤에서 가론이 돌진했다. 지면 가까이에 내려와 있던 긴 꼬리를 브로드 소드로 베어 버렸다. 오오?!

"크르르르르르?!"

이런! 가론의 검은 꼬리의 피부를 베었지만 깊은 곳까지 도달하지 못해 얕은 상처를 입혔을 뿐이었다.

와이번은 상처 입은 꼬리를 채찍처럼 휘더니, 옆으로 휘둘러 가론을 멀리 날려 버렸다. 우왓?!

"크헉?!"

지면에 튕기며 굴러간 가론에게 회복 마법을 걸어 주려고 서제스 씨가 달려갔다.

와이번은 꼬리에 상처를 입힌 가론에게 추가 공격을 하려고 했지만 그 타이밍에 이번엔 아베르트가 검으로 날개의 피막을 베었다. 이번에도 가죽을 베었을 뿐, 도저히 치명상이라고 하기는 힘들었다.

"크아아아아!"

짜증 나는 공격이 계속되니 역시나 분노가 치밀었는지, 와이번은 아베르트와 돔 씨를 향해 그 커다란 입을 벌렸다.

다음 순간, 기세 좋게 발사된 불꽃 브레스가 두 사람을 휩쌌다. 이번엔 화염탄이 아니라, 화염 방사였다.

"크아아아앗?!"

"으으으윽?!"

방패를 들고 있었다고는 하지만, 제대로 브레스를 맞은 두 사람이 불꽃을 뒤집어쓴 채 지면을 뒹굴었다.

와이번이 내뱉은 불꽃이 숲으로 옮겨붙어 주변은 불바다로 변해 갔다.

그런데도 아무 상관 없다는 듯이 계속해서 이번에는 화염탄을 서제스 씨와 만신창이가 된 가론을 향해 가차 없이 날리는 와이번.

서제스 씨가 가론을 감싸 직격은 피했지만 지면까지 통째로 저 멀리 날아가 두 사람 모두 더는 움직이지 못하게 되었다.

지면으로 내려와 잇달아 화염탄을 날리려고 하는 와이번에게 나는 무심코 달려들고 말았다. 저 상태에서 한 번 더 공격을 맞으면 둘 다 죽고 만다.

나는 등으로 올라타 손에 들고 있던 닌자도를 힘껏 내리꽂았다. 하지만 닌자도는 조금밖에 박히지 않았다. 역시 단단해!

이럴 줄 알았으면 하다못해 미스릴제로 사둘 걸 그랬어! 기사단 장비 중에 정검이 있으니 쓰던 거라도 괜찮다고 돈을 아낀 게 잘못이었나 봐!

"크가아아아아아?!"

"우와아앗?!"

와이번이 크게 몸을 비틀며 흔들어 떨어진 나는 강하게 등을 부딪쳤다. 아야야……!

너무 강한 통증에 뒹구는데, 나를 도우러 왔던 로즈와 미우씨도 꼬리 공격을 받고 저 멀리 날아갔다.

모두가 만신창이로, 일어서지 못할 정도의 상처를 입었다.

하지만 나는 비틀거리면서도 일어섰다.

"아~. 진짜! 이렇게 된 이상 죽기 아니면 살기다!"

닌자는 원래 전투 집단이 아니다. 그래서 정보를 손에 넣어가지고 돌아가는 데 특화된 술법이 많다. 애초에 화둔(火遁)과 수둔(水遁) 술법의 둔(遁)이란 '도망친다' 를 의미한다. 독같은 것도 원래는 죽이기보다는 발을 묶기 위한 용도다.

하지만 나는 '둔' 술법이 능숙하지 못했다. 특기는 체술과 격투술. 그래서 기사단에서 훈련할 때도 그쪽 방면만 열심히 했다. 거기서 배운 기술 중에 쓸 만한 게 딱 하나 있었다.

용의 단단한 비늘과 그 아래의 근육을 꿰뚫으려면 이 상태로는 무리다.

그럼 어떻게 하면 좋을까.

대답은 간단하다. 몸의 내부에 직접 대미지를 주면 된다. 전혀 간단하지 않지만 불가능하지는 않다.

"어~. 마력을 꽈악 주먹에 모은 다음, 닿는 순간에 마력만을 파~앙 폭발시키듯이 터뜨리는…… 거였던가? 에르제 님의 설명은 알기 힘들단 말이야……."

배운 대로 배꼽 아래에서 기를 가다듬어 체내의 마력과 조금씩 융합하며 서서히 주먹에 모았다. 상급자가 되면 멀리 있는 적도 닿지 않고 날려 버릴 수 있다고 한다, 이 기술로.

나? 음, 물론 맞고 날아가 버렸지.

린제 님이나 린 님이 그러는데, 나는 마력량이 많은 편이라고 한다. 마안을 보유한 사람은 대체로 그렇다는 모양이다. 여기에 속성이 있었다면 마법도 사용할 수 있었는데. 그런 생각을 몇 번이나 했다.

그 마력을 가다듬은 기와 함께 전부 주먹에 집중시켰다.

"한 번밖에 성공한 적이 없고, 내 기술이 용에게 효과가 있을지 모르겠지만…… 해 볼 수밖에 없는 건가."

눈앞에 서 있는 뻔뻔스러운 와이번을 힘껏 노려보았다. 아베르트가 날개의 일부를 베어서 그런지, 와이번은 조금 전부터 거의 날려고 하지 않았다. 지금이 승기(勝機). 날아오르기 전에 결판 짓자!

발사된 화살처럼 나는 와이번에게 돌진했다. 와이번이 입을 크게 벌리며 화염탄을 내뱉었지만 아슬아슬하게 그것을 피하고, 나는 상대의 가슴 부근을 향해 단숨에 뛰어올랐다.

"이야아아아아아아아아아아아아앗!"

마력과 가다듬은 기를 모은 주먹을 비늘로 덮여 있지 않은 가슴에 맞혔다. 주먹이 닿은 순간, 모았던 마력을 나는 단숨에 해방, 폭발시켰다.

감촉은 단단한 고무를 때린 느낌이었다. 당연하지만 내 주먹을 맞아 봐야 와이번은 움찔하지도 않는다.

때린 반동으로 튕겨 나가듯이 나는 지면에 등부터 떨어졌다.

바로 일어서려고 했지만, 가다듬었던 기의 반동으로 제대로 몸을 움직일 수 없었다. 무릎이 덜덜거리며 떨렸다. 이대로는……!

"큭."

와이번에게서 이상한 소리가 새어 나왔다. 납작 엎드린 채 시선을 위로 들어 보니, 한 걸음, 또 한 걸음, 와이번이 후퇴했다.

"크버어어어……!"

이윽고 와이번은 입에서 이상한 토사물을 내뱉더니, 그 자리에서 앞으로 고꾸라졌다.

"성공, 인가……?"

눈앞에는 더는 움직이지 않는 와이번이 쓰러져 있었다. 아니, 움직이지 못하는 건 나도 마찬가지였지만.

"하하하……. 우웨엑, 냄새가 지독해! 아파!"

기쁨보다도 와이번이 토한 토사물의 지독한 냄새와 피부가 찢어져 피투성이가 된 오른손 탓에 울고 싶어졌다. 움직이지 못해서 바람이 부는 방향으로 도망갈 수도 없고. 나도 토할 것 같아…….

"크르……."

"어?"

그 으르렁거리는 소리를 들었을 때, 심장이 멎는 줄 알았다. 지면에 납죽 엎드린 채 고개를 들어 보니, 와이번이 천천히 굽은 목을 쳐들고 다시 일어서려고 했다.

"말도 안 돼……?!"

"크아아아아아아아아아아아아!"

와이번의 포효를 나는 믿을 수 없다는 심정으로 들었다.

쓰러뜨렸다고 생각했는데…….

눈앞에서 일어선 와이번의 입에서 불꽃이 뿜어져 나오는 모습이 유난히 느릿하게 보였다. 아무래도 이건 못 피해…….

우와앙, 난 죽는 거야? 더 맛있는 음식을 먹어 둘 걸 그랬어. 시즈쿠, 나기, 잘 있어……… 아니……?

……———이상해. 이제 그만 대장 일행이 달려와도 됐을 시간인데. 아무리 그래도 너무 늦어. 일을 포기한 건 아니겠지? 대체 왜…………… 아.

……아아~. 그런 거구나.

알았어. 알아챘어. 위의 명령이야.

이럴 때 아슬아슬할 때까지 손을 대지 않는 주의잖아. 그 사람은. 그런데 반드시 구해는 주니까 화가 난단 말이지.

엄격해 보이지만 엄하지 않아. 그러니까 난 절대 죽지 않을 거야.

"【프리즌】."

이것 봐.

와이번이 내뱉은 맹렬한 불길은 내 머리카락 한 올조차 태우지 못했다. 강력한 결계 마법이 와이번을 감쌌기 때문이다. 당연히 내뱉은 불꽃이 외부로 새어 나오는 일은 없었다.

이런 일이 가능한 사람은 한 명밖에 없다.

"너무 늦었어요……."

"아니, 혹시 쓰러뜨리는 게 아닐까 싶었거든."

그거 참 미안하네요!

나는 하늘에서 착지한 폐하를 노려보았다. 멋대로 그런 소리는 하지 마. 이 사디스트 폐하야!

환영 마법을 사용했기 때문에 외모는 완전히 달랐지만, 그

웃는 모습은 똑같았다. 당연한가?

"타깃 지정. 【빛이여 오너라, 여신의 치유, 메가힐】."

폐하가 회복 마법을 걸었다. 그러자 쓰러져 있던 미우 씨 일행이 비틀거리며 일어서기 시작했다.

피투성이였던 내 오른손도 눈에 띄게 상처가 아물어 갔다. 발목도 더는 아프지 않다.

하지만 역시 힘이 들어가지 않고 머리가 어질어질해서 제대로 일어서지 못해, 그 자리에서 엉덩방아를 찧고 말았다.

"마력이 방전됐나 보네. 너무 성급하게 일어서지 않는 편이 좋아. 그렇게 전력을 다한 기술을 누구한테 배운 거야, 참……. 【트랜스퍼】."

말대답하는 것 같지만, 가르쳐 준 사람은 당신의 약혼자입니다만, 폐하.

폐하가 사용한 마력 양도 마법 덕에 의식이 선명해졌다. 깡충, 하고 벌떡 일어나 몸을 움직여 보니, 문제없었다. 좋아, 부! 활!

"자, 모두 회복됐죠? 아시겠지만 이 시점에서 시험은 종료되었습니다. 의뢰 자체는 계속해도 좋지만, 저는 도와주지 않을 겁니다. 물론 이 녀석도 여러분이 어떻게든 해야 합니다."

정육면체 형태의 반투명한 결계 안에서 와이번이 날뛰었다. 소리는 들리지 않았다. 엄청나게 화가 났다는 건 알겠지만.

"나는 포기하겠어. 무의미하게 죽고 싶지는 않으니까."

너덜너덜한 로브 차림이 된 서제스 씨가 가장 먼저 손을 들고 말했다. 이어서 로즈와 미우 씨도 손을 들었다.

"보수를 못 받아 아쉽지만, 일단 살고 봐야 하니까. 나도 포기할게."

"나도."

미우 씨 일행이 손을 드는 모습을 보고 아베르트와 돔 씨도 그 뒤를 이었다.

"저희도 포기하겠습니다. 이제 충분히 자신의 실력이 대단하지 않다는 사실을 체험했으니까요."

"한심하지만 말이지."

두 사람 모두 메마른 웃음을 지으면서 곁눈으로 가론을 살폈다.

"나도…… 포기하지. 분하지만 와이번을 쓰러뜨릴 힘이 나에게는…… 우리에게는 없어."

검을 꽉 쥐면서 가론이 아쉽다는 듯이 중얼거렸다. 자신의 무력함을 곱씹고 있겠지. 그걸 인정할 수 있게 됐으니 그나마 나아진 건가.

그런 마음을 살피는데, 폐하의 시선이 이번엔 나를 향했다. 앗, 나도 말해야 하나.

"네네, 포기할게요. 항복이에요~."

"가볍네."

쓴웃음을 지으며 폐하가 중얼거렸지만, 여기서 버텨 봐야 아무런 의미가 없잖아요.

폐하가 손가락을 따악 울렸다.

“크갸아아아아아아아아아아!”

와이번이 해방되어 다시 주변에 그 분노한 소리가 울려 퍼졌다.

폐하와 나 이외의 모든 사람이 몸을 움츠렸는데, 그 와이번 앞에 어느새 노인 한 명이 칼집에서 빼낸 칼을 들고 서 있었다.

어라?! 저 사람은 레스티아의 전전대 왕? 어느새 여기에……. 전혀 눈치 못 챘어!! 아니, 폐하 옆에는 카리나 님도 있잖아! 뭐야 이 사람들! 닌자보다 기척을 잘 차단하다니, 무섭거든요?!

“비룡을 상대하기는 오랜만이로군. 어디 보자, 이 녀석을 어떻게 쓰러뜨리면 되는지 모두에게 가르쳐 줄까?”

전전대 왕 할아버지가 그렇게 말을 하더니 순식간에 모습을 감추었다.

다음 순간, 할아버지는 와이번의 등 뒤로 돌아갔다. 그리고 단칼에 와이번의 꼬리를 뿌리째 절단했다.

“캬아아아아아아아아아아?!”

“일단은 못 날게 해야 하지. 보통은 날개를 어떻게 해 볼까 생각하지만, 사실은 꼬리를 자르는 편이 빨라. 이렇게 하면 균형을 잡지 못해 제대로 날지 못하지.”

비칠거리면서도 와이번이 하늘로 도망치려고 했지만, 금방 머리부터 지면에 떨어지고 말았다. 그렇구나. 그렇지만 보통은 방금처럼 쉽게 못 자르는데?!

이어서 이번엔 일어선 와이번의 발톱이 자란 발가락을 좌악 잘라 버렸다.

"여기가 가장 편한 곳이네. 다른 곳과 비교해 가늘고, 잘라 내면 발톱으로 공격을 못하게 되지. 그리고 약해지면."

탓, 탓, 하고 할아버지가 가볍게 도약해 검을 한 번 휘두르자, 와이번의 목이 순식간에 공중을 날았다. 우에엣?!

그대로 몇 번인가 검을 번뜩인다 싶더니, 몸통에서 날개가 잘렸고, 그 몸통도 두 동강으로 잘려나갔다.

불과 몇 초 만에 조금 전까지 절대 강자로서 우리에게 공포를 안겨 주었던 녀석이 잘게 썰리고 말았다.

————이게 금색 랭크.

"다만, 이건 쓰러뜨리는 방법 중에서도 최악이네."

""""""""네에에에에에에에에에?!""""""""

우리는 무심코 동시에 소리쳤다. 좌악의 방법이라니, 그게?!

"소재를 가장 첫째로 생각한다면 일격에 제압하는 편이 좋겠지. 뇌나 심장을 한 번에 찔러서 말이야. 물론 나름대로 좋은 무기가 필요할 테지만."

그거야 그렇지만……. 이제야 처음으로 알게 된 건데, 저 할아버지가 가지고 있는 검은 정검이다. 프레이즈의 파편으로 만든 검. 어쩐지 날카롭더라니. 폐하가 만든 건가?

내가 저 검을 가지고 있어도, 저 정도로 능수능란하게 사냥할 수는 없다. 아무렇게나 베어 버려서 소재로서의 가치가 더 많이 상실될 가능성이 크다.

우리가 멍하니 있자, 폐하가 우리를 바라보았다.

"그리고 여러분들의 랭크업 시험 결과인데, 아쉽지만 모두 녹색 랭크입니다."

"……그건 의뢰를 실패했기 때문인가요?"

폐하의 말을 듣고 아베르트가 말했다.

"물론 그것도 있지만요. 여러분들의 행동은 전부 확인했습니다. 길드에서 모두 흩어진 뒤의 한 사람, 한 사람의 행동까지요. 일단 아무도 길드의 자료실에 가 보지 않았습니다. 그게 가장 큰 감점입니다. 조금만 조사해 봐도 화차초, 파이어 리자드의 자세한 정보를 얻을 수 있었을 겁니다."

아, 맞다. 길드에 그런 시설이 있었다는 사실은 등록할 때 설명을 해 줬었어. 철저한 사전 준비는 일은 참 중요하구나.

"그 외에는 각 사람과의 연계인데……. 한 번도 같이 행동해 본 적 없는 상대라도 조금만 생각해 보면 잘 맞춰서 행동할 수 있었을 겁니다."

블러드 라이거 때려나? 그때는 모두 자신이 뭔가를 하려고만 할 뿐, 다른 사람을 생각할 여유가 없었으니까.

"밤에도 문제였는데, 무기 손질은 하셨나요? 유사시에 쓸모가 없어지면 무서운 일이 벌어지는데요?"

“크…….”

폐하의 말을 듣고 가론이 겸연쩍다는 듯이 시선을 아래로 내렸다. 아마 블러드 라이거와 싸울 때 방패가 망가졌겠지. 그 사실을 깨닫지 못했기 때문에 그런 일을 당한 셈이다. 나도 모두와 수다를 떨었을 뿐 손질을 하지 않았었지? 반성…….

“마지막으로 와이번은 운이 나빴다……라고 생각했다면 큰 착각입니다. 주의 깊이 관찰했다면, 왜 파이어 리자드가 화차초가 있는데도 먹지 않았는지, 단독 행동을 선호하는 파이어 리자드가 집단행동을 했는지 등의 일들로부터 예측을 할 수도 있었습니다. 물론 이건 길드에서 정보를 모으지 않은 시점에 뻔히 예상되는 결과였지만요.”

나는 일단 눈치챘거든요? 이미 늦은 상황이었지만.

더 주의 깊이 관찰을 해야 하는 거구나……. 아~…… 이거, 대장에게 항상 듣는 말이야. 더 생각하고 행동하라고 했잖아.

“그 이외에도 세세하게 지적할 부분은 많이 있지만, 우리 세 사람 모두 여러분 전원이 파란색 랭크에 도달하지 못했다고 판단했습니다. 아쉽지만요.”

“……아니요. 적절한 판단이라고 생각합니다. 이게 만약 시험이 아니었다면, 우리는 모두 이 와이번에게 잡아먹혔을 겁니다. 모험자로서 갖춰야 할 마음가짐을 배운 것만으로도 이 시험을 치른 보람이 있었습니다.”

아베르트가 기특한 말을 했다. 다들 비슷한 마음인지 모두 조용히 아무 말도 하지 않았다.

"아차상, 이라고 하기엔 뭐하지만, 이 와아번은 자네들이 알아서 처리해도 좋네."

'어?'

할아버지의 말을 듣고 우리는 눈을 휘둥그렇게 떴다. 어? 뭐야? 이 와이번을 우리한테 주는 거야? 정말로?!

"앗, 정말 괜찮으세요?!"

페하도 놀랐는지 끼어들었다. 그만! 쓸데없는 말은 하지 마~!

"상관없네. 이번 시험 탓에 장비도 많이 상했을 테지. 이 녀석은 아종이고, 내가 잘게 잘라 버려서 상당히 가격이 내려갔을 게야. 이것저것 빼면 그렇게 거금이라고 할 만한 돈은 안 될 테지."

"그래도 백금화 다섯 닢은 될 거라 생각하는데요……."

백금화 다섯 닢! 일곱 명이 나누면 맨 처음 보수의 3분의 1 정도가 되려나? 맨 처음의 보수는 한 사람당 백금화 두 닢이었으니, 일곱 명이면 열네 닢이 다섯 닢이 된 셈이니까.

우리에게는 충분한 거금이다. 아니, 장비를 다시 사면 그다지 많이 안 남으려나?

다른 모두도 기뻐하고 있는 듯했다. 시험은 아쉽게 됐지만 그래도 녹색 랭크 모험자로서 좋은 출발이 되지 않을까?

우리는 바로 서로 분담해 와이번을 해체하기 시작했다. 카리나 님이 용을 손질하는 방법을 자세히 가르쳐 주어서 간신히 마지막까지 해낼 수 있었다.

그 사이에 돔 씨가 묻어 두었던 블러드 라이거의 소재를 파내 왔다. 이것도 팔면 나름대로 돈이 된다.

이렇게 많은 소재를 손에 넣었지만, 물론 길드까지 쉽게 옮길 수는 없다. 하지만 이런 걸 쉽게 옮길 수 있는 사람을 나는 알고 있다.

"지그시————————……."

"……알았으니까 그런 눈으로 보지 마."

역시 폐하. 다정하시다니까.

폐하는 수납 마법으로 휙휙 산더미처럼 가득한 소재를 하나씩 없애 갔다. 모두 눈을 휘둥그렇게 떴지만, 그 이후, 전이 마법으로 단번에 길드까지 이동하자 그보다도 더욱 놀랐다.

마음은 잘 알아. 걸어 다니는 비상식이니까. 우리 폐하는.

길드에서 소재 감정을 끝내고 받은 돈을 7등분을 해 보니 한 사람당 금화 일곱 닢씩이 돌아갔고, 추가로 한 닢이 남았다.

이것도 잔돈으로 나눌 수 있지만, 이베르트의 제안으로 그 돈을 사용해 모두 같이 식사를 하기로 해서 술집으로 직행했다.

그렇지만 길드 바로 옆에 있는 술집이라 걸어도 1분도 걸리지 않았지만.

나 혼자 술을 마실 수 없는 나이여서 과일 음료였지만, 그만큼 열심히 요리를 먹었다. 이런 기회는 흔치 않으니까.

"넌 이제부터 어떻게 할 거야?"

"어떻게 하다니?"

노릇하게 구워진 닭고기를 덥썩 입에 넣었는데, 로즈 언니가 나에게 말을 걸었다. 옆자리에는 미우 씨도 있다.

"이렇게 같이 팀을 짜게 된 것도 인연이니, 우리…… 저 녀석들도 그렇지만, 당분간 같이 파티를 짜서 행동하면 어떠냐는 이야기가 나왔어. 그래서 너도 같이하면 어떨까 싶어서."

아~. 그렇구나. 조금 전에 그런 얘기를 했나 보네. 힐끔 옆 테이블을 보니, 돔 씨와 가론이 술 마시기 대결을 하고 있었다. 아베르트는 그 시합을 웃으면서 보고 있었고, 서제스 씨는 과묵하게 술을 마시고 있을 뿐이었다.

"미우 씨도 같이해?"

"응. 로즈가 같이 하자고 하니까."

그렇구나~. 의외로 재미있을지도 모르겠어. 하지만…….

"미안. 난 패스."

"왜?! 혼자보다 안전하게 벌 수 있잖아!"

"아니~. 원래 모험자 등록도 일시적으로 한 거라서. 그걸 생업으로 삼을 생각은 없어. 나는 가~끔 돈을 버는 정도면 돼."

"그래……? 그럼 억지로 하자고 하면 안 되지. 목숨이 왔다

갔다 하는 일도 있으니…….”

“아쉽네.”

로즈와 미우 씨는 아쉬워하면서도 웃으며 물러나 주었다. 미안하지만 나에게는 브륀힐드 기사단이라는 동료들이 있거든. 가끔 쉬는 날에 모험자로 활동하는 것도 나쁘지는 않지만.

“그렇지만 브륀힐드에 있을 거니까, 발견하면 말을 걸어 줘. 뭔가 곤란한 일이 있으면 힘을 빌려줄게. 이래 봬도 발이 넓어.”

“그래, 그때는 부탁할게.”

“응.”

우리는 웃으면서 한 번 더 건배했다. 이번 일의 가장 큰 보수는 친구가 생겼다는 것일까? 나중에 시즈쿠와 나기한테도 소개하고 싶어.

“앗, 그러고 보니 작렬탄 값을 안 받았어!”

“너도 참…….”

“수전노?”

무슨 소릴! 동화(銅貨) 한 닢을 비웃는 사람은 동화 한 닢에 울게 되는 법이야! 내야 할 돈은 확실히 내줘야지!

나는 이미 만취에 가까운 옆자리의 남자들에게 돈을 청구하기 위해 시선을 돌렸다.

■ ■ ■ ■ ■ ■ ■ ■ ■ ■

"보고는 이상입니다."

"네. 이번 일로 모험자를 그만두겠다고 말한 사람이 없어서 다행이에요. 역시 그건 예상외였거든요."

츠바키 씨의 보고를 듣고 나는 가슴을 쓸어내렸다. 하필이면 둥지가 있는 먹이터를 발견할 줄이야. 하늘을 나는 와이번을 보고 놀라서 도망쳐 돌아왔다, 정도라도 상관없었는데.

카리나 누나에게 가끔 사냥해 달라고 할까. 와이번이 너무 많이 눌러앉으면 곤란하니까. 적당히 가지치기를 해 줘야 한다.

"호무라도 배운 게 많았으리라 생각합니다. 그 아이는 아무래도 깊이 생각하지 않는 면이 있어서……."

"그래도 자연스럽게 그런 녀석들 사이에 녹아 들어갈 수 있는 사람이 잠입 임무에는 최적이었으니까요. 조금 더 은밀했으면 좋았겠지만요."

"그런 점은 내일부터 개처럼 엄격히 훈련시킬 테니 걱정하지 마십시오."

개처럼 훈련이라니. 개가 아닌데요.

"그건 호무라의 '본래' 모습이지 닌자의 기술이 아니니까요. 그걸 잘 나눠서 사용할 수 있다면 아무런 불만이 없을 겁니다."

그거야 뭐. 고도의 기술이 아니라 천성이 그런 거니까. 그래도 상대의 진영에 자연스럽게 들어가는 능력은 굉장하다고 생각한다.

"아, 그리고 호무라가 와이번에게 사용한 기술은 당분간 금지시키세요. 제대로 장비를 갖추지 않으면 주먹을 다칠 수 있고, 또 매번 지쳐 쓰러져서는 의미가 없으니까요."

"알겠습니다."

그 말을 남기고 츠바키 씨는 기척을 지웠다. 천장에서 내려와도 되는데. 양식미라는 걸까?

"어려운 이야기는 끝난 겐가?"

"죄송합니다. 기다리시게 해서."

맞은편 소파에 앉은 채 갸렌 씨가 차를 마시며 웃었다. 그 앞쪽 테이블에는 양산형 스마트폰이 놓여 있었다. 이번 일에 감사 표시라 내가 준 물건이다.

스마트폰은 레스티아의 현재 국왕인 힐다의 오빠, 라인하르트 형님도 가지고 있지만, 갸렌 씨도 힐다와 대화를 하고 싶다고 말해서 마련해 주었다. 하지만.

"한 번 더 다짐을 받겠는데, 도촬은 하면 안 됩니다?"

"의심도 참 많군……. 내가 그런 짓을 할 사람으로 보이나?"

"안 보이면 다짐을 받지도 않아요."

기사의 이름을 걸고, 라고 했던 갸렌 씨의 말을 믿고 싶었다.

"상대의 허락을 잘 받으면 되는 게 아닌가?"

"아니…… 그거야, 그렇긴 한데……."

"그런데 전에 받았던 '그라비아' 인가 하는 여자아이 사진은 이제 없는가? 없는가?"

왜 두 번 말하는 거지? 물론 있긴 있는데…….

이상한 범죄? 를 저지르는 것보다는 나은가. 나는 인터넷의 바다에서 아슬아슬한 그라비아 사진 몇 장을 선택해 갸렌 씨의 스마트폰으로 전송했다.

"후오오오오오! 좋구먼! 좋아! 팔팔들 해!"

코를 헤벌쭉하며 녹을 듯이 웃는 갸렌 씨를 보니, 이런 모습을 신입 모험자들에게 보여 줄 수는 없겠다는 생각이 들었다. 꿈이 망가질 테니까.

"토야! 토야! 힐다한테 들었다만 '동영상' 이라고 해서 움직이는 그림도 있지?! 혹시 이 아이의 '동영상' 도 있는 건가?!"

날카로워! 보통 노인은 이런 기계를 잘 다루지 못하지 않나?! 변태 파워는 그것마저도 뛰어넘는 건가?!

그 후, 정~말로 끈질긴 갸렌 씨의 '부탁' 에 질린 나는 동영상 몇 개를 내려받아 갸렌 씨에게 보내 주었다.

"허허허, 끝내주는구먼! 흔들린다, 흔들려!"

동영상에 푹 빠진 은거 노인은 매우 만족스러운 듯했다. 저기요, 소리가 다 새어 나오는데…….

나는 박사에게 만들어 달라고 했던 이어폰을 【스토리지】에서 꺼내 갸렌 씨에게 건네주었다.

며칠 후, 갸렌 씨가 많은 여성의 가슴이나 엉덩이를 클로즈업한 사진(물론 옷은 입고 있다)을 보내와서, 나는 뭐라 말하기 힘든 미묘한 기분이 들었다.

정말로 허가를 받고 찍은 거겠지……?

갸렌 씨가 보내온 사진을 한꺼번에 휴지통에 버리려고 하다가 일단 그냥 두었다. 일단은. 응, 일단은.

후기

『이세계는 스마트폰과 함께.』 16권을 전달해 드렸습니다.
어떠셨나요?

이번에는 토야 이외의 주인공 이야기가 등장합니다. 사루토비 호무라. 브륀힐드 첩보 부대의 소녀입니다. 이른바 스핀오프라는 녀석입니다. 조금 다른가?

호무라 이야기는 토야가 주인공이 아니고, 항상 나오는 멤버가 거의 등장하지 않아서 서적판에서는 삭제한 이야기도 있었습니다.

하지만 지난 권의 코하쿠 이야기도 그렇지만, 이렇게 다른 시점으로 진행되는 이야기도 있어야 세계관이 확장되는 게 아닐까 해서 역시나 수록하기로 했습니다. 즐겁게 읽으셨다면 기쁘겠습니다.

이번 16권은 아이젠가르드 편과 호무라 편으로 가득 찼기 때문에 막간극을 넣을 페이지를 확보하기가 어려운 상황이었습니다. 하지만 신간인데 새로운 이야기가 없으면 저로서도 죄송스러워서 중간에 짧지만 하나를 끼워 넣을 수 있게 허락을 받는 데 성공했습니다. 서두에 초밥을 먹고 싶어 하는 토야에게 호응해 주는 듯한 이야기입니다.

덧붙이자면 저는 초밥 중에서도 넙치의 지느러미를 좋아합니다. 항상 마지막에 그걸 먹고 마무리합니다.

그리고 16권의 특장판 드라마CD는 즐겁게 들으셨나요? 여러모로 처음으로 경험하는 일이 많아 부족한 부분도 있었던 각본이라 생각하지만, 멋진 성우분들 덕택에 캐릭터들이 생기 넘치고 즐겁게 숨을 쉬게 되었다고 생각합니다.

이 제1탄의 평판이 좋으면 제2탄도 있을지 모른다고 하니, 부디 잘 부탁드립니다. 다음에야말로 루를 비롯한 후발 팀이 말할 기회를 주고 싶습니다.

그럼 이번에도 감사 말씀을 드립니다.

우사츠카 에이지 님. 항상 멋진 일러스트를 그려 주셔서 감사합니다. 이야기는 점점 열기를 띠어가고 있지만, 앞으로도 잘 부탁드립니다.

담당자 K 님. 하비 재팬 편집자 여러분, 이 책의 출판에 도움을 주신 모든 분들께도 감사드립니다.

그리고 항상 '소설가가 되자'와 이 책을 읽어 주시는 모든 독자 여러분께 감사의 인사 올립니다.

후유하라 파토라

이세계는 스마트

후유하라 파토라 illustration■우사츠카 에이지

황자와 왕녀의 맞선에서 시작된
마동승용차(에테르 비클) 대(大)레이스.
무슨 일이 있어도 이상하지 않은
난관 코스에서의 대혼란.
폰과 함께. 17

이세계는 스마트폰과 함께. 16

2020년 02월 20일 제1판 인쇄
2020년 03월 05일 2쇄 발행

지음 후유하라 파토라 | **일러스트** 우사츠카 에이지

옮김 문기업

발행 영상출판미디어(주)
등록번호 제 2002-000003호
주소 21311 인천광역시 부평구 평천로 132 (청천동)
전화 032-505-2973(代) | FAX 032-505-2982

ISBN 979-11-6524-224-4
ISBN 979-11-319-3897-3 (세트)

구매 시 파손된 도서는 구매처에서 교환하실 수 있습니다.
기타 불편사항, 문의사항이 있으신 독자님께서는 노블엔진 홈페이지
[http://novelengine.com] 에서 Q&A 게시판을 이용해 주시기 바랍니다.

여왕, 돼지 공작에게 수호기사(가디언)가 되라고 하다?!
갈등 속 새로운 대결이 막을 올리는 인기 시리즈 제6탄!

돼지 공작으로 전생했으니까 이번엔 너에게 좋아한다고 말하고 싶어

6

미궁도시의 영웅이 된 스로우는 다리스의 여왕에게 수호기사가 되라는 요청을 받는다.
하지만 수호기사란 여왕에게 평생을 바쳐야 하는 존재. 그것은 샬롯과의 이별을 의미했다.
한편, 대륙 통일을 꾀하던 어둠의 대정령은 스로우가 있는 걸 보고 병사를 철수했다.
하지만 그 부하인 『꿈팔이 마녀』가 명령을 무시하고 크루슈 마법학원을 덮치는데……?!

격동하는 세계의 중심에 선 스로우. 닥쳐오는 각오와 결단은?!

아이다 리즈무 지음 / nauribon 일러스트

영상출판
미디어(주)